브랜딩을 위한 한 끗 글쓰기

PERSONA EXPERIENCE

KEYWORD ESSENCE

브랜딩을 위한 글쓰기

좋은 브랜드에는 좋은 언어가 있다

김일리 지음

BRANDING WRITING

STORYTELLING

위즈덤하우스

BX 라이팅(BX Writing)

브랜딩에 필요한 가장 중요한 자산들을
글을 통해 만들고 완성해가는 과정

prologue

해가 꽤나 길어진 초여름 어느 날 8명의 팀원이 회의실에 모였습니다. 날고 긴다는 베테랑 기획자도 있었고 각종 매체와 채널에 정통한 마케터도 있었으며 수상 경력이 화려하다 못해 이제 트로피는 다용도실에 쌓아둔다는 디자이너도 있었죠. 하지만 회의 분위기는 썩 좋지 않았습니다. 론칭을 앞두고 있는 새 브랜드에 대한 가닥이 여전히 허공을 맴돌고 있었기 때문이죠.

그때 팀을 이끌던 리더님이 한 가지 제안을 했습니다.

"다들 브랜딩한다는 사람들이 모였는데 우리 각자 다른

생각을 하고 있는 것 같아요. 브랜드를 만들기 전에 우리가 어떤 일을 해야 하는지부터 제대로 합의하면 좋겠습니다. 일단 자기 직무를 내려놓고 좋은 브랜드를 만들기 위해 필요한 것이 뭔지를 솔직하게 고민해서 다음 회의 때 만나죠."

그렇게 일주일간 휴식기를 가진 후 다시 모인 회의에서 저마다 새롭게 정리한 생각들을 발표하기 시작했습니다. 그리고 리더님은 이번에도 한 가지 제안을 추가했죠.

"다들 성실히 발표 자료를 준비해오신 것 같네요. 하지만 오늘은 자료를 꺼내기 전에 본인 생각을 말로만 표현해주셨으면 좋겠습니다. 중요한 내용들은 제가 메모해서 바로 스크린에 띄우겠습니다."

모두의 얼굴에서 당황스러움과 실망감이 묻어났지만 이내 한 사람씩 천천히 자신의 생각을 설명하기 시작했습니다. 그리고 15분 남짓한 시간이 지나고 난 뒤에는 회의실 스크린 위에 방금 각자가 이야기한 내용들이 단어로 또 문장으로 한가득 펼쳐져 있었죠. 놀라운 건 앞선 몇 번의 회의 속에서도 제대로 정리되지 않았던 콘셉트와 개념들이 꽤 통일감 있는 형태로 보이기 시작했다는 겁니다. 그보다 더 신기한 포인트

7

는 멤버들 저마다 다른 생각을 하고 있다는 오해가 풀렸다는 거였죠. 오히려 서로 비슷한 개념을 떠올렸으면서도 각자가 준비한 참고 자료나 발표 문서로 인해 다른 길로 빠져들었음을 발견했으니까요.

그리고 리더님은 이런 말을 덧붙이셨습니다.

"목적이 수단을 결정할 때도 있지만 수단이 목적에 영향을 주는 일도 참 많습니다. 머릿속으로 생각한 걸 곧바로 눈에 보이는 결과물로 옮기고 싶은 그 마음을 충분히 이해하지만 그 과정 속에 꼭 필요한 것들도 존재하는 법이거든요. 우리가 어떤 브랜드를 만들고 어떻게 전달할 것인지를 말과 글로 풀어내는 게 중요한 이유입니다. 그리고 이건 결코 한 번으로 끝나선 안 될 겁니다. 오히려 브랜드가 존재하는 한 계속 이어져야 할 일이기도 하니까요."

제가 '브랜딩을 위한 글쓰기'에 대해 깊이 생각해보기 시작한 것도 그때부터였던 것 같습니다. 그리고 이날 이후로 제겐 브랜딩을 바라보는 관점도 글쓰기를 바라보는 관점도 모두 새로워졌죠. 이 둘 사이의 시너지가 얼마나 큰지 이 둘의 관계가 얼마나 끈끈한지를 알게 되는 계기가 되었으니 말이죠.

여러분도 체감하고 계시겠지만 요즘처럼 브랜딩이란 말이 적극적으로 통용되는 시대는 없었을 겁니다. 주위를 둘러보면 수많은 것들이 브랜드로 존재하고 있고 브랜딩의 대상도 한없이 넓어지고 있으며 각자가 이야기하는 브랜딩의 철학과 방법도 셀 수 없이 다양하니까요. 적어도 우리가 깨어 있는 순간 속에서 만나는 대부분의 것들이 나름의 브랜드라고 봐도 결코 과장된 말은 아닐 거라고 생각합니다.

하지만 '어떻게 해야 브랜딩을 잘할 수 있나?'라는 질문에 뾰족하게 답할 수 있는 사람은 과연 몇 명이나 될까 싶어요. 어쩌면 지금 이 책을 만나기까지 수많은 브랜딩 관련 서적들을 거쳐온 분들도 적지 않을 텐데요. 그중엔 브랜딩이 무엇인지 점차 선명하게 이해해나가고 계신 분도 있겠지만 오히려 더 애매하고, 복잡하고, 갈피를 잡을 수 없는 것으로 느끼시는 분들도 꽤나 많을 거라고 생각합니다.

좋은 브랜드 사례를 보고 나면 '와 정말 대단하다, 잘했다' 싶지만 그 브랜드를 구축한 과정을 하나하나 들여다보기란 불가능에 가깝고 어떤 포인트에서 어떻게 기획되었는지를 매칭하는 것 역시 굉장히 힘들기 때문이죠. 설사 브랜딩의 A부터 Z까지를 상세하게 나열하고 설명해준다고 해도 그 방법을 우리 사례에 적용해보려고 하면 짝이 맞지 않는 퍼즐처럼 어떤 것들은 서로 부딪히고 어떤 것들은 서로 모자란 상황이 펼쳐지기도 하고요. 그러니 지금 우리는 브랜딩이 더없이 중요한 시대를 살면서도 브랜딩에 대한 이해도를 키우는 건 참 어려운 아이러니 속에 빠져 있지 않나 싶습니다.

하지만 이런 상황이 오히려 이 책을 쓰게 만든 원동력이기도 했습니다. 앞서 소개해드린 회의 시간의 에피소드처럼 브랜딩 과정에서 말과 글은 그 무엇보다 중요한 요소이지만 이를 제대로 다룬 책을 여태껏 본 적이 없었거든요. 아니 정확히는 브랜딩과 글쓰기라는 두 가지 관점에 주목해서 이야기를 풀어간 사례를 발견한 적이 거의 전무하다고 해야 맞는 것도 같습니다.

그렇다고 이 책이 여러분이 고민하고 있는 그 모든 질문에 해답을 줄 수 있을 거란 생각은 하지 않습니다. 책을 소개하며 '브랜딩을 마스터하게 해줄 단 한 권의 책'이라거나 '브랜딩 일을 하는 사람들을 위한 필독서'와 같은 문구를 사용하지 않은 것도 그런 이유입니다. 만약 그렇게 이야기를 시작했다면 여러분들께 처음부터 솔직하지 못한 말들을 전하게 되는 것일지도 모르니까요.

다만 10년이 훌쩍 넘는 시간 동안 브랜딩, 마케팅, 광고 비즈니스와 관련된 일을 해오면서 작게나마 확신하게 된 것이 있다면 브랜드는 말과 글에서부터 출발하고, 말과 글을 통해 수많은 자산이 만들어지며, 말과 글로써 완성되고 유지된다는 사실이었습니다. 그러니 글쓰기만 잘하면 좋은 브랜드를 만들 수 있다는 게 아니라 좋은 브랜드를 만들기 위해서는 글쓰기가 너무나도 중요하다는 사실을 전하고 싶었고, '브랜딩을 위한 글쓰기'는 여러분이 알고 있던 일반적인 글쓰기와 다른 방식으로 접근하고 훈련해야 한다는 것을 알려드리고 싶었습니다.

그래서인지 책을 쓰는 동안 세 가지 목표가 생겼습니다.

첫째는 저 혼자만 신나서 떠드는 책이 되지 않게 하는 것이었습니다. 먼저 경험해본 사람의 지극히 개인적인 일화들을 가지고서 마치 그게 모든 것에 통용되는 비밀의 열쇠인 것처럼 포장하고 싶지 않았거든요. 때문에 글을 쓰는 내내 이 글을 읽게 될 분들이 가질 궁금증과 고민을 예측하면서 그에 대해 답하는 방식을 택했습니다.

둘째는 실질적인 도움이 되게 하는 글을 쓰는 것이었죠. 제아무리 좋은 이야기를 전달하고 훌륭한 사례들을 소개한다고 해도 나에게 직접 와닿지 않는다면 그 임팩트는 반감될 수밖에 없으니까요. 마지막 책장을 덮는 순간에는 그 어떤 지점에서 그 어떤 방식으로든 여러분들께 도움을 주는 책이 될 수 있도록 써 내려갔습니다.

마지막 세 번째는 지속 가능한 힘을 가진 책으로 남는 것이었습니다. 브랜딩과 마케팅에 관련한 책들은 유난히 수명이 짧습니다. 다른 카테고리에 비해 트렌드가 차지하는 비중이 도드라지는 데다 새로운 것들을 주기적으로 흡수해야 하는 독자들의 운명적 특성이 존재하기 때문이죠. 하지만 그런 와중에도 꾸준히 제 역할을 하는 책들이 있습니다. 누군가를 흉내 내거나 유행에 따라 쓴 책이 아닌 자신이 할 수 있는 이야기를 자신의 방법으로 써 내려간 작품들이 그렇죠. 때문에 오히려 시간이 지날수록 그 중요성과 깊이가 더해지는 장점이 있습니다. 한편으론 너무 큰 욕심인지 모르겠으나 저는 이 책이 그런 책으로 남기를 바라는 마음으로 펜을 들었습니다.

그러니 (조금은 우스울지 모르지만) 단순히 책을 읽는다는 느낌보다는 저와 함께 회의를 진행한다는 느낌으로 다음 장을 넘겨주시면 어떨까 싶네요. 생각해보면 회의라는 것도 마찬가지잖아요. 누구 한 명이 혼자 신나서 떠드는 회의가 좋은 회의일리 없고, 아무리 분위기가 화기애애해도 실질적인 결과물이 없는 회의는 환영받을 수 없으며, 시간이 꽤 지난 시점에서도 그 회의에서 비롯된 무엇인가가 여전히 좋은 요소로 활용될 수 있어야 하는 만큼, 여러분과 저 사이에 생산적인 미팅을 이어간다는 마음으로 다가와주시면 더없이 좋겠습니다.

그렇게 제가 가진 경험과 역량이 온전히 전달되고 그것들이 여러분의 브랜드와 브랜딩 과정에 잘 녹아들 수 있기를 간절히 바라는 마음이고요.

그럼 이제 소개는 이 정도에서 마무리하고 대망의 첫 회의를 한번 시작해볼까 합니다. 주제는 브랜딩을 위한 글쓰기이며, 목표는 좋은 브랜드를 만들기 위해 말과 글이 할 수 있는 역할을 이해하고 활용하는 것입니다. 이 회의에 참여해주신 여러분들께 미리 감사의 말씀을 드리며 본격적으로 첫걸음을 떼보겠습니다.

차례

PERSONA
EXPERIENCE

KEYWORD
ESSENCE

STORYTELLING

BRANDING
WRITING

적어도 브랜딩 되어 있는 모든 것은

각자가 가진 고유한 페르소나가 있기 마련입니다.

대신 우리는 그걸 훨씬 입체적이고도 정교하게,

생생하면서도 매력적으로 만들어보는 연습을 할 예정입니다.

다름 아닌 '글'을 통해서 말이죠.

마케팅을 위한 글쓰기와
브랜딩을 위한 글쓰기가 다른 이유

함께 일하는 조직에 신입사원이나 인턴분들이 새로 들어오면 잊지 않고 물어보는 질문이 있습니다. '마케팅과 브랜딩의 차이가 뭐라고 생각하시나요?'라는 질문이죠. 대체 이 고리타분한 물음을 왜 던지는 걸까 싶으실 수도 있겠지만 정답을 알고 있는지 체크하려는 속셈은 결코 아닙니다. 그보다는 각자가 생각하고 있는 마케팅과 브랜딩, 그 개념 사이의 간격이 얼마나 되는지를 이해하기 위해서라는 게 정확한 표현이겠네요.

사실 현업에 종사하는 사람들 가운데도 이 두 개념에 대해 애매모호하게만 알고 있는 사람들이 적지 않습니다. 그중엔 '마케팅이든 브랜딩이든 일단 결과만 좋으면 방법이 무슨

19

상관이냐'는 사람도 있고, '요즘처럼 각자의 개인기가 다양해지는 시대에 굳이 이 둘을 구분 짓는 것이 큰 의미가 있겠냐'는 반응도 있습니다.

저도 일정 부분 동의합니다. 특히 현업에서는 마케터란 타이틀을 달고서 브랜딩 일을 하고 있는 분들도 많고, 반대로 브랜드를 관리하는 직무 속에서 마케팅에 필요한 세세한 요소들을 다듬고 계시는 분들도 있으니까요. 이 둘의 관계 속에 끈끈한 무엇인가가 있다는 것 정도는 대부분 공감하고 있을 거라고 봅니다.

하지만 백 번 양보를 하더라도 마케팅과 브랜딩은 각자의 역할이 명확히 구분되어야 하는 존재들입니다. 그 이유는 딱 한 가지죠. 바로 서로 추구하는 목표가 다르기 때문입니다. 다른 목적지를 향해 출발한 두 대의 비행기를 놓고서 저 둘을 구분하는 게 큰 의미가 있냐고 이야기하는 사람은 아마 없을 겁니다. 도착해야 할 곳이 다르고, 그곳까지의 여정이 다르다고 하면 아무리 비슷하게 생긴 대상이라고 해도 그들의 역할과 움직임이 구분되어야 하는 것이 마땅하죠. 그러니 앞으로의 이야기를 시작하기 전에 우리 나름대로 마케팅과 브랜딩을 다시 한번 정의하는 과정이 꼭 필요하다는 생각입니다. 설사 별 기대 없이 지금 이 책을 집으셨다고 하더라도 이제부터 우리가 무엇을 목표로 어떤 것들을 다룰 예정인지 그리고 그 여정의 막바지에는 무엇이 내 손에 들려 있게 될 것인지 정도는 합의하고 시작해야 하니까요.

서로의 지향점이 다르니까

마케팅과 브랜딩에 대한 개념을 두부 자르듯 딱 잘라 정의하기는 힘들겠지만 둘 사이의 목표를 구분하자면 이렇게 표현할 수 있을 것 같습니다. **마케팅은 '특정한 행동을 하도록 만드는 것', 브랜딩은 '좋은 인격을 갖도록 노력하는 것'**으로 말이죠.

사실 마케팅은 비교적 목표가 명확하고 그 단위 또한 세세하게 구분되어 있습니다. 우리 제품이나 서비스가 팔리도록 하거나, 많은 사람이 우리를 인지하도록 만들거나, 회원 가입/다운로드/이벤트 참여/게시물 작성 등 정해진 목적을 달성하기 위해 구체적인 행동을 유도하는 대부분의 활동이 마케팅에 속하기 때문이죠. 마케터의 직무나 타이틀이 다양하게 나뉘어 있는 이유 중 하나도 바로 여기에 있습니다.

반면 브랜드는 상품, 서비스, 나아가 기업이 가지는 하나의 인격이라고 할 수 있습니다. 따라서 브랜딩이라는 건 그 제품과 서비스의 밑바탕을 이루는 철학, 가치관, 본질 등의 총합인 셈이죠.

　아마도 어떤 브랜드가 마음에 든다고 했을 때 왜 그 브랜드가 좋은지를 물으면 뭔가 하나 콕 집어 대답하기가 어려웠던 경험이 있을 겁니다. 그건 우리의 표현력이 부족해서라기보다 브랜드 자체가 여러 속성으로 이루어진 종합 선물 세트 같은 형태로 다가오기 때문이죠. 그러니 마케팅이 '나 너 좋아해'라는 메시지를 전달하기 위해 여러 활동을 전개하는 거라면, 브랜딩은 상대가 나에게 매력을 느낄 수 있도록 스스로 좋은 사람이 되어가는 과정이라 할 수 있습니다. 육하원칙에 빗대어보자면 '언제', '어디서', '무엇을', '어떻게'에 해당하는 것은 마케팅에 더 가깝지만 '누가', '왜'라는 항목은 브랜딩에 더 가까운 거죠. '우리는 누구이며, 왜 존재해야 하는가'가 브랜딩에 대한 가장 근본적인 질문임을 재차 떠올려본다면 이제 이 두 개념이 조금은 선명하게 다가오실 겁니다.

브랜딩을 위해 '쓴다'는 것

자, 그럼 이제 '글을 쓴다는 것'에 초점을 맞춰서 생각해볼 차례입니다. 이 장의 제목처럼 과연 마케팅을 위한 글쓰기와 브랜딩을 위한 글쓰기는 어떻게 다를까요? 우선 마케팅을 위한 글이라고 하면 흔히 광고 소재에 적용되는 카피를 시작으로 웹사이트에 들어가는 상세 페이지 문구나 SNS 계정에 실리는 게시글 등을 쉽게 떠올릴 수 있을 겁니다. 최근 들어 중요도가 높아지고 있는 사용자 경험을 만드는 글, 즉 UX 라이팅도 특정 행동을 유도한다는 측면에서 사실상 마케팅을 위한 글쓰기에 속한다고 보는 것이 맞겠죠.

그렇다면 우리가 알아보고 또 습득해보고자 하는 '브랜딩을 위한 글쓰기'는 과연 무엇일까요? 이미 앞서 설명한 마케팅과 브랜딩의 차이를 떠올리시면 충분히 예측하실 수 있을 겁니다. 네. 바로 마케팅과 세일즈, 나아가 기획과 전략에 필요한 모든 요소들을 떠받치는 글이자 이들의 토대가 되는 글을 쓰는 것이 브랜딩을 위한 글쓰기라고 할 수 있습니다.

다시 말해 여러분들이 상품이나 서비스 네이밍을 고민할 때도, 광고나 홍보 문구의 카피라이팅을 해야 하는 순간에도, 내가 담당하고 있는 제품을 상세하고 또 유려하게 잘 설명하고 싶을 때도, 일종의 나침반이자 가이드 역할을 해줄 수 있는 **글로 된 지도를 품는 것**이라고 이해해주시면 좋겠네요.

더불어 글로써 하나의 브랜드 아래에 포함되어 있는 모든 활동과 경험을 풀어간다는 의미에서 이를 Brand Experience Writing(줄여서 BX Writing, BX 라이팅)이라고 정의해보고 자 합니다. 그러니 이 책의 마지막 장을 덮으실 때쯤에는 여러 분들 모두 BX 라이터BX Writer로서 중요한 역할을 하실 수 있는 배경지식과 마음가짐이 동시에 생기길 바라봅니다.

BX 라이팅이 다루는 세 가지 영역

우리가 다룰 글쓰기는 브랜드의 본질과 철학에 맞닿아 있지 만 그렇다고 거창하고 현학적인 이야기만을 늘어놓을 수는 없습니다. 좋은 브랜드를 만들고 그 브랜드를 중심으로 펼쳐 지는 다양한 활동들에 영향을 미치는 것이 우리의 목표인 만 큼 구체적이고도 체계적인 훈련이 필요하죠.

이를 위해서 가장 먼저 할 일은 바로 BX 라이팅의 범주를 정해보는 것이 아닐까 싶어요. 브랜딩을 위한 글쓰기가 브랜 드의 어느 부분을 구축하는 데 도움을 주는지와 실제로 브랜 드의 어떤 영역에서 동작하게 되는지, 그 범위를 산정할 수 있 어야 여러분도 앞으로의 이야기를 더 생생히 체감할 수 있을 거라 생각합니다.

브랜드 페르소나

BX 라이팅이 다룰 첫 번째 항목은 바로 '페르소나persona'입니다. 요즘엔 이 페르소나란 말이 널리 쓰이는 만큼 대부분 그 의미와 느낌 정도는 알고 계실 거라고 생각하는데요, 사실 이 페르소나야말로 앞서 설명한 '인격' 그 자체라고 봐도 무방합니다. 그러니 브랜드를 다루는 데 있어 페르소나는 우리 브랜드를 어떤 모습과 성격을 갖춘 사람으로 만들 것인지 또 어떤 가치관과 특징을 부여해 완성해갈 것인지에 대한 거라고 할 수 있죠.

"이름 없는 브랜드는 있어도, 페르소나 없는 브랜드는 없다"라는 브랜드 전문가 데이비드 아커David A. Aaker 교수의 말처럼 적어도 브랜딩 되어 있는 모든 것은 각자가 가진 고유한 페르소나가 있기 마련입니다. 대신 우리는 그걸 훨씬 입체적이고도 정교하게, 생생하면서도 매력적으로 만들어보는 연습을 할 예정입니다. 다름 아닌 '글'을 통해서 말이죠.

브랜드 화법

두 번째는 말하는 방법, 즉 '화법'입니다. 화법은 대화에서도 묻어나지만 텍스트에서도 분명하게 드러납니다. 때문에 어떤 화법으로 이야기할 것인지에 대한 방향을 정하는 게 매우 중요한 포인트가 되죠.

왜 가끔 친구랑 카톡을 하다가 '어? 방금 그 말은 네가 한 말 같지가 않은데? 약간 너답지 않은 말투였어'라고 느낀 적 없으신가요? 혹은 즐겨보는 SNS 채널의 피드를 살펴보다가 '채널 담당자가 휴가를 간 건가? 아니면 원래 글을 쓰던 분이 퇴사하셨나? 이전과 완전 다른 느낌인데…' 했던 경우는 또 없으셨나요?

사실 이 모든 건 다름 아닌 화법에서 비롯되는 문제입니다. 즉 우리는 상대방의 '자기다움', 한 사람이 가지는 '고유한 특성'을 이 말하는 방식에 아주 많이 의존해 판단하고 있는 셈이죠. 그러니 화법의 종류와 특징을 이해하면서 우리 브랜드에 맞는 말하기 방식을 고르고 또 발전시켜나가는 것은 좋은 브랜드를 구축하는 데 더없이 중요한 과정이라고 할 수 있습니다.

브랜드 언어

마지막 세 번째 항목은 바로 '언어'입니다. 여기서 말하는 언어란 국가별 언어가 아닌 우리 브랜드가 사용할 말과 글의 체계를 뜻합니다.

혹시 '언어'라는 단어를 사전에서 찾아본 적이 있으신가요? 매체마다 그 뉘앙스가 조금씩 다르긴 하지만 대부분 "생각이나 느낌을 나타내거나 전달하는 데 쓰이는 음성이나 문자 따위의 수단"이라고 설명하고 있습니다. 그리고 이 개념을 BX 라이팅에 적용해본다면 브랜드의 인격을 나타내거나 전달하기 위해 사용하는 체계적인 말과 글을 브랜드 언어라고 정리할 수 있을 겁니다. 페르소나와 화법이 말하는 사람, 즉 메신저에 관한 것이었다면 언어란 그 사람이 말하는 메시지이자 내용에 해당하는 것이죠.

어떻게 쓸 것인가?

물론 이런 생각이 들 수도 있습니다. '저는 글재주가 없어요. 이런 건 글쓰기에 타고난 능력이 있는 사람들이 잘하는 분야 아닌가요?'라고 말이죠.

　글쎄요. 물론 글쓰기를 좋아하고 또 잘하는 분이라면 분명히 유리한 점은 있을 수 있겠죠. 하지만 저는 이 BX 라이팅을 잘하기 위해서 꼭 남다른 글쓰기 능력이 필수 조건으로 갖춰져야 한다고는 생각지 않습니다. 오히려 남들보다 무조건 튀어 보이기 위해서 글을 쓰는 분들이라거나 본인의 취향을 한껏 담아 글을 쓰는 것에 익숙하신 분들보다는 브랜드를 깊이 이해하는 것을 좋아하는 분들, 마치 집을 짓듯 하나씩 체계적으로 브랜딩 과정을 밟아나가는 데 욕심이 크신 분들이 훨씬 더 유리한 역량을 갖췄다고 확신할 수 있습니다.

그러니 앞으로 제가 여러분에게 들려드릴 이야기들도 얕은 글쓰기 스킬에 관한 것이라기보다는 브랜드라는 집을 짓기 위해 글이 얼마나 중요하고 또 어떤 역할을 하게 되는지, 글로써 브랜드를 기획하고 그 결과물 역시 글로 소통한다는 게 구체적으로 무엇인지, 나아가 브랜드를 다듬고 업데이트하면서 그다음을 준비해야 할 때 글은 어떤 에너지를 가져다줄 수 있는지에 대한 이야기일 테니까요. 글쓰기에 대한 부담감은 잠시 접어두고 오히려 글쓰기 그 자체의 매력에 빠져본다는 생각으로 함께해주시면 좋겠습니다.

그럼에도 아직 걱정되는 분들이 계시다면 현재 셀린느 CELINE라는 브랜드를 이끌고 있는 크리에이티브 디렉터 에디 슬리먼Hedi Slimane의 말을 떠올려보시는 건 어떨까 싶네요.

"우리가 부러워해야 할 것은 타인이 가진 능력이 아니라 그것이 발현되는 과정이다. 무엇을 목표로, 어떻게 만들 것인지에 대해 집요하게 고민해본 사람은 스스로 창작의 안개를 걷어내며 걸어간다."

우리 브랜드의
본질은 무엇일까?

"나 곧 야채주스 온라인몰 오픈할 건데 브랜드 이름 하나만 정해줘라."

실제로 몇 개월 전에 제가 지인으로부터 부탁받은 내용입니다. 사실 브랜딩 일을 한다고 하면 이런 요청을 받는 건 비일비재한 일이죠. 가끔은 그 부탁을 들어줄 때도 있고 어떤 때는 정중히 거절하기도 하지만 늘 그 요청 뒤에 제가 묻는 질문은 똑같았던 것 같아요.

"왜 그 브랜드를 시작하게 됐나요?"

이 문장의 목적어와 서술어를 어색하게 생각하는 분들도 있습니다. '브랜드를 시작한다는 건 뭘까? 사업을 시작한다는 의미일까? 브랜드를 새로 하나 론칭했다는 뜻일까? 이것만으로도 충분히 아리송한데 왜 브랜드를 시작했냐니…. 이름 하나 정하고 상표 하나 등록하려는데 이런 무거운 고민까지 해야 하나?' 하고 말이죠.

브랜드를 시작하기에 앞서

사실 제가 매번 이 질문을 하는 이유는 **이 브랜드에는 어떤 목적과 목표가 있는지**를 알아보기 위함입니다. 흔히 사업을 시작하는 분들에게는 이른바 '비즈니스 미션'이라고 불리는 사업적 목표가 있습니다. 그보다 단위가 작은 프로젝트, 심지어 이벤트 하나를 열 때도 무엇을 위해 하는지가 정해지지 않으면 배가 산으로 올라가는 사태가 부지기수로 발생하곤 하죠.

하지만 유독 브랜딩에 있어서는 이 목적과 목표를 제대로 정하지 않고 특정한 느낌이나 기분에 기대어 출발하는 경우가 많습니다. '우리도 재미난 브랜드 한번 만들어보자'라든가 '요즘엔 이런 스타일이 힙하던데 우리도 비슷한 방식으로 해보자'라고 말이죠. 서로의 지향점을 공유한다는 차원에서는 분명 시사하는 바가 있겠지만 예술이 아닌 비즈니스 세계에서는 이런 중요한 가치들 하나하나가 구체적인 워딩으로 정립되어 있어야 합니다. 그래야 내가 아닌 다른 사람에게도 그 목표가 잘 전달될 수 있고 이를 바탕으로 다양한 산출물을 만들고 또 평가하는 기준을 세울 수 있기 때문이죠.

브랜드의 본질을 찾는 세 가지 질문

사업을 시작하는 모든 사람은 이윤을 추구합니다. 한마디로 돈을 많이 벌기 위해 비즈니스를 시작한다는 얘기죠. 그러나 무엇을, 어떻게 꾸려 돈을 많이 벌 것인가를 고민하는 순간부터는 전혀 다른 문제가 됩니다.

　브랜드도 마찬가지입니다. 다른 제품이나 서비스로부터 우리를 구분해 더 나은 가치를 담고자 하는 게 브랜드를 만드는 가장 근본적인 이유이지만 이를 달성하기 위해서 어떤 목적과 목표를 가져야 하는가에 답하기란 쉽지 않습니다.

　따라서 브랜드 하나를 새로 만들거나 특정한 대상을 브랜딩하기 위해서는 우선 이 세 가지 질문에 답하는 것으로부터 출발해야 합니다.

첫째, 우리는 무엇을 파는 사람들인가?

둘째, 우리는 누구에게 팔고자 하는가?

셋째, 우리는 왜 파는가?

각 질문이 어떤 의미인지를 설명하기 전에 우선 이 '팔다 sell'라는 개념에 대해 합의할 필요가 있습니다. 여기서 '판다'라는 행위는 특정한 제품이나 서비스를 제공하는 것 외에도 우리가 가지고 있는 가치를 전달한다는 더 큰 뜻을 품고 있기 때문이죠. 그러니 영리를 추구하지 않는 브랜드라고 하더라도 혹은 퍼스널 브랜딩처럼 브랜드의 대상이 사람이라고 하더라도 그 브랜드를 통해 전달할 수 있는 가치를 발견하고 다시 정의해보는 것이 브랜드의 본질을 찾는 중요한 과정이 됩니다.

이 세 가지 질문을 보고서 '이 쉬운 걸 왜 몰라?'라고 생각한 분이 계시다면 아마 열에 아홉은 1차원적인 접근을 하셨을 가능성이 높습니다.

만약 커피 사업을 하는 분께서 이 질문들에 대해 '우리는 커피를 파는 사람들이고, 맛있고 좋은 커피를 찾는 사람들에게 팔고, 그 과정을 통해서 돈을 많이 벌고 싶어 커피를 판다'고 대답하면 어떨까요? '맞는 말 같은데…?'라고 생각하시는 분들도 있겠지만 사실 이런 답변은 전 세계 커피 사업을 하는 모든 분이 똑같이 내놓을 수 있는 답일지도 모릅니다. 즉 우리가 왜 다른 커피보다 훌륭하고 멋진 커피인지, 왜 다른 커피가 아닌 우리 커피를 선택해야 하는지에 대해 스스로 답하지 못하고 있다는 얘기이기도 한 것이죠. 따라서 우리는 모두가 예상할 수 있는 표면적인 답을 지나 그 아래 깊숙한 곳에 잠들어 있는 본질을 깨워 답을 얻어야 합니다.

무엇을 파는가?

이 질문은 두 가지로 해석할 수 있습니다.

하나는 다른 제품, 다른 서비스와 비교했을 때 우리가 가진 최고의 장점은 무엇인가를 묻는 것이죠. 어느 날 우리와 유사한 제품들이 마구 쏟아져 나온다고 가정했을 때 그 혼란 속 마지막 순간까지 우리가 절대 잃지 말아야 하는 핵심 가치는 무엇인가에 대한 답을 찾는 것입니다.

또 다른 하나는 우리 브랜드의 미래에 대한 질문입니다. 지금 당장은 아니더라도 궁극적으로 우리가 도달하고자 하는 목표가 무엇인지를 설정하는 것이죠. 단순히 '업계 최고 브랜드', '매출 1위 브랜드'가 아니라 우리 제품이나 서비스를 어디까지 확장해볼 수 있는지 그리고 미래에 우리 제품을 쓰는 사람들은 어떤 모습일지를 구체적으로 그려보는 게 좋습니다.

이해하기 쉽게 예를 들어보죠. 우리가 잘 아는 만년필 브랜드 중 몽블랑MONTBLANC이라는 브랜드가 있습니다. 하지만 이들은 스스로 만년필을 판다고 규정하지 않습니다. 본인들은 '품위 있는 라이프스타일을 파는 사람들'로 브랜드의 정체성을 확립해놓았죠. 좋은 펜, 훌륭한 만년필이라는 1차원적인 가치를 넘어 우리 만년필을 소유한다는 것은 어떤 의미인가를 끊임없이 고민한 겁니다. 그 결과 아날로그, 디지털 할 것 없이 필기구가 차고 넘치는 오늘날에서도 몽블랑을 사용한다는 건 우아하고 품위 있는 라이프스타일을 가진 것이라고 해석될 수 있게끔 브랜드를 발전시켜나가고 있는 것이죠.

한편 만년필을 제작해 판매하는 회사 중 라미LAMY라는 브랜드도 있습니다. 몽블랑에 비해 비교적 합리적인 가격에 실용성이 높은 제품을 다루는 라미는 본인들이 '쓰는 경험'을 팔고 있다고 말합니다. 그저 기록하는 도구로써 펜을 파는 게 아니라, 쓴다는 행위가 얼마나 중요하고 또 즐거운지 전하기 위해 펜이라는 매개체를 사용할 뿐이라는 것이죠. 그러니 라미가 수많은 브랜드와 협업해서 독특한 콜라보 제품을 내놓거나 심지어 스마트 펜슬 시장에 진출했을 때도 사용자들은 크게 이질감을 느끼지 않았습니다. 만년필이라는 제품 카테고리에 국한되기보다 손으로 뭔가를 써 내려가는 경험 자체를 목표로 했기 때문이었죠.

이처럼 같은 만년필이라는 제품을 다루면서도 각자가 그 브랜드를 통해 팔고 또 전달하고자 하는 본질은 전혀 다를 수 있습니다. 따라서 여러분들도 '무엇을 파는가'에 대한 질문과 마주했을 때는 우리의 제품과 서비스를 통해 진짜 전달하려고 하는 그 본질적인 가치가 무엇인지를 깊이 고민해봐야 합니다.

누구에게 파는가?

두 번째 질문 역시도 세부적인 소비자 스펙을 정해보라는 뜻은 아닙니다. '우리 타깃 고객은 20대 여성이다', '우리 브랜드는 스트리트 패션을 즐겨 입는 10대 청소년을 대상으로 한다'라는 대답은 앞서 설명해드린 것처럼 그저 표면적인 이유에 지나지 않기 때문이죠.

대신 첫 번째 질문인 무엇을 파는가와 연결 지어 그 가치를 가장 잘 소화할 수 있을 것 같은 사람을 구체화해보는 것이 좋습니다. 우리 브랜드의 본질적인 가치에 가장 잘 공감해줄 수 있는 대상을 상상해보고 그 대상이 가진 특징을 선명하게 그려보는 작업인 거죠.

이것도 한번 예를 들어 설명해보겠습니다.

Part 1 BX 라이팅을 위한 준비

직장인을 위한 워크웨어를 만드는 한 브랜드는 '누구에게 파는가'라는 질문에 '일과 삶의 균형을 중요하게 생각하는 사람'이라고 답했고, 심부름을 포함한 각종 배달 대행 서비스를 론칭한 한 스타트업은 '시간의 가치를 알고 이를 활용할 줄 아는 사람'이라고 대답했습니다. 또 취미 공유 플랫폼을 표방한 한 브랜드는 '타인과의 교류 속에서 나를 성장시키고 싶은 사람'이 본인들이 타깃으로 하는 궁극적인 소비자층이라고 하더군요.

이처럼 '누구에게 파는가'라는 고민은 '무엇을 파는가'에 대한 본질을 훨씬 정교하게 만들어줄 수 있는 질문이자, 우리가 중요하게 생각하는 가치에 공감해줄 수 있는 사람들이 얼마나 되는지 그 수요를 예측하는 데도 매우 중요한 질문입니다.

왜 파는가?

사실 이 세 번째 물음이 가장 어렵습니다. 보통 누가 '왜'라고 물었을 때 그 이유를 설명하는 것이 늘 쉽지 않은 것처럼 말이죠. 개인적으로는 앞선 두 가지 질문들보다도 더 아래로 깊숙이 잠수해야 답변을 건져 올릴 수 있는 질문이 바로 이 질문이라고 생각합니다. 누구에게 무엇을 전달할 것인가를 고민하기 전에 '우리 브랜드의 존재 이유'부터 생각하게 만드는 물음이기 때문이죠.

'우리는 왜 파는가'라는 질문을 조금 더 구체적으로 풀어 보자면 '우리 브랜드가 이 시장에 있어야 할 이유는 무엇인가' 혹은 '우리 브랜드는 왜 세상에 나와야만 했는가' 정도의 질문이 될 겁니다.

그런데 이 물음에 답하기 위해서는 사실 딱 한 가지에만 초점을 맞추면 됩니다. 다름 아닌 우리 브랜드의 팬fan들이죠. 열광적으로 여러분의 브랜드를 좋아해주는 사람들, 여러분의 제품이나 서비스에 가장 좋은 평가를 내려준 사람들의 목소리를 정확하게 파악하는 것부터 시작하는 겁니다. 어쩌면 이분들이야말로 여러분의 브랜드가 세상에 존재하기 전과 후의 변화를 가장 크게 느낀 사람들일지 모르거든요. 따라서 그들이 왜 우리를 좋아해주는지에 대한 이유를 찾다 보면 왜 파는가에 대한 해답을 찾기가 훨씬 쉬워지는 거죠.

만약 아직 팬들의 반응을 확인하기 어려운 신생 브랜드라면 우리 스스로 규정한 '왜 파는가'에 대한 이유와 앞으로 여러분의 팬들이 보여주는 반응이 어느 정도 차이를 보이는지 더더욱 면밀히 체크해나가야 합니다. 그래야 팬들의 기대에 어긋나지 않으면서도 우리가 가고자 하는 방향으로 그들을 조금씩 끌어당길 수 있기 때문이죠.

실제로 전통주 구독 서비스를 론칭하여 안정적으로 시장에 정착시킨 한 창업자분께서 이런 이야기를 들려주었습니다.

브랜드를 시작할 당시에는 퀄리티가 보장된 술을 합리적인 가격에 받아볼 수 있다는 포인트에 사람들이 좋은 반응을 보이지 않을까라고 예측했다고 해요. 그런데 가장 열광적인 구독자들의 의견을 분석해보니 아주 뜻밖의 결과가 나왔다고 합니다. 바로 '이번엔 어떤 술이 올지 너무 궁금하고 기대돼요'라는 반응이었죠. 즉 그 브랜드의 팬들에겐 좋은 술을 간편하고 저렴하게 즐기고 싶어 하는 니즈도 있었지만, 일상의 작은 재미 요소이자 이벤트로 전통주 구독 서비스를 이용하는 측면이 더 컸던 겁니다.

이러한 이유를 재빠르게 파악한 뒤로는 왜 파는가라는 질문에 대해 '좋은 술을 더 기분 좋게, 더 재미있게 소비하도록 하기 위해서'라는 답을 내놓았다고 해요. 그 이후로는 전통주와 페어링해서 먹을 수 있는 안주 서비스를 함께 출시했고, 추천하는 술에 대한 다양한 정보와 이야기를 어떻게 하면 보다 흥미진진하게 설명할 수 있을까를 계속 고민한다고 합니다. 자신의 팬들이 술을 쉽고 간편하게 즐기는 수준을 넘어 기쁘고 재미있게 소비하는 사람들이라는 걸 파악했기에 가능한 것이었죠.

근데 본질을 찾으면 뭐가 좋아요?

브랜드의 본질을 찾는 과정에 대해 설명해드리면 대부분 이런 질문을 하시곤 합니다. "근데, 이렇게 브랜드의 본질을 찾으면 어떤 점이 좋아요?"라고 말이죠. 그럼 저는 딱 한 문장으로 대답해드립니다.

"우리 브랜드가 해야 할 것과 하지 말아야 할 것이 보입니다."

저는 브랜드 하나를 만들고 유지하는 일은 사실 엄청나게 많은 선택과 결단을 해야 하는 일이라고 생각합니다. 우리 브랜드에서 이런 제품을 만들어도 되는지, 우리 브랜드에서 이런 사람을 모델로 써도 되는지, 우리 브랜드에서 이런 식으로 마케팅 전략을 펼쳐도 되는지처럼 좋은 브랜드를 유지하기 위해서는 늘 '해도 되는지, 아니면 하지 않는 것이 맞는지'에 관한 고민이 꼬리에 꼬리를 물기 때문이죠.

하지만 이때 여러분이 각자의 브랜드에 대한 본질을 잘 이해하고 있으면 적어도 훨씬 쉽고, 빠르고, 정확하게 답을 내릴 확률이 높아집니다. 그것이 바로 우리가 늘 브랜드의 본질을 탐구해야 하는 이유이기도 하죠.

다만 이 질문에 답하는 과정에 있어서는 되도록 텍스트만으로 해답에 접근하는 것이 좋습니다. 물론 본질을 찾는 탐험 속에서 시각적인 자료가 훌륭한 도움을 줄 때도 많지만 말과 글로 충분히 생각을 풀어내보지 않은 채로 시각 자료를 맞닥뜨리면 여러분의 머릿속에 너무 쉽게 그 이미지가 자리 잡아버릴 수 있거든요. 그럼 더 좋은 가능성들을 놓치게 되는 건 당연하고 때때로 아직 정리되지 않은 개념들을 허술하게 남겨둔 채 다음 단계로 진입하게 되는 불상사도 벌어지죠.

그러니 당장은 어렵게 느껴지더라도 이 세 가지 질문들에 대해 글로 답하는 훈련을 계속 반복해보시길 추천해드립니다. 그럼 아마 거짓말처럼 여러분이 만들고자 하는 브랜드에 대한 목표가 훨씬 또렷하게 다가오는 순간이 반드시 있을 테니 말이죠.

긴 항해의 나침반이 되어줄
브랜드 키워드 발굴하기

저는 키워드keyword라는 단어를 참 좋아합니다.

단어의 스펠링에서도 알 수 있듯이 key + word, 핵심이 되는 단어라는 뜻을 가지고 있으면서도 한편으로는 내 앞에 놓인 문제를 해결해주는 열쇠key가 되는 단어이기 때문이죠.

혹시 면접을 본 경험이 있는 분이라면 이런 질문을 받아보신 기억이 있을 겁니다. '지원자님이 어떤 사람인지 한 단어 혹은 한 문장으로 표현해주실 수 있을까요'라는 질문이요. 듣기만 해도 벌써 머릿속이 복잡해지는 것 같지만 한편으로는 궁금증이 더해지기도 합니다. 왜 면접관은 하고많은 질문을 두고 이런 질문을 던지는지에 대해서 말이죠.

사실 그 이유는 당신이 어떤 사람인지 스스로 잘 알고 있느냐 그리고 스스로 이해한 당신을 잘 표현할 수 있느냐를 알아보기 위해서일 겁니다. 이 질문에 대한 대답을 키워드로 잡고 있으면 면접관은 면접을 이끌어가기가 한층 쉬워지거든요. 지원자 본인이 정의 내린 '나라는 사람'과 면접관들이 바라보는 '나라는 사람'이 얼마나 일치하는지를 파악할 수 있기 때문이죠.

브랜드에도 중심이 필요합니다

그런데 브랜드를 만들고 잘 유지하는 데에도 이 키워드라는 게 참 중요한 역할을 합니다. 사람을 대할 때와 마찬가지로 브랜드를 만들고, 다듬고, 관리해가는 데 있어 좋은 중심이 되어주는 게 바로 키워드거든요. 그래서 겉으로 드러나지는 않더라도 생각보다 아주 많은 브랜드가 자신들의 키워드를 찾고 정립하는 데 공을 들이고 있고, 그중에서도 규모가 큰 브랜드의 경우에는 이 키워드를 바탕으로 아주 체계적인 브랜드 매니지먼트 전략을 펼치고 있습니다.

하지만 브랜드를 잘 만들고 싶은 열의만으로 키워드를 단숨에 또 멋지게 빚을 수 있는 건 아닙니다. 화려한 단어 위에 최근 유행하는 개념들을 덕지덕지 붙여놓는다고 해결되는 것은 더더욱 아니죠. 그렇다면 우린 과연 어떤 기준과 방법으로 브랜드 키워드를 찾아야 할까요? 그리고 어떻게 해야 이 키워드들을 통해 우리 브랜드를 더 좋은 브랜드로 키워갈 수 있을까요?

긴 항해를 위한 나침반

브랜드 키워드는 브랜드를 새로 만드는 단계에서뿐 아니라 브랜드를 유지/관리하는 단계에서도 계속 발굴하고 끊임없이 발전시켜야 하는 대상입니다. 마치 교훈이나 사훈처럼 반영구적으로 사용하는 개념이 아닌 저 드넓은 바다 위에서 우리의 위치를 확인하고 또 어디로 나아가야 할지를 알게 해주는 나침반과도 같은 존재이기 때문입니다.

　브랜드 키워드는 크게 세 가지 단어로 구분할 수 있습니다. '본질 키워드', '가치 키워드', '상징 키워드'가 바로 그것이죠. 언뜻 보기엔 특별할 것 없어 보이는 개념들이지만 사실 이 키워드들만 잘 찾아서 간직하고 있어도 여러분은 순조로운 항해의 첫 단추를 꿴 것이나 다름없습니다. 이 단어들 속에는 우리 브랜드의 중심과 핵심이 모두 녹아들어 있을 뿐 아니라 이 단어들을 찾는 과정 자체가 브랜드를 정립하는 토대가 되어주니 말이죠.

그럼 지금부터 이 세 가지 키워드가 각각 어떻게 다르고 각자 어떤 역할을 하게 되는지 하나씩 설명해보도록 하겠습니다.

본질 키워드 Essence Keyword

첫째, '본질 키워드'는 브랜드 키워드 중에서도 가장 초석이 되는 단어라고 할 수 있습니다. 말 그대로 우리 브랜드의 본질이자 **'왜 우리 브랜드가 세상에 존재해야 하는지'에 대한 대답이 되어주는 키워드이기 때문이죠.**

사실 우리는 이 키워드를 찾기 위한 과정을 이미 70% 정도 완료한 상태입니다. 바로 앞장에서 다룬 '우리 브랜드의 본질 찾기'를 통해서 우리가 무엇을, 누구에게, 왜 파는지를 고민해봤으니까 말이죠. 다만 앞선 과정이 문장 형태의 대답으로 이뤄졌다면 이제 이를 한데 묶어 표현할 수 있는 단어를 고를 차례입니다. 그리고 이때는 무엇을 파는가가 그 해답이 되어주곤 하죠. 결국 누구에게, 왜 팔기로 결정한 다음에는 우리가 팔고자 하는 것이 더 명확해질 수밖에 없고 이는 특정한 한 단어 혹은 그 조합들로 표현될 가능성이 높기 때문입니다.

예를 들어보죠. 여행 산업을 송두리째 바꿔놓았다고 평가받는 '에어비앤비'라는 브랜드를 다들 잘 아실 겁니다. 그럼 이 에어비앤비의 본질은 과연 뭐라고 규정할 수 있을까요?

에어비앤비는 창업 초기부터 숙박의 개념을 단순한 '대여'로 한정하지 않고 하루의 '여정'이자 하나의 큰 '시퀀스'를 제공하는 것이라고 봤습니다. 꽤 오랫동안 에어비앤비의 슬로건이었던 "여행은 살아보는 거야"라는 문구 역시 이런 가치관을 잘 대변하고 있죠.

그러니 에어비앤비의 본질은 '경험'이라고 규정할 수 있을 겁니다. 단순히 여행객 수준에 머물지 않고 그 도시와 나라에 동화되고 싶어 하는 사람들에게(누구에게 팔 것인가), 획일화된 체험을 뛰어넘는 가치를 전달해주고 싶어서(왜 파는가) 본인들의 사업을 시작한 것이니까요. 에어비앤비라는 브랜드의 밑바탕에는 '경험'이라는 본질 키워드가 단단히 떠받치고 있음이 분명합니다.

이처럼 본질 키워드는 우리가 가장 중요하게 생각하는 것, 궁극적으로 우리가 전달하고자 하는 가치를 기반으로 발굴해야 합니다. 본질이라는 단어만 들었을 때는 다소 막막하고 추상적인 개념처럼 느껴지지만 '이 브랜드를 통해 우리 고객들에게 전하고자 하는 가장 근본적인 것이 무엇인가'를 고민하다 보면 본질 키워드는 자연스럽게 선명해질 수밖에 없는 거죠.

가치 키워드Value Keyword

이제 두 번째 키워드인 '가치 키워드'를 찾아볼 차례입니다. 가치 키워드라는 건 우리 브랜드의 본질을 차별화할 수 있는 단어, **우리가 찾은 본질 키워드에 더 나은 가치를 부여해줄 수 있는 단어를 뜻합니다.**

안타까운 얘기지만 우리가 힘겹게 찾은 브랜드의 본질은 온전히 우리만의 것이라고 할 수 없습니다. 다른 브랜드에서도 우리와 똑같은 것을 본질이라고 규정할 수 있기 때문이죠. 어느 화장품 브랜드가 '자연주의'를 본질로 내걸었다고 해서 다른 화장품 브랜드들이 자연주의라는 단어를 사용할 수 없는 게 아닌 것처럼 때로는 우리가 규정한 본질이 다른 브랜드의 본질과 겹칠 때도 많습니다.

가치 키워드를 찾는 데 공을 들여야 하는 이유도 바로 여기에 있죠. 각자가 중요하게 생각하는 게 같거나 비슷하다면 이제 문제는 '어떻게 해야 그 본질을 차별화할 수 있는가'일 테니까요. 본질 키워드가 그저 허울로만 그치지 않게 그 속에 생명을 불어넣는 작업이 필요한 겁니다.

가치 키워드를 찾을 때는 두 가지 차원에서 접근해볼 수 있습니다. 하나는 '중요한 것 중에서도 우리만이 할 수 있는 것'에 집중하는 것이고, 다른 하나는 '중요하다고 생각하는 본질을 새롭게 재정의해보는 것'입니다. 다시 말해 우리만의 강점을 극대화해서 다른 사람들이 쉽게 따라 할 수 없는 가치를 제시하거나, 아예 사람들의 인식을 바꿔놓음으로써 본질 자체를 다시금 들여다보게 만드는 방법을 써야 하는 거죠.

이번에도 에어비앤비의 사례를 들어보겠습니다. 앞서 우리는 에어비앤비의 본질을 '경험'이라고 규정했지만 사실 이 경험이란 단어 역시 무수히 많은 브랜드에서 무수히 많이 강조하고 있는 키워드라는 사실을 여러분 모두 알고 계실 겁니다. 그럼 과연 에어비앤비는 어떻게 이 경험이라는 본질을 차별화하는 데 성공할 수 있었을까요?

그건 바로 '공유'라는 가치 키워드를 발굴해냈기 때문입니다. 에어비앤비는 경험이라는 본질은 소유할 때보다 공유할 때 그 가치가 훨씬 커진다는 것에 집중했고 이를 사람들에게 적극적으로 전파하기 시작했습니다. 자신의 고객들이 좋은 서비스를 제공하는 호텔을 마다하고 굳이 호스트가 운영하는 가정집에 묵고 싶어 하는 이유는 그들의 생활과 문화와 자취를 공유받고 싶기 때문이라는 걸 알아차린 덕분이었죠.

그러니 경험이라는 다소 흔한 키워드에 '공유'라는 가치를 덧붙임으로써 경험을 나누고 키워갈 수 있는 브랜드로 인식시키는 데 성공할 수 있었던 겁니다.

상징 키워드Symbol Keyword

자, 이렇게 본질과 가치에 관한 키워드를 찾았다면 이제 이 두 가지를 잘 투영할 수 있는 상징체계를 마련해야 합니다. 바로 브랜드 키워드의 정점이자 마침표라고 할 수 있는 '상징 키워드'를 고르는 거죠. **차별화된 본질을 가장 잘 보여줄 수 있는 매개체인 상징 키워드는 사업의 변화나 브랜드 전략에 따라 가장 다이내믹하게 변할 수 있는 키워드이기도 합니다.**

상징 키워드를 찾는 과정은 마치 운송수단을 고르는 것과도 유사합니다. 우리가 누군가에게 내 마음을 전하고 싶다면 어떤 방법으로 전달해야 가장 효과적일지를 고민하게 되잖아요? 편지를 쓸지, 전화를 할지, 아니면 만나서 직접 이야기를 할지 선택해야 하고 만약 직접 만나 대화한다면 조용한 카페가 좋을지, 적당히 산책하며 걸을 수 있는 공원이 좋을지도 골라야 하기 때문이죠.

그러니 앞선 두 가지 키워드가 우리 브랜드의 정체성을 규정하는 키워드였다면 이 상징 키워드는 정체성을 보다 효과적이고 분명하게 표현할 수 있는 키워드라고 보는 것이 정확합니다.

우리가 예시로 살펴봤던 에어비앤비는 '경험'이라는 본질 키워드를, '공유'라는 가치 키워드를 가지고 있는 브랜드입니다. 하지만 가장 중요한 것은 이 '공유하는 경험'을 어떤 상징으로 압축해 전달하느냐는 것이죠.

에어비앤비는 수많은 수단 중에서 다름 아닌 '공간'이라는 상징을 선택했습니다. 여러분도 잘 알고 있듯이 에어비앤비가 다루는 모든 서비스는 오프라인에서의 물리적 공간을 기반으로 하고 있고 이를 중심으로 여러 가지 경험을 담아내고 있기 때문이죠. 실제로 에어비앤비가 제공하는 카테고리를 살펴봐도 가장 먼저 눈에 띄는 것은 방문하고자 하는 공간의 특징들을 나열한 키워드입니다. 초소형 주택/해변 바로 앞/한적한 시골/세상의 꼭대기/유서 깊은 주택/기상천외한 숙소 등 일반적인 여행 서비스에서 제공하는 규모, 인원 등의 옵션과는 전혀 다른 제안을 하고 있거든요. 정형화된 스펙에 여행을 맞추기보다는 고객이 꿈꾸는 장소와 공간을 먼저 구체화할 수 있도록 도와주는 것이 에어비앤비의 가장 큰 상징성이라고 할 수 있습니다.

이처럼 여러분 역시 브랜드의 상징 키워드를 고를 때는

무엇이 우리 브랜드의 정체성을 가장 크게 대변해주고 있는지에 대해 심도 있는 고민을 해야 합니다. 본질과 가치를 잘 찾아냈다고 하더라도 무엇을 통해 이를 전달할지가 정해지지 않으면 여러분의 고객이나 팬들 역시 브랜드로 들어오는 문 앞에서 발걸음을 돌릴 수밖에 없으니까요. 사람들이 저 멀리서도 우리 브랜드를 한눈에 파악할 수 있는 상징적인 키워드를 집중해 발굴해보는 것이 중요합니다.

텍스트 타일을 만들자

저 역시 브랜딩과 관련한 업무를 할 때마다 이 브랜드 키워드 찾기에 골몰하곤 하는데요. 그때마다 동료들과 자주 하는 말 중 하나가 바로 '온몸으로 키워드를 찾아야 한다'는 말입니다. 책상에 앉아 '우리의 본질 키워드가 뭘까? 가치 키워드가 뭘까?'라고 생각한다고 해서 어느 순간 불현듯 머리를 스치며 단어 하나가 콱 점지되는 게 아니기 때문이죠.

　이럴 땐 '텍스트 타일text tile'을 만들어보는 것이 큰 도움이 됩니다. 브랜딩이나 기획 업무를 하시는 분들께는 익숙한 개념이기도 할 텐데요. 앞서 설명해드린 세 가지 키워드에 해당하는 단어가 무엇일지를 알아보기 위해 후보가 될 수 있을 만한 키워드를 타일 형태로 나열해보는 겁니다. 포스트잇에 떠오르는 단어들을 하나씩 써서 한쪽 벽면에 쭉 붙여봐도 좋고 비슷한 개념의 단어라고 생각하면 그룹핑 형태로 무리 지어 영역을 나눠봐도 좋습니다. 우리 목표는 각 키워드에 해당하는 가장 중요한 단어 하나씩을 찾는 것이므로 이에 도움이 될 수 있을 만한 형태라면 어떤 방식을 사용해도 무방합니다.

한 가지 팁을 드리자면 이 텍스트 타일 옆에 브랜드의 본질을 찾기 위한 세 가지 질문을 함께 써두면 키워드 방향을 잡기가 훨씬 쉬워집니다. 비슷비슷한 단어들 사이에서 고민을 이어가다 보면 그 단어가 그 단어 같고, 무엇이 본질이고 무엇이 가치인지 헷갈리는 때도 있기 마련이거든요. 하지만 이때 누구에게, 무엇을, 왜 파는가에 대한 질문을 계속해서 떠올리다 보면 어떤 키워드에 집중해야 하는지가 명확해지고 '본질-가치-상징 키워드'를 발굴하는 단계와도 자연스럽게 연결될 수 있습니다.

키워드를 찾는 건
숨어 있던 본질을 해방시켜주는 것

예전에 이 브랜드 키워드에 관한 이야기를 가지고 짧게 강의를 진행한 적이 있습니다. 그리고 몇 개월이 지난 뒤 강의에 참여하셨던 분으로부터 이런 후일담을 듣게 되었어요.

이 분은 F&B 업계에서 패키지 디자이너로 활동하는 분인데 늘 새로운 브랜드에 맞는 디자인 방향을 고민하느라 부담감이 막중한 상태였다고 합니다. 그런데 강의를 듣고 난 후부터는 프로젝트를 시작하기 전 단계에서 브랜드 키워드 찾기를 연습해보셨다고 해요. 디자인으로 풀어야 할 브랜드의 본질이 무엇이고, 그 본질을 가장 잘 드러낼 수 있는 차별화된 가치는 무엇이며, 어떤 상징으로 이들을 담아내야 할지를 고민하기 시작한 거죠.

처음엔 시행착오도 몇 차례 겪었지만 점점 키워드를 찾는 데 자신감이 붙었고 이 과정 속에서 디자인의 방향을 어떻게 가지고 가야 할지가 선명해지는 경험을 하셨다고 합니다. 무엇보다 디자인을 의뢰한 클라이언트에게 왜 이런 디자인을 적용하게 되었는지를 설명하는 게 한층 쉬워졌다고 하시더라고요. 본인이 찾은 키워드를 하나씩 소개하며 그 과정 속에서의 고민들을 풀어놓으면 상대도 자연스럽게 고개를 끄덕이며 수긍해주더라는 겁니다.

그러니 브랜드 키워드를 찾는 여정은 그럴듯한 단어들로 포장하는 게 아니라 숨어 있던 본질적 요소들을 하나하나 끄집어내 각자의 위치에 되돌려놓는 과정이 아닐까도 싶어요.

그래서 단순히 키워드를 정한다는 표현보다 '발굴'한다는 표현이 더 잘 어울리는 것도 같고요.

저 개인적으로도 BX 라이팅의 전 과정을 통틀어 가장 중요한 것 한 가지만 고르라고 하면 바로 이 브랜드 키워드 찾기를 고를 것 같습니다. 어떤 일을 하든 간에 방향이 정해지고 중심이 잡힌 다음에야 비로소 앞으로 해야 할 것들이 보이는 법이잖아요. 마찬가지로 브랜딩에서도 이 브랜드 키워드들이 정해져야 어디로, 어떻게 움직여야 할지가 명확해진다고 생각합니다.

그리고 설사 여러분이 초반에 브랜드 키워드를 잘못 찾았다고 하더라도 너무 걱정할 필요는 없습니다. 브랜드 키워드는 중요한 순간마다 다시 꺼내서 우리의 위치를 확인해야 하는 나침반과도 같으니 오히려 자주 들여다보고 더 좋은 키워드로 조정해가는 것이 훨씬 중요하다는 사실을 잘 기억했으면 좋겠습니다.

작지만 큰 선언,
브랜드 매니페스토를 작성해보자

새해가 가까워오는 시점이 되면 SNS에 하나둘씩 각자의 각오를 공유하는 글들을 쉽게 찾아볼 수 있습니다. 내년에는 건강에 더 신경 쓰겠다는 현실적인 목표도 있고 새해를 기점으로 좀 더 너그럽고 열린 사람이 되어보겠다는 마음가짐에 대한 이야기도 있죠.

　속으로만 생각하고 조용히 실천해볼 수도 있는 것들이지만 굳이 이렇게 많은 사람에게 전파하는 데는 두 가지 이유가 있다고 생각해요. 하나는 다른 사람들에게 공표함으로써 자기 스스로 실행하지 않을 수 없게 만드는 동기부여의 목적이고, 또 다른 하나는 내가 앞으로 어떤 것에 방점을 찍고 무엇을 중요하게 생각하며 살 것인지에 대해 소개하려는 목적이죠. 그러니 누군가가 쓴 짧은 새해 목표 하나만 보더라도 우리는 그 사람이 추구하는 가치와 의지의 크기를 어느 정도 가늠해볼 수 있습니다.

브랜드를 위한 선언문

이번 장에서 다룰 매니페스토manifesto란 단어 자체가 낯선 분들도 많을 겁니다. 매니페스토는 '분명한 의미', '매우 뚜렷한 것'이라는 뜻을 지닌 라틴어에서 유래한 말인데요. 현대에 와서는 개인이나 단체가 대중을 상대로 자신의 의도나 견해를 밝히는 것을 가리키는 단어로 굳어졌죠. 쉽게 말해서 '남들을 향해 본인의 생각을 선언의 형태로 전달하는 것'은 모두 매니페스토에 해당한다고 봐도 무방한 겁니다.

그런데 이 매니페스토라는 건 좋은 브랜드를 만드는 과정 속에서도 자기 몫을 톡톡히 해주는 요소입니다. 아마 브랜딩이나 마케팅에 관심이 많은 분이라면 이른바 '매니페스토 광고'라는 걸 들어보신 적 있으실 텐데요. 단순히 제품의 효용이나 장점을 어필하는 일반적인 형태의 광고가 아닌 브랜드의 철학, 비전 등을 담아 전달하는 스토리형 광고를 흔히 매니페스토 광고라고 부릅니다.

매니페스토 광고 역사상 가장 흥행한 사례를 꼽으라면 아마 애플을 빼고 이야기하기 어려울 겁니다. 애플은 사업을 시작한 80년대 초부터 이 매니페스토 광고를 즐겨 사용했는데요, 그중에서도 유독 2013년 WWDC에서 공개한 'Designed by Apple in California'라는 광고가 가장 많이 회자되곤 하죠.

이때는 스티브 잡스가 사망하고 몇 해가 지나지 않은 시점이라 애플에 대한 우려의 시선이 고조되던 때였고 특히 잡스가 없는 애플이 더는 놀라운 제품을 내놓지 못할 거란 비난과 조롱이 이어지던 시기였습니다.

하지만 애플은 비판에 맞서 조목조목 반박하기보다 이런 선언문이 담긴 광고 한 편을 공개했죠.

바로 그거예요.
그게 중요한 거죠.
제품의 경험.
그것이 사람들을 어떻게 느끼게 만드는지.
(…)

This is it.
This is what matters.
The experience of a product.
How it makes someone feel.
When you start by imagining
What that might be like,
You step back.
You think.

Who will this help?
Will it make life better?
Does this deserve to exist?
If you are busy making everything,
How can you perfect anything?

We don't believe in coincidence.
Or dumb luck.
There are a thousand "no's"
For every "yes."
We spend a lot of time
On a few great things.
Until every idea we touch
Enhances each life it touches.

We're engineers and artists.
Craftsmen and inventors.
We sign our work.
You may rarely look at it.
But you'll always feel it.
This is our signature.
And it means everything.

Designed by Apple in California

누구를 도울 수 있을까?

삶이 더 나아질 수 있을까?

과연 존재할 만한 이유가 있는 것일까?

(…)

우리는 우연이나 바보 같은 행운에 기대지 않습니다.

'그렇다'라고 말할 수 있는 모든 것에는 수천 번의 '아니오'를 말하는 시간이 있었죠.

우리는 몇 가지 위대한 것들을 위해 엄청나게 많은 시간을 쏟고 있습니다.

우리의 손길이 닿는 모든 아이디어가 사람들의 삶에 직접 가닿을 수 있을 때까지 말이에요.

(…)

당신이 무심코 지나칠 수도 있지만 당신은 언제나 느낄 수 있을 겁니다.

이것이 우리의 사명이고, 이것이 우리의 전부이니까요.

이른바 '바로 그거예요. 그게 중요한 거죠This is it. This is what matters.' 시리즈로 알려져 있는 이 광고는 제품별로 조금씩 변형된 여러 매니페스토를 소개하며 애플에 대한 우려를 잠식시키는 데 아주 큰 역할을 했다는 평가를 받습니다.

살아생전 잡스가 애플에 끼친 영향이 지대한 것은 맞지만 애플을 움직이는 건 한 사람의 역할이 아니라 제품에 담긴 경험이며, 이를 위해 각자가 어떤 사명으로 어떤 역할을 하고 있는지 소개했기 때문이죠. 덕분에 이 광고를 본 사람들은 '그래. 원래부터 애플은 그런 회사였지. 그리고 내가 애플의 제품을 좋아하는 이유도 바로 이런 이유에서지'라고 공감할 수 있었습니다. 혁신적인 신제품들을 내놓아도 의심의 눈초리를 감추지 않았던 사람들이 글로 된 문장 몇 줄에 아예 마음을 돌려세운 겁니다.

브랜드 매니페스토, 어떻게 써야 할까?

이렇듯 브랜드 매니페스토는 **우리가 추구하는 브랜드가 어떤 모습이며 무엇을 중요하게 생각하고 있는지를 널리 알리는 매우 중요한 자산입니다.** 더불어 매니페스토를 잘 만들어놓으면 고객이나 사용자들에게 우리 브랜드를 좋게 인식시킬 수 있을 뿐 아니라 내부에서 브랜드를 만들어가고 있는 사람들에게도 긍정적인 영향을 끼칠 수 있죠. 우리가 정립하고자 하는 브랜드가 구체적으로 무엇이고 그 속에서 나는 어떤 역할을 해야 하는지에 대해서 늘 고민할 수 있게 하기 때문입니다.

그럼 여기서 본격적인 궁금증이 생깁니다. 과연 좋은 브랜드 매니페스토는 무엇이고, 어떻게 해야 브랜드 매니페스토를 잘 작성할 수 있는 걸까요?

상대방의 꿈을 실현해주는 사람이 되자

좋은 브랜드 매니페스토에 대한 기준은 다양하겠지만 적어도 매니페스토에 담겨야 할 가장 본질적인 요소를 꼽으라면 바로 '우리에 대한 규정'을 들 수 있습니다. 즉 지금 이 글을 읽고 있는 당신은 어떤 사람인지와 이 브랜드를 만들고 있는 나는 또 어떤 사람인지에 대한 관계를 설정하는 것이죠. 그리고 '내가 하는 일이 당신이 그토록 바라는 것을 이뤄주는 일이다'라는 점을 인식하게 해줄 수 있어야 좋은 매니페스토로서 기능할 수 있습니다.

세상에 존재하는 다양한 형태의 매니페스토 중 사람들이 오래 기억하고 많이 인용하는 매니페스토는 언제나 상대방의 꿈과 욕망을 건드리는 글이었습니다. 미국인이 가장 사랑하는 문장이라는 '독립선언서'부터 나이키의 창업자 필 나이트가 회사 설립 초반에 쓴 '나이키의 10가지 원칙', 심지어 수천 년 전 이상적인 국가란 무엇인가에 대해 설명해놓은 플라톤의 《국가론》에 이르기까지. 좋은 선언은 늘 상대가 바라는 것을 구체적으로 규정할 줄 알고 이를 실현하기 위해 우리는 무엇을 해야 하는가를 매력적으로 설명할 줄 아는 콘텐츠이기 때문이죠.

그러니 브랜드 매니페스토를 작성할 때는 감성적이고 유려한 카피를 쓴다는 목표 대신에 '우리의 고객들이 꿈꾸는 것은 무엇이고, 우리는 이를 위해 어떤 가치와 노력을 보여줄 수 있는가'를 명확히 하는 게 먼저입니다.

긴 글을 요약하지 말고, 시작부터 간결하게

다들 어린 시절 한 번쯤 표어標語를 써본 경험이 있을 겁니다. 물 절약, 불조심, 예의범절, 환경보호 등 주제와 카테고리도 참 다양했죠. 그런데 매니페스토 역시 이 표어와 유사한 기능을 합니다. 긴 글로 설명하기엔 임팩트와 주목도가 떨어질 것을 염려해 짧고 분명한 메시지를 전달하는 표어처럼 간결한 글의 형태만으로 사람들의 생각과 마음을 사로잡아야 하는 것이 매니페스토의 숙명이기 때문입니다.

따라서 매니페스토를 쓸 때는 설명문 형태의 긴 글을 쓴 다음 주요 문장들을 추려 요약하는 방식을 택하기보다 콘셉트를 바꿔가며 계속 짧은 형태의 글을 써보는 것이 훨씬 좋습니다. 가급적 10줄 이내, A4 기준 0.5장을 넘기지 않는 선에서 우리 브랜드가 하고자 하는 이야기를 써보는 거죠. 그리고 최대한 문장의 호흡을 짧게 끊어서 사람들이 읽기에 편하도록 만드는 것이 좋고, 혹시 다양한 언어로 번역되어야 하는 경우라면 어떤 언어로도 전달이 가능할 만큼 쉽고 명확한 단어들을 채택하는 것이 유리합니다.

우리다운 질문을 던지고, 우리답게 대답하기

그래도 매니페스토 쓰기가 막막하다면 우선 우리 브랜드에 필요한 질문들을 선정하는 것으로 시작해볼 수도 있습니다. 특히 저는 매니페스토를 쓸 때 함께 브랜드를 만들어가고 있는 구성원들이나 우리 브랜드를 궁금해하는 주변인들로부터 아래와 같은 다양한 질문들을 수집하는데요.

'왜 이런 브랜드를 만들기 시작했나요?/다른 브랜드 대신 이 브랜드를 선택해야 하는 이유는 무엇인가요?/우리 브랜드에 열광하는 사람들은 어떤 특징을 가진 사람들인가요?/우리가 가장 설득하기 어려운 상대는 누구인가요?/이 브랜드를 통해 우리가 도달하고자 하는 목표는 무엇인가요?'

이런 갖가지 질문들을 모아놓고 그중 마음에 드는 질문을 골라 답해본다는 생각으로 글을 쓰면 의외로 매니페스토를 작성하는 데 아주 좋은 훈련이 됩니다. 중요한 물음에 나다운 방식으로 답하는 연습을 하다 보면 매력적으로 질문을 던지는 법은 물론이고 어떤 대답을 어떻게 해야 하는지에 대한 방향도 잘 설정할 수 있기 때문이죠.

더불어 혼자서 매니페스토를 쓰려고 끙끙대기보다는 함께 브랜드를 만들고 있는 여러 사람에게 이 질문을 공유하고 각자가 생각하는 답을 짧게 받아보는 것도 좋습니다. 그중 마음에 드는 대답이 있다면 거기서부터 출발해 우리만의 매니페스토를 발전시켜볼 수도 있으니 말이죠.

오감을 동원해 숙성하기

매니페스토는 숙성이 필요한 글입니다. 마케팅 카피처럼 적절한 타이밍에 파고들어 단시간에 사람들의 마음을 사로잡는 대신 시간이 지나도 우리의 정체성을 대변할 수 있고, 그 가치를 기반으로 또 새로운 매니페스토를 만들 수 있도록 하는 글이어야 하기 때문이죠. 따라서 매니페스토는 초안을 써둔 다음 적당한 시간을 두고서 주기적으로 확인하고 체크하는 과정이 꼭 필요합니다. 오랜 시간 고민하다가 한 방에 써 내려간다는 생각보다는 대충이라도 쓴 글을 조금씩 계속 수정해나간다는 생각으로 접근해야 하는 거죠.

저는 개인적으로 두 가지 숙성 방법을 사용하는데요.

첫 번째는 작성한 매니페스토를 하루에 한두 번씩 정해진 시간에 소리 내서 읽어보는 방법입니다. 매니페스토는 선언의 성격이 강하기 때문에 읽는 느낌 못지않게 듣는 느낌도 매우 중요합니다. 운율과 리듬감 역시 필수적인 요소로 여겨져서 서구권에서는 이른바 브랜드를 위한 시詩라고도 불리죠.

따라서 눈으로 읽는 데 그치지 말고 직접 입으로 소리 내 읽으면서 우리 브랜드의 선언이 어떤 감정으로 다가오고, 어느 정도의 전달력을 가졌는지를 생생히 느껴봐야 합니다.

두 번째는 매니페스토의 내용과 분위기에 맞는 적절한 이미지를 골라 글과 함께 붙여두는 방법입니다. 드디어 텍스트와 이미지를 함께 놓고 바라보기 시작해야 하는 시점이 온 것이죠. 여러분이 생각하기에 텍스트의 내용을 효과적으로 잘 전달할 수 있을 것 같은 이미지를 한 장 골라 그 위에 텍스트를 삽입한 다음, 가장 잘 보이는 곳에 디스플레이해두는 겁니다. 일정한 주기대로 이미지를 교체해가며 테스트해도 좋고, 같은 텍스트를 여러 장의 이미지 위에 올려 한꺼번에 전시해둬도 좋습니다. **가장 중요한 건 그 이미지의 시각적 힘을 빌려 우리 선언문에 대한 메시지와 감정에 더욱 몰입해보는 것이니 말이죠.**

단, 여기서 한 가지 주의할 것은 처음부터 우리 브랜드나 제품, 서비스 등을 직접적으로 나타내는 이미지를 고르지 않는 것입니다. 나중에 실제 광고에 적용될 때는 브랜드와 연관성이 높은 이미지가 활용될 수밖에 없다고 해도 처음부터 이런 시각 자료를 고르면 우리의 생각과 감정이 그 이미지를 따라 작동해버리고 말거든요. 따라서 가능한 브랜드와 멀리 떨어진 의외의 분야에서 이미지를 골라보는 것이 좋고, 필요하다면 특정한 사물이나 오브제 정도를 함께 배치한 후 그 느낌을 확인하는 방법도 추천합니다.

내부를 향한 외침이 필요할 때

마지막으로 한 가지 덧붙이자면 이 매니페스토는 오롯이 내부를 위한 브랜딩 요소로도 활용할 수 있다는 사실입니다. 다시 말해 광고나 캠페인 등 특정한 매체를 통해 외부로 알려지지 않더라도 브랜드를 만드는 내부 사람들을 향한 선언으로 사용할 수 있는 거죠. 실제로 특정 브랜드들에서는 아예 처음부터 내부 결속을 다지고 브랜드의 방향을 더욱 명확히 하기 위해 별도의 매니페스토를 만드는 경우도 많습니다.

저만하더라도 브랜드를 만들어야 하는 프로젝트가 시작되면 가장 먼저 하는 일이 '왜 우리가 이 일을 하는지와 우리는 어떤 관점으로 어떻게 이 일을 들여다봐야 하는지'를 규정한 짧은 매니페스토 글을 공유하는 것이거든요. 그런 다음 프로젝트가 진행됨에 따라 이 선언문을 조금씩 수정하기도 하고 업데이트하기도 하고 아니면 아예 뒤집기도 하면서 사람들에게 새로운 목표와 비전을 전달하고자 노력합니다. 그만큼 중요하고도 반드시 필요한 일이니 말이죠.

이렇게 매니페스토를 쓰기 시작한 이후로 저는 다른 사람들이 작게나마 선언해놓은 것들도 쉽게 지나치지 못하는 버릇이 생겼습니다. 누군가가 SNS에 올린 한 줄 목표는 물론이고, 새로운 신제품을 소개하며 이전과 완전히 달라졌음을 알리는 수많은 광고도 그냥 넘기기 어렵더라고요.

그중엔 정말 사람의 마음을 움직이기에 충분한 명문도 있고, 반대로 미사여구를 동원해 겉치레만 하다 끝나는 경우도 있지만 둘 중 어느 것이든 배울 지점은 분명히 있다고 생각합니다. 그러니 여러분도 누군가가 자신의 생각을 공표해놓은 글을 유심히 살펴보면 좋겠어요. 그리고 그 주장에 얼마나 동의하고 공감할 수 있는지, 그럴 수 없다면 무엇이 문제인지를 찬찬히 파헤치다 보면 어느새 여러분이 써야 하는 글에 대해 점점 확신이 생기는 경험을 할 수 있을 거라고 봅니다.

STORYTELLING

BRANDING WRITING

글을 통해 완성하는
브랜드 페르소나

저는 좋은 브랜드, 매력적인 브랜드를 판별하는

중요한 기준 중 하나가 바로 이것이라고 생각합니다.

'그 브랜드가 자신만의 언어를 가지고 있는가' 그리고

'사용자와 소비자들이 그 언어를 통해 이야기하고 있는가'.

브랜드 페르소나
이해하기

"무엇인가를 만들기 위해 엄청난 돈을 쏟아붓고 갖은 노력을 했음에도 그것이 매력 없다고 느껴진다면 이유는 단 하나다. 당신이 페르소나를 불어넣지 않았기 때문이다."

미국의 유명 배우이자 디즈니 애니메이션의 미키 마우스 목소리를 연기한 웨인 올와인Wayne Allwine의 말입니다. 여러 성우가 미키 마우스 목소리를 거쳐갔음에도 불구하고 유독 그가 대중의 사랑을 한 몸에 받는 이유가 무엇인지를 묻자 이렇게 대답한 것이었죠.

앞에서도 잠깐 언급했지만 페르소나란 어쩌면 브랜딩의

시작이자 끝일지도 모릅니다. 이렇게까지 힘을 주어 설명하는 이유는 간단합니다. 웨인 올와인이 말한 것처럼 사람들이 무엇인가에 매력을 느끼고 사랑하게 되는 가장 큰 이유가 페르소나에 있기 때문이죠.

사실 페르소나라는 말은 그리스·로마 시대에서부터 존재해왔던 말입니다. 당시에는 연극이 유일한 엔터테인먼트이자 가장 인기 있는 놀이문화였는데 무대장치가 발달하지 않은 때라 한 사람이 다양한 역할은 물론 소품까지 연기해야 했거든요. 이때 배우들은 가면을 바꿔 쓰는 것으로 배역을 구분했고 관객 역시 배우가 가면을 바꾸면 역할이 바뀌었구나 하고 생각했다는데요. 바로 이 가면을 바꿔 쓰는 행위 자체를 '페르소나'라고 부른 거죠. 당시엔 새로운 가면이 곧 새로운 인격을 상징하는 것이었으니까요.

이렇듯 페르소나는 '타인 혹은 다른 대상에게 부여된 하나의 인격'이라고 정의할 수 있습니다. 다시 말해 **자신이 원하는 방향으로 설계하고 창조해낸 새로운 자아**인 셈이죠.

브랜드도 하나의 자아라는 사실

그럼에도 페르소나라는 단어가 조금 어렵게 느껴진다면 '캐릭터'라는 말로 바꿔 이해해도 좋습니다. 사람들은 영화나 드라마를 볼 때 스토리만큼이나 그 작품에 등장하는 캐릭터에 큰 매력을 느낍니다. 나와 비슷한 처지에 있는 주인공에게는 동질감을 느끼게 되고, 닮고 싶은 캐릭터는 선망의 대상이 되기도 하며, 표독스러운 악역에게는 세상의 모든 미움을 끌어모아 비난을 퍼붓죠.

반대로 캐릭터가 매력적이지 않을 때는 '밋밋하다', '공감이 안 된다', '몰입감이 떨어진다' 같은 평가를 내리며 쉽게 외면하기도 합니다. 이는 단순히 연기하는 사람의 능력이 부족해서가 아니라 캐릭터의 페르소나가 충분한 강점을 발휘하지 못했기 때문이라고 보는 게 더 정확할지도 모르죠.

브랜드 역시 마찬가지입니다. 해마다 글로벌 컨설팅 업체들은 막대한 자본을 투여해 브랜드 가치를 평가하는 조사를 실시합니다. 브랜드가 가지고 있는 자산을 중심으로 대중이 그 브랜드에 대해 어떤 평가를 내리는지 파악하는 것이죠. 흥미로운 건 이때 사용하는 평가 지표의 대부분이 브랜드를 인격화한 표현들이라는 사실입니다.

예를 들면 특정 브랜드의 로고나 제품, 광고 등을 보여준 다음 여러 개의 단어 중에서 해당 브랜드에 가장 적합한 느낌의 단어를 골라 배치하도록 하는 방식이 대표적인데요. 이때 사용되는 단어들은 어려운 전문용어가 아닌 '따뜻한', '이상적인', '다정한', '분별력 있는', '날카로운', '유머러스한', '센스 있는', '용감한' 등과 같이 마치 사람의 성격과 기질을 상징하는 단어들로 구성되곤 합니다.

브랜딩이 되어 있는 무엇인가와 마주할 때 우리는 마치 사람을 대할 때처럼 인격적인 요소들의 총합으로 그 대상을 받아들이기 때문이죠.

사용자 페르소나와 브랜드 페르소나 구분하기

페르소나에 대한 이야기를 듣고서 이렇게 생각하는 분들도 있을 겁니다. '아, 나도 페르소나 만드는 거 해봤어. 그거 실제로 우리 제품이나 서비스를 쓸 사용자를 예측해서 모델링하는 거 아니야?'라고 말이죠.

하지만 방금 언급한 페르소나는 사용자 경험, 즉 UX를 설계하기 위한 페르소나에 해당합니다. 때문에 하나의 인격을 만들고 캐릭터를 부여하는 데 초점을 맞추기보다는 제품, 서비스를 사용하면서 보여주는 실제 행동 패턴이나 태도, 숙련도, 사용 동기 등에 집중해서 설계하기 마련이죠. 그래서 보통 '20대 초반의 여성이면서 경제력이 어느 정도이고, 특정 제품군에 사용하는 월 지출액은 얼마이며, 어떤 것에 관심이 많고, 하루에 최소 몇 분 이상은 이 행동에 기여하거나 투자한다'와 같은 인구통계학적인 모델로 표현하곤 합니다.

반면 브랜드 경험을 위한 페르소나는 이 개념과 완전히 구분됩니다. 이 책을 시작하면서 '마케팅을 위한 글쓰기'와 '브랜딩을 위한 글쓰기'의 차이를 살펴본 것 기억하실까요? 그때도 마케팅은 타인에게, 브랜딩은 우리 자신에게 초점을 맞춘 거라고 말씀을 드렸는데요. **바로 이 브랜드 페르소나야말로 '우리'에게 초점을 맞춰 새로운 캐릭터를 탄생시키는 과정의 핵심이라고 할 수 있습니다.**

더불어 사용자 페르소나는 특정한 목표를 달성하고 나면 그 역할이 끝나게 되지만 브랜드 페르소나는 우리 브랜드를 영원히 살아 숨 쉬도록 그 생명력을 유지해주는 역할을 하죠. 따라서 얼마나 풍부한 내러티브를 가지고 얼마나 매력적인 캐릭터를 설정할 수 있느냐가 브랜드 페르소나를 만드는 데 가장 근본적인 미션이 되는 겁니다.

좋은 브랜드 페르소나엔 공통점이 있다

그럼 브랜드 페르소나에서 가장 중요한 요소는 무엇일까요? 더불어 우리는 어떻게 해야 그저 밋밋하고 재미없는 캐릭터를 벗어나 많은 사람들로부터 사랑받고 또 지지받는 브랜드 인격을 완성할 수 있는 걸까요? 이 이야기를 본격적으로 하기 전에 우선 어떤 브랜드 페르소나가 좋은 브랜드 페르소나인지에 대한 우리만의 기준을 정리하고 갈 필요가 있습니다. 여기에 특정한 법칙을 들이밀 수는 없겠지만 적어도 사람들로부터 '매력적이다'라고 평가받는 인격들에는 큰 공통점이 발견되기 때문이죠.

일관성을 유지할 것

좋은 페르소나의 가장 밑재료가 되어야 하는 것은 바로 일관성입니다. 자칫 이 말을 변화에 대한 거부처럼 받아들이는 분들도 있지만 사실 일관성이란 뚜렷한 아이덴티티를 바탕으로 우리 브랜드다운 메시지를, 우리 브랜드다운 방법으로 전달하는 것을 뜻합니다.

  슬픈 이야기지만 우리 고객들이 365일, 24시간 내내 우리 브랜드만을 바라보고 있는 건 아니죠. 게다가 수많은 경쟁자들이 발산하는 메시지 사이에서 우리 브랜드의 목소리를 전달해야 하기 때문에 왜곡의 위험성 또한 늘 존재하기 마련입니다. **따라서 브랜드의 페르소나에는 중심을 잡을 수 있는 '코어**core **페르소나'가 필요합니다.** 이 코어 페르소나는 우리 브랜드가 유지되는 한 끝까지 함께해야 하는 운명 공동체라고도 할 수 있죠.

전 세계인이 알고 있는 패스트푸드 브랜드 맥도날드는 코어 페르소나로 '행복'이란 요소를 채택한 대표적인 브랜드로 손꼽힙니다. 70년에 가까운 기간 동안 전 세계 3만 7,000여 개 매장에서 4,000종이 넘는 메뉴를 선보였다고 알려져 있지만 그 와중에도 고객에게 전달하고자 하는 대표적인 브랜드 경험은 '언제 어디서 어떻게 맥도날드를 즐기더라도 그 순간이 행복하게 기억되면 좋겠다'는 것을 목표로 하고 있죠. 그래서 수많은 프리미엄 버거 브랜드가 등장하고 대체 가능한 메뉴들이 넘쳐나는 오늘날에도 맥도날드가 전하는 브랜드 이미지는 쉽게 무너지지 않습니다. 오히려 이제 그 누구도 쉽사리 '행복'이라는 코어 페르소나를 활용할 수가 없게 되어버렸죠. 어떻게 브랜딩을 한다고 해도 맥도날드가 이룬 '행복의 왕국'이라는 자산을 뺏어오기는 쉬운 일이 아니니까요.

이렇듯 코어 페르소나는 아주 오랜 시간이 지난 후에도 우리 브랜드의 밑바탕이 될 수 있는 단 한 가지의 가치를 정하는 것에서부터 출발해야 합니다. 그리고 **이 코어 페르소나를 중심으로 마치 컴퍼스로 원을 그리듯 점점 반경을 넓혀나가야 하는 거죠.** 그 과정에서 브랜드 페르소나를 더 완성도 있게 만들어줄 요소들을 찾고 조금씩 변주를 주며 다양한 가능성을 탐색하는 것이 좋습니다. 그래야 고객들도 여러분의 브랜드가 어떤 사람처럼 느껴지는지 그 핵심 이미지를 오랫동안 뚜렷하게 떠올릴 수 있기 때문이죠.

예측 가능할 것

반면 영화나 드라마를 보다 보면 특정한 캐릭터에 실망을 느끼게 되는 순간도 있습니다. 그리고 그 즉시 우리의 몰입감은 산산조각이 나고 말죠. 대표적인 경우가 바로 캐릭터가 우리의 예측을 지나치게 벗어나 행동하는 때입니다. 우리는 이야기가 흘러감에 따라 주인공이 새로운 환경과 새로운 인물을 마주하게 되고, 그러면서 자연스레 성장하고 발전해가기를 원하는 것이지 갑자기 기존의 캐릭터를 부정하며 새 인물이 되려는 것을 원하는 건 아니니까요. 이런 순간을 목격하면 오히려 해당 캐릭터에게 낯섦과 반감만 느끼게 되는 거죠.

고객이 브랜드에 애정을 갖기 시작하면 '기대 심리'라는 것이 생깁니다. 이 기대 심리는 마치 우리가 누군가를 사랑할 때 느끼는 감정처럼 '이 사람이라면 분명 나에게 이렇게 말해

주고, 이렇게 행동할 거야'라는 긍정적인 예측을 가능하게 하죠. 그러니 고객에게 좋은 기대 심리를 심어주기 위해서는 우리의 기본적인 페르소나는 유지하되 마치 영화 주인공처럼 계속 성장하고 있다는 것을 느끼게 만드는 게 중요합니다.

많은 사람의 드림카로 불리는 포르쉐는 새로운 모델이 등장해도 외관 디자인과 운전 경험을 크게 뒤흔들지 않는 것으로 유명합니다. 대신 기술력은 나날이 향상되고 자동차 안에 들어가는 디테일한 요소들 역시 끊임없이 업그레이드되죠. 그래서 포르쉐의 첫 순수 전기차 모델인 '타이칸'이 등장했을 때도 사람들은 크게 이질감을 느끼지 않았습니다. 오히려 포르쉐다운 전기차가 나왔음에 환호를 보냈죠.

이때 포르쉐 전기차 부문을 담당하는 슈테판 베크바흐 Stefan Weckbach 부사장은 한 인터뷰에서 이런 말을 남겼습니다.

"우리는 요란하게 미래를 맞이하지 않습니다. 대신 가장 우리다운 방식으로 누구보다 먼저 미래를 향해 걸어가고 있습니다. 그러니 10년 뒤, 20년 뒤에 나오는 모델들에도 고객들은 '포르쉐답다'라는 이야기를 할 겁니다. 우리의 목표는 고객들이 우리에게 더 큰 기대를 갖게 만드는 것이니까요."

이처럼 브랜드 페르소나를 설정할 때는 무분별하게 변화를 꾀하는 것이 아니라 우리의 팬들이 매일 조금씩 새로운 기대를 가질 수 있도록 해줘야 합니다. 어디로 튈지 모르는 사람에게는 매력보다 불안을 더 느끼게 되는 것처럼 브랜드를 대하는 고객들도 마찬가지거든요. 그러니 '내일은 오늘보다 우리 사이가 더 좋아지고 깊어지겠구나'라는 기분 좋은 예감을 주는 페르소나가 되는 것이 무엇보다 중요합니다.

생동감이 느껴지게 할 것

영화나 게임, 문학작품 속에는 이른바 '세계관'이라는 개념이 존재합니다. 세계관은 이야기의 무대이자 서사의 범위를 결정하는 아주 중요한 역할을 하죠. 최근에는 매우 방대하고 정교하게 설정된 세계관을 바탕으로 스토리를 풀어가는 경우도 많고 두 개 이상의 세계관을 섞어서 또 하나의 새로운 세계관을 만들어내기도 합니다.

하지만 세계관은 이외에도 아주 핵심적인 역할 하나를 담당하고 있습니다. 바로 캐릭터를 더욱 생생하게 만드는 데 지대한 영향을 주기 때문이죠. 여러분도 콘텐츠 안에 존재하는 배역이나 캐릭터가 아주 생동감 넘치게 다가오는 경험을 한 번쯤은 해보셨을 겁니다. 가끔은 '내 주변에 실제로 저런 사람 한 명 있으면 좋겠다' 싶은 생각이 들 때도 있고 말이죠.

사실 이건 캐릭터 자체의 페르소나가 훌륭한 덕분이기도 하지만 그 캐릭터를 둘러싼 배경이 해당 인물을 더욱 완성도 있게 만들어주기 때문이기도 합니다. 현재의 인격을 가지기까지 과거에는 어떤 일들이 있었는지 또 앞으로 일어날 일들은 무엇일지 상상하도록 해주기 때문이죠. 그리고 우리는 그 일련의 과정 속에서 캐릭터에 더 큰 호감을 느끼게 되고 더 깊이 이해하고 싶은 열망을 가집니다.

따라서 좋은 페르소나란 그 인물의 과거와 미래 모두를 궁금하게 만드는 페르소나이자, 인격의 배경이 되는 세계관을 함께 공유하는 페르소나인 거죠. 이쯤에서 '이렇게까지 힘들게 페르소나를 고민해야 하는 건가?'라는 생각이 드시는 분들을 위해 배경과 세계관의 중요성을 새삼 일깨워주는 사례를 하나 소개해드릴까 합니다.

2021년부터 불어닥치기 시작한 가상인간 모델 열풍을 여러분도 잘 알고 계실 겁니다. 각 기업이나 브랜드에서 앞다퉈 가상인간 캐릭터를 만들어내기 시작했고, 2023년 10월을 기준으로 국내에만 약 200여 명 이상의 주요 캐릭터가 존재한다고 알려져 있습니다. 하지만 현재 활동하고 있는 가상인간 모델은 손에 꼽을 정도이고 그마저도 등장한 초기에 비해 활동량과 빈도가 90% 이상 급감했죠. 그 이유에는 AI 기술에 대한 신선도가 떨어진 점, 가상인간 간의 외향적 차별점이 적은 점 등이 꼽히지만, 무엇보다 캐릭터가 가진 스토리의 부재가 소비자의 외면으로 이어졌다고 평가됩니다. 다시 말해 사람과 구분이 불가능할 정도로 정교하게 만들어진 캐릭터라 하더라도 그 인물이 가진 배경과 세계관이 매력적이지 않다면 고객들에게 생동감 있는 페르소나를 전달하기가 힘들다는 이야기입니다.

그러니 브랜드를 만들 때도 멋진 키워드 하나를 내세우면 사람들이 자연스레 그 키워드에 담긴 가치에 공감하고 열광할 거라고 생각해선 안 됩니다. 우리 브랜드의 코어 페르소나를 설정했다면 그 페르소나를 어떻게 입체적으로 만들 것이냐가 훨씬 중요하니까요. 어떤 배경과 세계관을 입혀 그 인격에 생동감을 불어넣을지에 대한 고민을 이어가는 게 좋은 페르소나를 만드는 기본적인 자세라고 할 수 있습니다.

캐릭터 속 숨은 세계관 찾기

브랜드 페르소나를 만드는 방법에 대해서는 다음 장에서 더욱 자세히 다루겠지만 그전에 페르소나를 잘 이해하고 받아들이기 위한 저만의 훈련법 하나를 소개해드릴까 합니다.

앞에서 설명해드렸듯이 페르소나는 **일관성/예측 가능성/생동감** 이 세 가지가 가장 중요한 기본 요소입니다. 때문에 저는 영화나 드라마, 소설 등을 볼 때 이따금씩 마음에 드는 캐릭터의 '숨은 세계관 찾기' 연습을 해보는데요. 단어는 거창하지만 사실 아주 간단하면서도 누구나 쉽게 따라 할 수 있는 방법입니다.

1. 캐릭터의 과거를 상상하며 인생 그래프 만들어보기

제가 가장 처음 하는 작업은 캐릭터가 살아온 인생을 예상하며 간략하게 압축해보는 것입니다. 즉 가벼운 인생 그래프를 하나 그려보는 거죠. 인생 그래프를 만들 때는 '캐릭터의 자아를 형성하는 데 가장 큰 영향을 준 요소'는 무엇이었을지, '캐릭터가 어린 시절 선망했던 대상은 누구일지', '어떤 사람들과 어울리며 어떤 것들에 대해서 자주 이야기했을지' 등을 상상해보면 좋습니다. 이 작업의 포인트는 지금의 그 인물이 되기까지 어떤 과정을 거쳐왔을지를 역추적해보는 것이니 이와 관련된 질문이라면 어떤 것이든 적극적으로 던져보는 걸 추천해드립니다.

2. 캐릭터와 어울리는 코어 페르소나 찾기

다음으로는 캐릭터가 자신의 인생에서 가장 중요하게 생각하는 가치가 무엇일지 상상해보는 단계입니다. 특히 영화나 드라마에 등장하는 캐릭터들은 극중에서 드러나는 욕망과 열망이 꽤 구체적인 경우가 많은데요. 지금 주인공이 처한 상황 등을 토대로 해당 캐릭터에게 가장 중요한 코어 페르소나가 무엇인지를 한 단어로 정의해보면 훨씬 입체적으로 캐릭터와 마주할 수 있습니다. 그런 다음 이 코어 페르소나가 다른 인물들에게는 어떤 영향을 주는지 대중들에게는 어떤 반응을 이끌어내는지를 살펴보는 것도 꽤 흥미로운 작업이죠.

3. 캐릭터와 어울리는 브랜드 매칭해보기

마지막으로는 캐릭터의 인생 배경과 코어 페르소나를 기초로 그 캐릭터에게 가장 어울릴 만한 브랜드를 골라보는 겁니다. 이때는 특정 브랜드에 어울리는 모델을 고른다는 생각보다 그 캐릭터의 페르소나와 가장 닮아 있는 브랜드를 찾는다고 생각하는 게 좋습니다. 즉 한 사람의 인생과 가치관을 어떤 브랜드에 투영할 수 있는지 고민해보는 것이죠. 물론 처음에는 이 방법이 낯설고 막막할 수 있습니다. 하지만 여러분의 관심을 끄는 캐릭터가 있다면 일상 속에서 특정한 브랜드를 만날 때마다 한 번씩 슬쩍 끼워 넣어보는 것으로 가볍게 시작할 수도 있으니 부담을 크게 가질 필요는 전혀 없습니다.

저는 최근에 넷플릭스에서 팝아트의 거장 '앤디 워홀Andy Warhol'에 관한 다큐멘터리를 봤는데요, 그의 일생과 작품 세계를 살펴보면서 과연 앤디 워홀을 브랜드에 비유한다면 어떤 브랜드에 매칭해볼 수 있을까 하는 궁금증이 생기더라고요. 그리고 열심히 안테나를 세우며 여러 브랜드들을 살펴보던 중 시계 브랜드인 스와치Swatch가 떠올랐습니다.

파격적인 아티스트임에도 대중성과 상업성을 모두 갖췄다고 평가받는 앤디 워홀은 많은 사람이 쉽고 재미있게 접근할 수 있는 예술을 추구했습니다. 또한 총격 사건을 포함해 인생의 여러 굴곡을 겪으며 살아왔지만 수많은 아티스트와 협업하는 개방성을 보이기도 했죠.

저는 이 점이 묘하게 스와치와 겹친다고 생각했습니다. 스와치 역시 실용적이고 대중적인 시계 브랜드를 표방하지만 셀 수 없이 많은 컬래버레이션과 특별 에디션을 선보이며 예술적으로 뛰어난 협업을 보여주고 있기 때문이죠. 또한 스마트워치 시장이 확대되어 기존의 전통 시계 산업이 위축되는 환경 속에서도 자신들만의 브랜드 아이덴티티를 공고히 하며 누구나 편하고 재미있게 접근할 수 있는 시계로서의 입지를 유지하고 있습니다. 그러니 앤디 워홀과 스와치의 공통된 코어 페르소나는 'popular(대중적인)'라고 할 수도 있겠죠.

이처럼 여러분 또한 본격적으로 브랜드 페르소나를 만들어보기 전에 내가 관심 있어 하는 인물을 어떤 브랜드에 대입해볼 수 있을지 상상하며 준비운동을 해보는 것도 좋을 것 같습니다. 이 과정을 거친 다음 브랜드 페르소나를 만들기 시작하면 내가 정립하고자 하는 인격의 장단점과 배경, 핵심이 되는 가치관 등이 더욱 뚜렷하게 보일 테니 말이죠.

브랜드 페르소나
만들기

브랜드 페르소나가 무엇인지, 매력적인 브랜드 페르소나에는 어떤 요소들이 담겨 있는지에 대해 알아보았다면 이번엔 어떻게 해야 우리 브랜드를 위한 좋은 페르소나를 만들 수 있는지 그 구체적인 방법에 대해 이야기해보겠습니다.

성격 위에 성향을 쌓아올리는 작업

페르소나는 곧 인격과도 같다는 말을 계속해오고 있는데요, 이 '인격'이라는 말을 사전에서 찾아보면 다음과 같이 설명하

85   Part 2 글을 통해 완성하는 브랜드 페르소나

고 있습니다.

"인간에게서 비교적 일관되게 나타나는 성격 및 경향."

사실 이 설명은 지금부터 우리가 알아보려고 하는 페르소나 만들기에 대한 정답을 이미 다 알려주고 있다고 해도 과언이 아닙니다. 페르소나를 만든다는 것, 하나의 인격을 창조해낸다는 것은 다름 아닌 '**성격**' 위에 '**성향**'을 쌓아올리는 작업이기 **때문이죠.**

여러분은 성격과 성향의 차이를 명확히 아시나요?

'성격'이란 우리 개개인이 가지고 있는 고유한 성질을 뜻합니다. 즉 현재 우리가 지니고 있는 개인적 특성을 성격이라고 부르는 것이죠. 반면 '성향'은 이 성격에 방향을 뜻하는 미래적 의미가 포함된 단어입니다. 지금 당장은 그런 기질과 성격을 가지고 있지 않더라도 앞으로 추구해가고자 하는 열망과 목표가 담겨 있는 특성인 셈이죠.

그래서 우리가 누군가와 좋은 관계를 맺게 되는 경우는 이 성격과 성향이 비교적 잘 일치할 때입니다. 현재 각자가 가지고 있는 성격이 찰떡궁합을 자랑하더라도 미래에 대해 추구하는 가치관이 다르면 그만큼 거리감을 느끼게 되고, 반대로 지향하는 목표는 비슷하지만 지금 당장 물과 불처럼 다른 성격을 보인다면 쉽사리 동화되기가 어렵기 때문이죠. 따라서 사람을 이해하는 데 있어서는 이 성격과 성향의 개념을 구분하는 것이 매우 중요한 포인트가 되기도 합니다.

현재의 나는 누구이고 앞으로의 나는 누구일까

브랜드 페르소나 만들기는 여기서부터 출발합니다. 우리가 가장 먼저 해야 할 작업은 우리 브랜드가 어떤 성격의 브랜드일지를 규정해보고, 우리가 추구하는 목표와 가치관을 담아 어떤 성향의 브랜드로 비치게 할지를 결정하는 것입니다. 때문에 '현재의 나'와 '앞으로의 나'를 간략하게 글로 풀어보고 그 안에서 어떤 단어와 표현들이 우리를 더 우리답게 만들어 주는 것인지 골라내야 하죠.

이때는 Part 1에서 발굴한 브랜드 키워드가 큰 역할을 합니다. 브랜드 키워드의 3가지 핵심은 **본질을 나타내는 단어/차별화된 가치를 드러내는 단어/이 두 가지를 묶어 상징할 수 있는 단어**였던 것을 아마 기억하실 텐데요, 바로 이 단어들을 바탕으로 현재 우리의 성격으로 규정할 수 있는 워딩과 앞으로 우리가 발전시켜나갈 수 있는 성향적 워딩 두 가지를 구분해내는 것이 무엇보다 중요하다고 할 수 있죠. 즉 고객들에게 전달하는 메시지들이 지금 당장 우리 브랜드에서 느껴지는 것인지 아니면 초콜릿 포장을 하나씩 열듯 앞으로 단계별로 보여줄 내용인지를 규정해서 더 명확한 브랜드 커뮤니케이션 전략을 갖추는 겁니다.

브랜드 페르소나를 선명하게 해줄 3가지 Step

이 작업은 예시를 들어 설명하는 게 더 좋을 것 같아 제가 최근에 인상 깊게 봤던 스몰 브랜드 하나를 중심으로 이야기해 보겠습니다. 이 브랜드는 산노루SANNOLU라고 하는 제주 기반의 녹차, 말차 브랜드인데요. 2019년 등장해 불과 4년 남짓 된 신생 브랜드이지만 녹차 신에서 꽤 의미 있는 결과물들을 보여주며 나날이 발전하고 있는 곳이기도 합니다.

　제가 산노루에서 가장 흥미롭게 본 지점은 바로 웹사이트상에서 본인들을 소개하는 'Who we are'라는 섹션이었습니다. (여타의 브랜드에서도 흔히 볼 수 있는 About이나 Brand Story에 해당하는 영역입니다.) 여기서 산노루는 독특하게 자신의 브랜드 소개를 3가지 구성으로 나눠하고 있는데요. 첫째는 '왜 제주 녹차를 선택했는가?', 두 번째는 '우리의 첫 번째 목표는

무엇인가?' 그리고 마지막은 '우리의 다음 스텝은 무엇인가?'
입니다. 제가 그 내용의 일부를 발췌해 조금 더 쉽게 정리해보
았으니 함께 살펴보며 설명을 이어가보죠.

Why

제주는 해양성 기후와 화산 암반수라는 환경적 특성상 녹차
를 만들기에 매우 우수한 곳이다. 또한 제주만의 전통적인 제
다製茶 방식을 갖춘 곳이라 맛과 향 또한 우수하다. 하지만 녹
차 산업의 고령화 현상과 유통 문제로 인해 불균형적인 성장
을 이어가고 있다. 우리는 이런 제주 녹차 산업이 가진 문제를
해결하고 제주 녹차를 세계적인 브랜드로 만들고자 한다.

First Goal

대형 다원이나 대기업이 아닌 중소형 농가와 협업해 품질 좋
은 녹차를 빠르게 수급하여 제작한다. 제주 녹차에 대한 정보
를 공유하는 스토어를 열어 녹차를 활용할 수 있는 다양한 방
법을 제시하고 소비자의 이해를 돕는다.

Second Goal

다도라는 딱딱하고 차분한 차 문화를 벗어나 새로운 식음료
문화를 만들고자 한다. 몇 가지 인기 제품에 편중되는 현상을

지양하고 다양한 분야와의 협업을 통해 제주 녹차를 원료로 하는 여러 제품을 만들어 선보이고자 한다.

어떠신가요? 제가 산노루라는 브랜드에 대해 별다른 설명을 드리지 않았음에도 불구하고 '아, 이 브랜드는 제주 녹차를 잘 이해하고 소비할 수 있도록 노력하고 있고, 추후에는 여러 방면으로 확장해서 새로운 차 문화를 만들도록 도전해나가겠구나'라는 예상을 하실 수 있을 겁니다. (그리고 실제로 산노루는 제주 본사와 서울 삼성동에 있는 스토어를 성공적으로 운영하고 있고, 최근에는 녹차 스킨케어 라인을 출시해 네스트 호텔에 어메니티로 공급하는 등 신선한 도전들을 이어가고 있습니다.)

이처럼 브랜드 키워드가 우리 브랜드의 정체성을 단어로 표현하는 것이었다면, 브랜드 페르소나란 그 키워드들에 우리만의 의미를 부여해 상세히 설명하는 행위라고 할 수 있습니다. 이때 차별화된 가치를 나타내는 단어인 '가치 키워드'를 가지고 성격과 성향을 구분하며 우리 브랜드를 정의해보는 게 핵심이 되는 거죠.

따라서 브랜드 페르소나를 글로 풀어보는 게 막연하게 느껴진다면 앞서 소개해드린 사례처럼 우리가 왜 이 본질에 주목했는지Why, 현재 우리는 어떤 활동들을 펼치기 위해 노력

하고 있고First Goal, 향후 우리가 궁극적으로 이루고자 하는 목표는 무엇인지Second Goal를 각각 두세 줄 정도의 문장으로 풀어보는 것이 좋습니다. 그럼 고객들은 우리 브랜드의 과거, 현재, 미래를 이해하면서 페르소나를 훨씬 입체적으로 받아들일 수 있기 때문입니다.

Do/Don't: 할 것과 하지 않을 것을 구분하자

여러분은 누군가에 대해 '내가 저 사람을 잘 알고 있다'는 느낌을 받을 때가 언제인가요? 언뜻 생각해보면 그 사람에 대한 신상 정보를 낱낱이 알고 있을 때인 것도 같고 긴 시간을 함께 해오며 상대방의 과거나 주변 인물을 같이 공유할 때 비교적 잘 안다는 느낌을 받는 것도 같습니다.

하지만 실제로 우리가 누군가를 잘 이해하고 있다고 확신하게 되는 순간이 있습니다. **바로 그 사람이 '할 만한 것'과 '하지 않을 만한 것'을 구분할 수 있을 때죠.** 흔히 '그 사람은 절대 그럴 사람이 아니야'라는 말이나 '내가 아는데 그분은 무슨 일이 있어도 그렇게 할 거야'라고 말하는 순간을 떠올려보면 이해하기 쉽습니다. 이때는 우리 각자가 상대방에 대해 가지고 있는 기억과 기대의 데이터를 모두 끌어내어 그 사람을 예측하기 시작하니까요, 단순한 정보로 누군가를 파악하고 있는 것과 그 사람의 말이나 행동을 유추해볼 수 있을 만큼 상대를 이해하고 있는 것은 큰 차이를 보이는 법이죠.

브랜드 페르소나를 만들 때도 이 예측의 프로세스를 잘 활용하면 훨씬 생동감 있는 페르소나를 만들 수 있습니다. 저는 이 방법을 Do/Don't 차트라고 부르는데요, 우리 브랜드 페르소나를 하나의 인격이라고 생각하고 '시간이 걸려도 언젠가는 꼭 달성할 것 같은 일Do'과 '어떤 유혹이 있어도 절대로 하지 않을 것 같은 일Don't'을 체크리스트 형태로 만들어 관리하는 겁니다. 다시 말해, 우리가 앞서 규정한 성격과 성향을 만드는 데 있어 어떤 것을 포함시키고 어떤 것을 배제할지 그 속성 하나하나를 구체화해보는 것이라고 이해하면 좋을 것 같네요.

아래는 제가 특정 브랜드의 리뉴얼을 진행하면서 작성한 Do/Don't 차트 예시 중 일부입니다. 이 브랜드는 기존에 온라인에서 다져온 역량을 바탕으로 점차 오프라인 시장으로의 확대를 준비하고 있던 단계였는데요. 온라인에서 보여주던 '선구자' 혹은 '개척자'의 도전 정신은 유지하되 오프라인 공간 자체는 '누구나 와서 자신들의 문화에 공감하며 즐기고 갈 수 있는 곳'으로 꾸며지길 바랐죠. 그래서 저는 다음과 같은 체크리스트를 만들어 페르소나를 점차 구체화해보기 시작했습니다.

Do

누구와도 협업할 수 있는 열린 정신을 갖는다.

남들이 도전하지 않는 분야에도 호기심을 발휘한다.

즉흥적인 것들을 선호한다.

작은 디테일들에도 유머나 장난기를 녹여낸다.

저마다의 서로 다른 가치관을 존중한다.

'좋다', '멋지다'보다는 '신기하다', '처음 본다'는 말을 듣고 싶다.

'왜'라는 질문을 즐기며, 철학적인 몽상을 자주 한다.

전혀 다른 것들을 서로 연결하는 게 재미있다.

잘하는 것과 못하는 것이 확연히 구분된다.

세상에 대한 좋은 기대감으로 가득 차 있다.

…

Don't

부정적인 언어는 최대한 지양한다.

우리 존재감을 드러내기 위해 타인을 비방하지 않는다.

의미 없는 표현이나 장식을 추가하지 않는다.

남이 한다고 해서 '우리도 하자'는 건 없다.

우리가 하는 일로 인해 누군가 피해를 입어서는 안 된다.

매너리즘에 빠지지 않는다.

비판과 의견은 수용하되 휘둘려서는 안 된다.

남들이 우리를 어렵게 생각해서는 안 된다.

한 번에 한 가지 이상의 메시지를 전달하지 않는다.

악동이 되어선 안 된다.

…

이렇게 Do/Don't 차트를 만들고 나니 브랜드를 기획하는 저희 입장에서도 어떤 페르소나를 가져야 하는지가 잘 정리되더군요. 아마 여러분도 위 리스트들을 읽어보면서 '이 사람은 개방적이고, 친화적이고, 새로운 것에 대한 욕심이 많은 사람이지만 자기만의 기준이 있고, 타인에게 무례한 사람은 아니구나'라는 인상을 어느 정도 받으셨을 겁니다.

이처럼 무엇을 하고, 무엇을 하지 않을지를 구체화하다 보면 우리가 만들고자 하는 브랜드의 색깔과 방향이 아주 또렷해지는 경험을 할 수 있습니다. 더불어 브랜드를 함께 만들어가는 사람들에게도 우리가 어떤 브랜드를 만들어가야 하는지 그 비전을 명확히 공유할 수 있죠. 때문에 이 Do/Don't 차트 역시 계속해서 확인하며 관리하는 것이 좋습니다. 더 적확한 워딩이 있다면 수정해서 사용해도 좋고 때로는 차트를 추가하거나 삭제하면서 우리의 성격과 성향을 명쾌하게 정의해줄 기준들을 정립하는 것이죠.

무색무취한 것들에 영혼을 불어넣는 마법

브랜드 가치가 높기로 유명한 스웨덴의 보드카 브랜드 앱솔루트 보드카ABSOLUT VODKA는 1979년 미국 시장에 진출하며 자신들의 브랜드 정체성을 규정하기 위해 골몰하고 있었습니다. 그러던 중 당시 앱솔루트 보드카의 광고 기획과 그래픽디자인을 맡고 있었던 제오프 헤이즈Geoff Hayes라는 인물이 투명함clarity, 단순함simplicity, 완벽함perfection이라는 3가지 핵심 가치를 기반으로 앱솔루트 보드카의 브랜드 페르소나를 만들어내죠. 그때 정립된 인격이 바로 '모든 것을 갖추고 있어 완벽한 사람이 아니라, 절대적으로 순수해서 완벽한 사람'이라는 페르소나였습니다. 미국인들에게 '무색무취의 독한 러시아 술'이라고 인식되었던 보드카가 완전히 재평가되는 역사적인 순간이었죠.

그 뒤로 미국 시장에서 보드카는 '극도로 순수한 완성형 주류'라는 인식이 강해졌고 덕분에 앱솔루트 보드카 역시 자신들이 설정한 브랜드 페르소나를 더욱 공고히 확립하기 시작합니다. 앱솔루트 보드카의 병 디자인이 마치 하나의 예술품처럼 어필하기 시작한 것도, TV와 잡지 가릴 것 없이 파격적인 광고를 이어갈 수 있었던 것도 '순수하고 완벽한 도화지 위에 당신들만의 그림을 그려가라'는 메시지가 잘 작동했기에 가능한 것이었죠.

이렇듯 앱솔루트 보드카는 사람들 머릿속에 인격을 구체화해 집어넣어줌으로써 무색무취했던 술을 더없이 매력적인 캐릭터로 바꿔놓는 데 성공할 수 있었습니다.

그러니 여러분 역시 좋은 브랜드를 만들고 싶다면 우선

그 브랜드가 어떤 인격을 갖춰야 하는지 글로 한번 찬찬히 풀어내보시기 바랍니다. 단어에서 문장으로, 성격에서 성향으로, 해야 할 것에서 하지 않아야 할 것으로 생각을 옮겨가며 글을 쓰다 보면 어느덧 여러분이 바라는 브랜드의 상像에 초점이 맞춰지는 경험을 하실 수 있을 테니 말입니다.

브랜드 화법
정하기

잊을만하면 한 번씩 들려오는 뉴스 중 하나가 바로 '독서량'에 관한 것입니다. 사람들은 시간이 갈수록 점점 더 책을 읽지 않는다는 게 주요 내용이죠. 실제로 국내 한 데이터 업체의 통계에 따르면 지난 30년 전에 비해 성인 독서율이 48% 수준으로 뚝 떨어졌다는 분석도 있습니다. 그만큼 현대인이 책을 멀리하고 있고 그 추이는 더 가속화되고 있다는 얘기겠죠.

하지만 여기에는 재미난 사실이 하나 숨어 있습니다. 비록 독서량은 절반 가까이 절감했지만 오늘날 우리 개개인에게 노출되는 텍스트 양을 조사해보니 30년 전에 비해 약 2.7배나 늘었다는 연구 결과가 발표된 것이죠. 그도 그럴 것이 우리가 하루에 들여다보는 스마트폰 속 활자들을 포함해 거리 곳곳을 메우고 있는 광고판 속 텍스트 정보들, TV 프로그램이나 유튜브 영상 안에 넘쳐나는 자막은 물론 온라인쇼핑몰의 상세 정보들까지 합해본다면 정말 엄청난 텍스트 속에 파묻혀 사는 것이 확실해 보이거든요. 그러니 비록 현대인들이 과거에 비해 책을 읽는 양은 현격히 줄었을지 몰라도 각자가 소화해내야 하는 텍스트의 총량은 그보다 훨씬 더 늘어난 셈이죠.

페르소나의 꽃

이번 글에서 브랜드 화법을 이야기하려고 하는 이유도 바로 이 때문입니다. 브랜드를 둘러싼 요소들을 하나하나 상세히 뜯어 살펴보면 실제로 글이 차지하고 있는 부분이 정말 많거든요. 아무리 이미지나 영상 콘텐츠가 강조되는 시대라고 하더라도 오직 글만으로 표현해야 하는 영역도 생각보다 적지 않습니다. 게다가 앞서 말씀드린 것처럼 이렇게나 텍스트가 차고 넘치는 세상이라면 그 속에서 우리 브랜드의 텍스트들을 효과적으로 잘 전달하기 위한 전략이 꼭 필요한 것 또한 사실이죠.

하지만 이런 이유보다 더 본질적인 이유가 따로 있습니다. 바로 페르소나와 연관된 이유죠. 사람들은 브랜드에서 이야기하는 화법이 달라지면 누구보다 빨리 그 변화를 알아차립니다. 아마 여러분들도 비슷한 경험을 하신 적이 있을 텐데요, 평소 즐겨보는 SNS 채널이나 자주 가는 웹사이트 속 문구들이 한순간에 어색하게 느껴지는 순간이 그렇죠. 그럼 소비자들은 단번에 담당자가 바뀌었거나 다른 곳에서 사용하던 텍스트를 그대로 옮겨온 것은 아닐지 의심하기 시작합니다. 챗GPT를 포함한 생성형 인공지능의 시대가 와도 사람이 직접 느끼고 구분할 수밖에 없는 특유의 영역이 존재하고, 그 영역이야말로 인격이 녹아 있는 페르소나의 영역이기 때문이죠.

따라서 우리는 좋은 브랜드를 만드는 과정 속에서 '어떻게 말할 것인가'를 반드시 고민해야 합니다.

그런데 혹시 이번 챕터의 제목에서 조금 이상한 점을 느끼지 못하셨나요? 지금까지는 키워드 '발굴하기', 페르소나 '만들기'와 같은 표현들을 사용했는데 화법을 설명함에 있어서는 '정하기'라는 단어를 사용했거든요.

이유는 간단합니다. 화법이란 맨땅에 헤딩하듯이 무에서 유를 창조하는 방식이 아닌 우리에게 가장 익숙한 것 중에서 우리를 가장 잘 드러낼 수 있는 것들의 힘을 빌려 개발할 수 있기 때문이죠. 그러니 우리는 우리 브랜드가 구사하고자 하는 화법이 어떤 느낌을 주는 화법이어야 할지 그 방향부터 설정해야 합니다.

화법, 어떻게 골라야 할까?

Where: 어디서 커뮤니케이션이 일어나는지에 주목하기

화법을 고르기 위해서는 우선 우리 브랜드의 커뮤니케이션이 어떤 상황에서 일어나는지를 분석하는 것이 중요합니다. 즉 어느 접점에서 고객들과 텍스트로 소통하게 되는지를 살펴보는 것이죠. 대부분 겉으로 드러나 있는 1차원적인 정보들일 거라 단정해서 생각하기 쉽지만 실제로 하나하나 따져보기 시작하면 의외의 포인트들이 발견되기 시작합니다. 그저 순간의 이목을 끌기 위한 후킹 문구들, 그때그때 기분에 따라 개인기에 의지하며 써 내려가는 글이 아닌 '진짜 우리의 목소리를 전달할 수 있는 올바른 방식'을 고민해야 하는 순간이죠.

이를 위해서는 먼저 다음의 세 가지 질문에 답할 수 있어야 합니다.

Part 2 글을 통해 완성하는 브랜드 페르소나

첫째, 우리 브랜드에서 가장 활발하게 텍스트를 사용하는 접점은 어디인가?

둘째, 그 접점에서 우리는 어떤 가치를 전달하고자 하는가?

셋째, 그 가치는 어떤 느낌과 분위기로 전달되어야 하는가?

아마도 여러분의 머릿속에는 상품을 대표하는 소개 페이지나 브랜드를 잘 보여줄 수 있는 웹사이트 속 텍스트들이 가장 중요할 것이라는 생각이 자리하고 있을 텐데요, 실상을 파헤쳐보면 꼭 그렇지만은 않습니다. 정작 우리 제품에 매력을 느끼고 여러 번 재구매한 고객이라 할지라도 상품 소개 페이지의 텍스트에 많은 관심을 기울이지 않는 경우도 많거든요. 또 여러분 나름대로 퀄리티 높은 소재의 게시물을 만들어 SNS에 업로드했는데 예상보다 반응이 미적지근했던 경험도 있을 겁니다.

실제로 제가 다룬 브랜드에도 그런 사례가 있었습니다. 이 브랜드는 디자인 소품과 조명 기구를 다루는 브랜드였는데요, 이 시장은 경쟁이 치열하기로 유명할 뿐 아니라 감각적인 이미지와 영상들을 바탕으로 수준 높게 홍보하는 곳들도 많아서 브랜딩의 각축전이 벌어지는 대표적인 카테고리이기도 합니다.

하지만 이 브랜드는 자신의 고객들과 가장 활발히 커뮤니케이션하는 접점을 찾는 데 성공했습니다. 다름 아닌 리뷰의 답글 메뉴였죠. 평소에도 구매 후기나 각종 질문에 정성스러운 답변을 하는 것으로 호평받았던 이 브랜드는 아예 광고카피를 전담하던 마케터를 '리뷰 커뮤니케이터'라는 직책으로 변환시켜 자신들의 소통 방식을 연구했습니다.

우선 복사 붙여넣기 형태의 의미 없는 답글을 최대한 지양하고 구매자에게는 실사용에 팁이 될 수 있는 유용한 정보들을, 질문자에게는 제품 선택에 도움이 될 수 있는 기준들을 소개하는 답글을 달기 시작했죠. 더불어 과한 경어체나 이모티콘 사용을 자제하는 대신 마치 잡지 기사의 에디터들이 쓸법한 유쾌하고도 세련된 말투로 말을 건네며 필요한 정보가 귀에 쏙쏙 박히도록 했습니다. 그 결과 '답글이 받고 싶어 구매후기를 쓴다'고 말할 정도로 동종 업계 최고 리뷰 수를 자랑하는 브랜드가 되었습니다. 심지어 그 리뷰들 중 일부를 모아 뉴스레터 형태로 발간하기도 했죠.

이처럼 좋은 화법을 고르는 데 있어 가장 우선시되어야할 것은 우리 브랜드의 핵심 커뮤니케이션이 일어나는 장소가 어디인지 파악하고, 그곳에서 무슨 가치를 전달할 것인지 고민한 다음, 고객들로 하여금 어떤 분위기와 뉘앙스가 느껴지도록 할 것인지를 탐구하는 것입니다. 언뜻 보면 어려워 보일지 모르는 일이지만 사실 첫 번째 질문에 대한 해답이 완성되면 나머지 질문들은 자연스러운 흐름으로 그 답을 찾게 되실 거예요. 그리고 그렇게 찾은 답들은 불필요한 커뮤니케이션 비용을 줄여주고 우리가 어디에 더 집중해서 소통해야 하는지를 명확하게 만들어줄 겁니다.

When: 언제, 얼마나 자주 이야기할 것인지 정하기

시트콤계의 전설로 꼽히는 드라마 〈프렌즈〉를 집필한 작가 중한 명인 마타 카우프만Marta Kauffman의 말입니다.

"커뮤니케이션의 핵심은 타이밍입니다. 말이란 마치 끓는 물에 시금치를 데치는 것과 같아서 몇 초만 늦게 건져도 흐물흐물해지고, 몇 초만 일찍 건져도 풋내가 그대로 남아 있죠. 말을 잘한다는 건 언제 해야 하는지 그 타이밍을 이해하고 있다는 의미입니다."

브랜드 커뮤니케이션이라고 해서 다를 리 없겠죠. 이미여러 번 언급했듯이 소비자들이 항상 우리 브랜드를 쳐다봐주고 있는 것이 아니기 때문에 어떤 타이밍에 이야기를 던지느냐가 브랜드 화법을 결정하는 매우 중요한 요소가 됩니다. 이를 위해서는 하나의 브랜드가 발산하는 모든 메시지에 대해 '커뮤니케이션 빈도'를 측정해볼 필요가 있습니다. 어디서 활발히 커뮤니케이션이 일어나는가를 파악했다면 이번에는 그 지점에서 얼마나 자주 또 많이 이야기하고 있느냐를 따져 보는 것이죠.

적절한 타이밍에 제대로 된 이야기를 전달하고 싶다면 '브랜드 커뮤니케이션 캘린더' 정도는 만들어두는 것이 좋습니다. 이건 날짜마다 어떤 커뮤니케이션을 할 것인가를 타이트하게 또 세세히 계획하라는 의미는 아닙니다. **대신 특정한 시기마다 우리는 어떤 커뮤니케이션에 집중해야 할까를 고민해서 미리 이야기 주머니를 잘 마련해두는 것에 더 가깝다고 할 수 있죠.**

계절에 영향을 많이 받는 브랜드라면 각 시즌에는 무슨 메시지로 대화를 풀어나갈지 대략적이라도 계획안을 마련해두고 그에 맞는 브랜드 페르소나들을 미리 준비해둘 수도 있습니다. 주 단위로 커뮤니케이션을 이어가야 하는 비교적 호흡이 빠른 브랜드를 운영 중이라면 핵심 메시지가 분산되지 않도록 무엇을 중심에 두고 무엇을 변화시킬지 기준이 마련되어 있어야 하죠. 또 주기적으로 신상품이 출시되는 브랜드의 경우에는 새로운 제품이 추가될 때마다 전체적인 커뮤니

케이션 톤을 재점검할 필요도 있습니다. 기존 제품들의 연장
선상에서 통일된 메시지를 더 강조할지 아니면 새로운 화두
를 꺼낼지에 따라서 브랜드를 이야기하는 화법도 달라져야
하기 때문이죠.

Who: 누구를 통해 이야기할 것인지 고민하기

이제 브랜드 화법 정하기의 클라이맥스에 다다랐습니다. 지
금껏 이 말을 하고 싶어 앞서 긴 이야기를 꺼냈다고 해도 과언
이 아니니 말이죠.

좋은 말하기 방식을 브랜드에 녹여낼 땐 기존에 우리가
잘 알고 있는 인물을 활용하는 것이 아주 큰 도움이 됩니다.
바로 '페르소나 레퍼런스'를 사용하는 것이죠. 브랜딩 관련 뉴
스를 다루는 글로벌 채널 〈더 드럼The Drum〉의 조사에 따르면
고객들이 인지하고 받아들이는 브랜드 페르소나 요소 중 약
35% 이상이 그 브랜드의 화법이나 언어와 연관되어 있다고
합니다. 더불어 이때 고객들은 잠재의식 속에서 자신이 알고
있는 누군가의 화법과 매칭해 브랜드 페르소나를 받아들이게
된다고 하죠. **결과적으로 좋은 화법을 가진 브랜드는 자신들의 페르
소나를 더 빠르고 명확하게 전달할 수 있고, 하나의 완벽한 인격을 갖춘
브랜드로 성장시키는 데도 유리하다는 말입니다.**

페르소나 레퍼런스를 찾을 땐 크게 세 가지 흐름을 따르는 것이 좋습니다.

첫째, 우리 브랜드에서 전달하고자 하는 메시지나 핵심 단어, 제품명 등 주요한 텍스트 자산을 나열해봅니다.

둘째, 이 텍스트들이 가진 공통된 느낌이 무엇인지를 연상한 다음 두세 가지 단어의 조합으로 그 화법을 정의해봅니다. 예를 들면 '따뜻하고 배려심이 깊은 화법', '간결하고도 명확한 화법', '감각적이면서 한편으로는 유머러스하고 유쾌한 화법' 등으로 말이죠.

셋째, 이제 이 화법에 어울리는 인물을 골라야 합니다. 앞서 설명했듯이 사람들 대부분이 알고 있을 만한 대중적인 인물이 가장 좋죠. 이렇게 특정 인물을 통해 페르소나 레퍼런스를 찾는 이유는 브랜드를 만드는 사람들 사이에서 공통된 페르소나를 빠르고 분명하게 공유하기 위함입니다. 그래야 우리가 만들 브랜드의 화법과 인격이 어떤 방향을 향해야 하는지 금방 감을 잡을 수 있거든요.

이번엔 가상의 예시를 들어 이해도를 높여볼까요?

만약 여러분이 SPA 패션 브랜드인 유니클로의 페르소나 레퍼런스를 찾는다고 가정해봅시다. 그럼 가장 먼저 유니클로에서 자주 사용하고 있는 텍스트 자산들을 한번 모아봐야

겠죠? 제가 찾아본 유니클로의 주요 텍스트들은 다음과 같은 것들이었습니다.

가볍게, 얇게, 부드럽게. 마치 입지 않은 듯한 편안함
평평한 봉제선과 부드러운 코튼 소재로 편안한 착용감
실용성에 트렌디함을 더해 일상을 더욱 여유롭게
워크웨어로 진화하는 진$_{jean}$ 라인업
몸을 감싸주는 라운드 실루엣의 니트
…

어떠신가요? 누가 봐도 유니클로는 추상적이거나 담대한 이야기 대신 실용적이고도 간결한 이야기를 하고 있다는 걸 알 수 있습니다. '제품 속성이 느껴지는 워딩 + 해당 제품의 강점을 어필하는 구조'의 화법을 아주 일관되게 전달하고 있죠. 그래서 유니클로의 카피 뒤에는 가격이 바로 따라붙어도 전혀 어색하지 않습니다. 제품이 가진 장점과 그 제품을 착용했을 때 느껴지는 물성이 바로 느껴지기 때문에 '이런 상품을 이 가격에 만나는 것은 아주 합리적인 의사결정이다'라는 사실을 자연스럽게 전할 수 있으니 말이죠.

따라서 제게 유니클로의 화법을 정의할 기회를 준다면 저는 '군더더기 없이 필요한 핵심만 감각적으로 전달하는 **담백**

하고 **정확한 화법**'이라고 정리할 것 같습니다.

그리고 만약 유니클로의 페르소나 레퍼런스를 상상해본다면 저는 음악가 윤종신 님과 어울릴 수도 있겠다 싶더군요. 가사를 쓸 때도 절대 어려운 단어를 쓰지 않고, 누구나 듣자마자 자신이 처한 상황처럼 몰입해 공감할 수 있게 하는 그의 화법은 마치 텍스트로 된 설명만 보고도 '아 이걸 입으면 이런 느낌이 들겠구나'라는 효용을 느끼게 해주는 유니클로의 화법과도 닮아 있으니까요. '쉽고 친근한 단어들로 익숙한 감각을 설명한다'는 윤종신 님의 화법을 페르소나 레퍼런스로 공유하기 시작한다면 앞으로 유니클로의 텍스트들이 어떤 방향으로 나아가야 하는지도 더 명확해질 수 있는 거겠죠.

화법은 곧 마법이기도 하니까

화법은 단순히 말하기 방식이 아니라 그 인격의 가치관을 보여주는 상징물이기도 합니다. 우리가 누군가의 화법에 매료될 때는 '저 사람이라면 나에게 이렇게 말해줄 수 있을 거야'라는 그 기대감과 '저렇게 말하는 사람은 분명 이런 이런 것을 중요하게 생각하고 사는 사람일 거야'라는 일종의 확신을 불러일으키기 때문이죠.

브랜드에도 선명한 화법이 있으면 우리 브랜드의 팬을 더 강력하게 응집하는 데 있어 더없이 좋은 무기로 활용할 수 있습니다. 말하는 방식 하나만으로도 커다란 기대감과 확신을 심어줄 수 있으니 눈으로 보이지 않는 브랜드 그 이면의 것까지 전달할 수 있는 효과가 있거든요.

그러니 좋은 화법이란 화자가 말하는 것과 청자가 듣고 싶어 하는 것의 밸런스가 가장 이상적으로 맞아떨어지게 하는 마법일지도 모릅니다. 제품의 퀄리티도 중요하고 디자인과 패키지도 중요하지만, 이들의 장점과 가치를 어떻게 설명해낼 것인가가 얼마나 중요한지를 새삼 느낄 수 있는 대목이죠.

브랜드 언어
개발하기

여러분은 제품이나 서비스와 달리 '브랜드'만이 가지는 가치가 무엇인지 알고 계신가요? 이 질문에 대해 제품, 서비스는 유형의 것이고 브랜드는 무형의 것이라고 답하시는 분도 계시지만 조금만 고민해보면 꼭 그렇지만은 않다는 걸 금방 눈치챌 수 있을 겁니다.

혹자는 제품과 서비스가 본질이고 브랜드는 그 위에 입혀지는 것이라 생각할 수도 있지만 요즘은 브랜드 자체가 제품이나 서비스의 방향을 결정하기도 하니 이 역시 명쾌한 해답이 되어주진 못하는 것 같네요.

개인적인 생각이지만 저는 '그 대상이 좋아지는 과정'에서 실마리를 찾을 수 있다고 봅니다. 제품이나 서비스는 명확한 이유에서 좋고 싫음이 나누어집니다. 그중에서도 사용자나 구매자에게 얼마나 실질적인 혜택과 효용을 가져다주느냐에 따라서 호불호가 결정되죠.

하지만 브랜드는 좀 다릅니다. 여러분만 하더라도 돈을 내고서 직접 구매하지 않은 브랜드임에도 불구하고 그냥 그 브랜드가 좋아서 일방적인 애정을 보내본 경험이 있을 겁니다. 또 내 손으로 사용해보거나 하물며 직간접적인 경험을 안 해봤음에도 왠지 그 브랜드만 보면 슬그머니 미소가 지어지는 경우도 있죠.

이처럼 브랜드란 효용, 가치, 경험, 이미지만으로는 설명할 수 없는 독특한 무엇인가를 품고 있는 존재입니다. 어떤 브랜드를 분석해서 그 요소 하나하나를 발라낼 수 있을지는 몰라도 그것들을 다시 역으로 조립한다고 해서 그만큼 매력적인 브랜드가 되리라는 보장이 없는 이유도 바로 이 때문이죠. 그래서 브랜딩이란 참 어렵고도 오묘한 활동 중 하나임이 분명합니다.

좋은 브랜드에는 반드시 좋은 언어가 있다

이런 복잡한 브랜딩 과정에서, 그중에서도 가장 중요하다는 페르소나를 완성하는 과정에서 그 마지막 퍼즐을 가져다주는 존재가 바로 '브랜드 언어'입니다.

앞서 다룬 화법이 '말하기 방식'이었다면 언어란 실제 그 말속에 담기는 콘텐츠를 의미하는 것이죠. 때문에 브랜드 언어는 앞서 구축한 페르소나에게 우리 브랜드의 팬들과 소통할 수 있도록 좋은 커뮤니케이션 도구를 쥐여주는 것과도 같습니다. 그 도구를 통해 소통하는 과정을 매력적으로 설계할 수 있다면 팬들은 꼭 우리 제품이나 서비스에 직접적인 효용을 느끼지 않더라도 일단 호감을 가지고 접근하게 되는 것이죠.

1. 코드를 준비할 것

브랜드 언어가 필요하다고 해서 무턱대고 그럴싸해 보이는 단어들만 수집해 사용하거나 그때그때 유행하는 트렌디한 워딩들만 적용할 수는 없습니다. 재미있는 이야기를 100가지 준비해온 사람이라 하더라도 그걸 본인만의 언어와 뉘앙스로 전달하지 못하면 아무런 임팩트를 전달할 수 없는 것과 마찬가지죠. 따라서 우리에겐 어떤 단어들을 쓸 것인가를 고민하기 앞서 어떤 언어 코드를 준비할 것인가가 논의되어야 합니다.

여기서 언어 코드란 '공통된 워딩을 사용하기 위한 내부적인 합의'를 뜻합니다. 즉 모든 단어를 동일한 비중으로 관리하는 것이 아니라 우리 브랜드의 핵심이 되는 언어들을 기반으로 그 역할과 적용 범위를 확장해가는 것을 말하죠. 특정 영역에서는 반드시 지켜야 하는 브랜드 언어 가이드를 갖추고 또 어떤 영역에서는 유연하게 변주를 줄 수 있는 환경을 만드는 겁니다.

이때는 Code A, B, C로 그 단계를 구분하면 훨씬 이해하기 쉽습니다.

Code A는 무슨 일이 있어도 절대적으로 통일된 명명법과 표기법을 갖춰야 하는 단어 체계를 뜻합니다. 주로 브랜드의 코어에 해당하는 핵심 단어들이 Code A에 배치되죠.

예를 들어 한 전기차 브랜드가 본인들의 가치를 '한발 앞서 진보해나가는 기술'로 잡고 'Move forward a step ahead'라는 핵심 워딩을 만들었다고 가정해보죠. 대부분 이 가치에 대한 뉘앙스는 공유하고 있겠지만 그렇다고 Move forward를 advance(진보)라는 직접적인 단어를 사용해 표현하거나 future tech(미래 기술) 같은 개념과 혼용해서 쓴다면 그 임팩트는 현저히 떨어질 수밖에 없습니다. 핵심 언어가 가지는 존재감과 집중도에 큰 영향을 주기 때문이죠. 따라서 Code A로 관리되는 단어들은 '~이런 상황에서, ~이런 의미를 전달하고 싶다면 반드시 이 단어를 쓴다'라는 합의가 되어 있어야 합니다.

반면 Code B는 필수적인 요소를 제외하면 일정한 변주를 허용하는 단어들입니다. 사실 Code A가 결정되면 Code B는 자연적으로 구분할 수 있는데요, 브랜드를 표현하는 데 있어 비교적 중요한 단어로 구분되는 것들 중 반드시 표기법을 지켜야 하는 대상을 골라내고 나면 나머지는 상황에 맞게 적절히 변형해서 사용해도 무방한 단어들이 남는 것이죠.

따라서 Code B를 설정할 때는 '~해야 한다'라고 하기보다는 '적어도 ~만큼은 지켜서 사용한다'라는 가이드를 주는 것이 좋습니다. 그럼 브랜드 언어를 활용해 커뮤니케이션하는 사람의 입장에서도 일정한 규칙만 지키면 그 외 상황들은 자유롭게 활용할 수 있다는 공통된 기준이 마련되기 때문입니다.

마지막 Code C는 디자인, 마케팅, 기획, 유통, 세일즈 등에서 각각의 상황과 기호에 맞춰 사용할 수 있는 단어들을 뜻합니다. 사실 브랜드 언어를 멋지게 구축했다고 해도 모든 언어를 현장에서 동일하게 사용하도록 세팅할 수는 없습니다. 고객을 만나고 상대하는 그 접점이 모두 다를 뿐 아니라 때로는 현장에서 통용되는 단어들이 커뮤니케이션하는 데 더 유리한 경우도 있기 때문이죠.

다만 Code C의 경우에는 '활용하고 싶은 대로 맘껏 사용하세요'라는 방식 대신 '현장에서 발견되는 더 좋은 단어가 있다면 적극적으로 알려주세요'라는 접근법이 필요합니다. 관리의 영역에서 벗어나 있는 브랜드 언어가 아니라 언제든 더 좋은 것으로 대체될 수 있는 가능성을 열어둔 언어의 영역으로 보는 것이 적합한 거죠.

이렇게 브랜드 언어를 세 가지 코드로 분류해 체계적으로 관리하는 게 결코 쉬운 일이 아니라는 사실은 저도 잘 알고 있습니다. 하지만 이는 반드시 필요한 작업 중 하나임이 분명합니다.

만약 이 코드들이 제대로 분류되어 있지 않으면 어떤 일이 발생할까요? 아마 현업에서 일해보신 분들이라면 간혹 디자이너나 카피라이터분들로부터 '광고 문구가 너무 길어지니 이 단어는 줄여 쓰자'라는 제안을 받아본 경험이 있을 겁니다. 아니면 상품 기획 과정에서 '리뉴얼 제품에는 이 단어 대신 저 단어를 사용하자'라고 아이디어를 내는 경우도 있죠.

이럴 때 우리 브랜드에 적절한 언어 체계가 갖춰져 있지 않으면 항상 개별 상황마다 매번 다른 결정을 내려야 합니다. 심지어 일정한 기준이나 가이드라인 없이 그때그때 더 좋아 보이는 것을 선정하게 되고요. 그럼 결과적으로 핵심이 되는 워딩들이 산만하게 흩어지고 브랜드와 팬 사이의 소통을 이어주는 힘 역시 약해지고 맙니다. 우리가 어떤 커뮤니티에 소속감을 느끼게 되는 순간은 그들이 사용하는 언어로 함께 커뮤니케이션할 때임을 떠올려보면 우리 브랜드 역시 팬들에게 어떤 언어로 소속감을 느끼게 해줄지를 고민해야 하는 것이죠.

2. 워딩을 선점할 것

브랜드 언어에 있어 필수적이고도 기본적인 체계가 완성되었다면 이번에는 조금 공격적으로 언어를 만들어볼 차례입니다. 우선 이 이야기를 시작하기 전에 몸풀기 삼아 잠시 다른 얘기를 한번 해보죠. 아마 누구나 학창 시절에 친구들이 붙여준 별명 하나씩은 있을 겁니다. 혹은 반대로 내가 남에게 붙여주었을 수도 있고요.

그런데 이 별명이 만들어지는 과정을 보면 참 재미있는 프로세스가 도드라집니다. 대개는 눈썰미가 좋은 친구가 타인의 특징 하나를 잡아서 그 포인트를 지속적으로 놀리기 시작하죠. 그러다 보면 다른 친구들 역시 여기에 동조하며 점점 그 포인트가 여러 사람의 입에 오르내리게 되고, 결국 어느 누군가가 그 단어를 줄이거나 압축하거나 혹은 놀림의 대상이 되는 사람의 이름과 합성해 가장 부르기 좋은(?) 형태로 변형시킵니다. 그렇게 세상에 새로운 별명 하나가 탄생하는 것이죠.

브랜딩에 있어서 특정한 워딩을 선점하는 과정도 별명이 지어지는 과정과 똑같습니다. 우리 브랜드의 중요한 가치를 나타내줄 포인트를 발견하고, 그 포인트를 제일 잘 표현할 수 있는 워딩을 제안한 다음, 그 워딩이 가장 쉽고 널리 불리도록 형태를 가공하는 것이 브랜드 언어를 만들어가는 핵심이기 때문입니다.

그럼 왜 워딩 선점이 중요한 걸까요? 그건 시간이 지나며 끊임없이 생성되고 소멸되고 혹은 수정되는 언어의 기본적인 특징에서 찾을 수 있습니다. 여러분 스스로 우리 브랜드를 잘 나타낼 수 있는 특정한 워딩 하나를 제시했다고 하더라도 소비자나 사용자들은 이 워딩을 긍정적으로 혹은 부정적으로 계속 만들고 수정해나갈 확률이 높습니다.

그런데 이때 인식이 한 번 잘못 박힌 워딩은 그걸 제자리에 돌려놓기가 거의 불가능에 가깝습니다. 사람들은 실체를 보지 않고 그 워딩 자체에서 느껴지는 이미지만으로 판단하는 경우가 훨씬 많거든요.

따라서 여러분은 늘 고객들의 반응을 수집하면서 긍정적인 워딩은 바이럴이 될 수 있도록 물 밑에서 끌어올리는 노력을 해야 하고, 혹시라도 브랜드 이미지에 훼손이 될 만한 워딩들은 미리 적합한 대체어를 제시해서 분위기를 반전시키거나 적어도 여론이 더 이상 확산되지 않도록 보호막을 쳐주는 것이 중요합니다.

　실제로 이 워딩 선점을 잘 활용해서 기대 이상의 효과를 보고 있는 브랜드들이 정말 많습니다. 요즘 온라인에서 책을 구매하면 수도권에서는 대부분 당일에 받아볼 수 있는 경우가 많죠. 다른 제품군에 비해 유독 빠른 배송 덕분에 책 구매자들 사이에서는 '출근할 때 주문하면 퇴근할 때 문 앞에 와 있다'는 말이 농담 같은 진담으로 SNS에 퍼지곤 했습니다.

　그런데 모 인터넷 서점 사이트는 이 워딩을 가볍게 지나치지 않았습니다. 대부분의 타 사이트가 '당일 배송', '00시 이전 배송 가능'이라고 배송 시점을 표현하고 있을 때 홀로 과감하게 '잠들기 전 배송'이라는 표현을 쓰기 시작한 것이죠. 덕분에 '지금 주문하면 오늘 잠들기 전에 침대에서 이 책을 좀 읽다가 주무실 수 있어요'라는 느낌을 전달함과 동시에 '일단 장바구니에 넣어놓고 내일 주문해야지' 하고 생각했던 사람들의 주문 시점을 더 앞당기는 효과까지 가져왔습니다.

　동일한 기능과 효용을 제공하더라도 어떤 단어를 선점해 어떤 경험을 전달할지를 결정하는 것이 브랜드 언어를 만들어가는 핵심이라는 걸 적확하게 보여주는 사례였죠.

3. 언어를 가꿀 것

혹시 마케터나 카피라이터가 제일 글을 쓰기 힘들 때가 언제인 줄 아시나요? 바로 경쟁사가 이미 아주 훌륭하고 좋은 카피를 가지고 있을 때입니다. 그때는 '우리'보다는 경쟁하는 '상대'가 더 신경 쓰일 수밖에 없기 때문에 그들의 카피를 넘어설 더 좋은 워딩과 문구를 찾는 데만 혈안이 되거든요. 이런 노력이 좋은 단어들을 발굴하는 결과로 이어지기도 하지만 반대로 너무 자극적인 카피나 경쟁사에 끌려가는 워딩들만 난무하는 수렁으로 빠져들게도 만듭니다. 그럴수록 우리다운 언어는 점점 희미해져가는 것이죠.

따라서 좋은 브랜드 언어를 가지고 싶다면 매력적인 언어를 빌려온다는 개념보다 내 손으로 직접 언어를 기르고 가꾼다는 관점으로 접근하는 것이 좋습니다. 제가 브랜드 언어를 잘 갖춘 사례를 볼 때마다 일종의 경외심 같은 걸 느끼는 것도 바로 이런 이유에서인데요. '어떻게 저런 근사한 단어들을 찾아냈을까?'라는 생각보다 '어떻게 저런 수많은 유혹과 불확실성 속에서도 우리만의 언어를 가꾸려는 노력을 이어갔을까?'라는 생각이 먼저 들기 때문입니다. 자신들의 선언이 허울뿐인 외침으로만 그치지 않게 하기 위해, 디테일 한 포인트에서도 언어적 이질감이 느껴지지 않도록 하기 위해 부단히 애

쓴 흔적들을 보고 있을 때면 큰 소리를 내며 감탄해도 모자랄 때가 많죠.

미리 잔뜩 겁을 드린 것 같아 죄송한 마음이지만 그렇다고 브랜드 언어를 가꾸는 길이 고도의 훈련을 받은 전문가들에 의해서만 가능한 것은 아닙니다. "아이를 잘 키우는 사람은 육아 지식이 뛰어난 사람이 아니라 내 아이를 이해하려는 마음가짐을 갖춘 사람"이라는 어느 육아 컨설턴트의 말처럼 브랜딩에서도 좋은 언어에 대한 욕심과 집요함을 가진 사람이 이를 의미 있는 결과물로 탄생시킬 확률이 높기 때문이죠.

그중 가장 쉽고 간단하게 실천할 수 있는 방법부터 하나 소개해보겠습니다. 좋은 브랜드 언어 체계를 가꾸어나가기 위해서는 새로 밭을 갈고 씨를 뿌리는 작업보다 기존의 것들을 다시 들여다보고 잘 정리하고 최대한 효율적으로 활용하는 것이 더 현명한 접근법입니다.

대표적인 실천법이라고 할 수 있는 게 바로 '언어 라벨링'인데요. 이는 현재 우리 브랜드에서 내보내고 있는 카피나 문구에 일종의 라벨을 부여해서 그 언어들의 존재 이유를 확인하는 것입니다. 즉 이 카피는 어떤 목적을 달성하기 위해 기획한 카피인지, 이 단어들은 어떤 가치를 전달하기 위한 목표로 개발한 것인지 그 이유를 붙여서 관리하는 것이죠. 이렇게 간

Part 2 글을 통해 완성하는 브랜드 페르소나

단하게나마 우리의 브랜드 언어에 그 언어를 사용한 이유를 함께 덧붙여놓으면 우리가 이 단어들을 통해서 무엇을 지향하고 있고 얼마나 목표에 근접해졌는지를 체크해볼 수 있습니다. 더불어 새로운 단어 하나를 추가할 때도 그게 우리 브랜드를 위해 어떤 역할을 할 수 있는지 보다 정확하게 판단하도록 도와주는 효과가 크죠.

또 다른 하나는 주기적으로 워딩들을 리뷰하는 방법인데요. 짧게는 주 단위, 길게는 월이나 분기 단위로 우리 브랜드의 커뮤니케이션 활동에 쓰인 여러 워딩 샘플들을 모아서 리뷰하는 시간을 가지는 겁니다.

글로써 브랜딩이나 마케팅을 해보신 분은 아시겠지만 글이라는 건 시간이 지남에 따라 그 생명력이 더 강해지기도 하고 때론 약해지기도 하거든요. 그러니 이 워딩 리뷰를 하다 보면 불과 며칠 전에 쓴 문장임에도 불구하고 요즘의 분위기에 잘 맞지 않는 것 같다는 느낌을 받을 때도 있고 가끔은 본문에 숨어 있던 좋은 단어를 앞으로 끌어내서 더 크게 어필하자는 합의가 이뤄지기도 합니다.

마치 정성을 들여 식물을 관리하듯이 우리 단어들이 크고 있는 과정을 잘 지켜본 다음 불필요한 단어는 가지치기해주고 영양이 필요한 단어는 더 좋은 단어들로 교체해가면서 브랜드에 좋은 언어만이 남도록 관심을 기울이는 것이죠.

만약 워딩을 리뷰할 시간도, 인력도 부족한 스몰 브랜드라면 사용하고 있는 단어나 문구들을 엑셀에 차곡차곡 정리한 다음 일정한 주기마다 가장 많이 사용한 단어, 유사한 키워드 등을 따로 발라내 우리가 지금 어떤 언어들 위주로 사용하고 있는지 확인하는 습관을 들이는 게 좋습니다. 핵심은 우리 브랜드를 둘러싼 언어를 끊임없이 가꾸고 성장시키는 것이니까 말이죠.

언어는 그 사람 자체를 남기는 법

20세기 천재 광고기획자 명단에 늘 이름을 올리는 인물 중 로서 리브스Rosser Reeves라는 사람이 있습니다. 제품 기획의 과정에서 널리 사용되는 '제품 고유의 강점' 이른바 USPUnique Selling Proposition라는 개념을 처음 개발한 분이기도 하죠.

로서 리브스는 휘황찬란한 디자인과 자극적인 유머 코드의 광고는 오히려 소비자들을 혼란스럽게 한다고 생각해 제품이 가진 본질에 집중해 광고를 만드는 것으로 유명했습니다. 그리고 1952년 미국 대통령 선거에서 아이젠하워를 위한 광고 캠페인을 주도하며 이런 말을 남겼죠.

"이 순간부터 드와이트 아이젠하워라는 사람은 하나의 브랜드가 되어야 합니다. 그러기 위해서는 아이젠하워를 위한 언어가 필요합니다. 솔직하고, 강하며, 미국에 우호적인 언어를 만들고 압도적으로 많은 사람이 이 언어를 사용하도록 해야 합니다. 광고는 인상을 남기지만 언어는 그 사람 자체를 남기는 법이니까요."

그래서 저는 좋은 브랜드, 매력적인 브랜드를 판별하는 중요한 기준 중 하나가 바로 이것이라고 생각합니다.

'그 브랜드가 자신만의 언어를 가지고 있는가' 그리고 '사용자와 소비자들이 그 언어를 통해 이야기하고 있는가'.

BRANDING
WRITING

Part 3 내부를 설득하는 힘,
인터널 브랜딩

좋은 브랜드를 만드는 곳에는 언제나 본인과

그 브랜드를 동일시하는 사람들이 있습니다.

그런 사람들이 많으면 많을수록 브랜드는

훨씬 단단하고 매력적인 브랜딩 활동들을 펼칠 수 있죠.

그들은 스스로 브랜드가 되기로 결심한 사람들인 만큼

그 어떤 브랜드 자산보다 강력한 힘을 발휘하니까요.

인터널 브랜딩이
뭐죠?

혹시 온라인에 돌아다니던 이 사진 보신 적 있으신가요?

우아한형제들
송파구에서
일 잘하는 방법 11가지

1 9시 1분은 9시가 아니다. 우리는 규율 위에 세운 자율적인 문화를 지향합니다.
2 업무는 수직적, 인간적인 관계는 수평적. 조직력이면서도 자유로운 수직과 수평의 밸런스를 유지한다.
3 간단한 보고는 상급자가 하급자 자리로 가서 이야기 나눈다.
4 잡담을 많이 나누는 것이 경쟁력이다. %@#$&#$%8%%%"%$ 54~%8&"@"& "%%$" #$5#%5" %& "$%" $%"$%"$%
5 개발자가 개발만 잘하고, 디자이너가 디자인만 잘하면 회사는 망한다.
6 휴가 가거나 퇴근시 눈치 주는 농담을 하지 않는다. 작은 농담이나 말장난이 존대의 시작입니다. 생리휴가 장기1개가 컬퍼 등
7 팩트에 기반한 보고만 한다. 본 것을 본대로 보고하고, 들은 것을 들은대로 보고하라. 본 것과 들은 것을 구분해 보고하라. 보지 않고 듣지 않은 것은 절대 이야기하지 말라 - 이순신
8 일을 시작할 때는 목적, 기간, 예상산출물, 예상결과, 공유대상자를 생각한다. 이 말로 인해 이걸 영향을 미리 고려해 봅니다. 개발, 법무, 재무, 데이터사이언스, CS, 영업부서 등
9 나는 일의 마지막이 아닌 중간에 있다.
10 책임은 실행한 사람이 아닌 결정한 사람이 진다. 결정을 내린 사람은 실무자가 최고의 성과를 낼 수 있도록 도와야 한다.
11 솔루션 없는 불만만 갖게 되는 때가 회사를 떠날 때다. 이럴거면 때려치+나 어쩌구.. 어쩌구..

127

네. 바로 '배달의민족'을 운영하는 회사인 '우아한형제들'의 사옥에 붙어 있던 포스터입니다. 지금이야 엄청난 규모의 기업으로 성장했지만 저 포스터가 화제가 될 당시만 해도 우아한형제들은 사내에서 다양한 제도와 문화가 활발히 실험되고 있던 시기였죠. 그리고 조직 관리 분야에선 이를 '인큐베이팅incubating 기간'이라고 부르기도 합니다.

잘 아시다시피 우아한형제들은 자유분방함과 키치함을 떠올리게 하는 브랜딩, 마케팅으로 오늘날에 이르게 되었다고 해도 과언이 아닌데요. 이 포스터의 내용을 하나하나 살펴보면 회사와 구성원 간의 중요한 약속들마저도 정말 우아한형제들스럽게 전달하고 있다는 것을 알 수 있습니다. 돌려 말하지 않는 직설적인 화법, key message만을 남기는 간결한 문장, 그 안에서도 적절한 유머를 잊지 않는 유쾌함까지. 누가봐도 우아한형제들의 화법과 언어라는 것을 확인할 수 있으니 말이죠.

진짜 브랜딩은 우리 안에서부터

그런데 이 메시지가 외부 고객들을 위한 것이 아니라 회사 내부의 구성원들을 위한 것이라는데 주목할 필요가 있습니다.

모름지기 브랜딩이란 우리 브랜드를 알리고, 많은 사람들을 우리 브랜드의 팬으로 만들기 위한 활동인데 그 화살표가 내부를 향하고 있다는 게 다소 낯선 지점이기도 하죠.

　이렇게 회사 조직의 문화, 제도, 인재상과 경영 방식에 이르기까지 회사 내부를 브랜딩하는 일련의 행동을 바로 '인터널 브랜딩internal branding'이라고 부릅니다. 좋은 브랜딩 활동을 위해 혹은 기업의 문화나 제도 자체를 더 나은 방향으로 설계하기 위해 회사 내부에서부터 명확한 브랜드 DNA를 갖도록 하는 것이 곧 인터널 브랜딩인 셈이죠.

　따라서 Part 1, 2를 통해서 우리 브랜드 자체를 분석하고 다듬어 정교화하는 작업을 이야기했다면 지금부터는 이런 브랜드 자산들을 어떻게 발산시키고 전달할지에 대한 이야기들을 해보고자 합니다.

　그리고 그 첫 번째 순서는 바로 Part 3의 제목이자 주제인 '내부를 설득하는 힘, 인터널 브랜딩'입니다. 아마 브랜딩에 관심이 많은 분들이라도 이 인터널 브랜딩에 대해서는 조금 생소하거나 대략적인 느낌 정도만 가지고 계신 분이 많으실 겁니다. 하지만 브랜딩의 출발점은 언제나 브랜드를 만들어가는 사람들로부터 시작되는 만큼 이 인터널 브랜딩의 중요성은 나날이 커지고 있죠.

때문에 이번 글에서는 Q&A 형식을 통해 인터널 브랜딩의 전반에 대해 알아보고 여러분이 우려하시는 부분들도 한번 해소해보고자 합니다.

Q. 인터널 브랜딩은 담당자가 따로 있나요?

인터널 브랜딩에 대해 소개하고 나면 곧장 돌아오는 질문이 '인터널 브랜딩은 담당자가 따로 있나요? 아니면 별도로 전담하는 조직이 있나요?'라는 질문입니다. 브랜딩 분야도 점점 그 역할에 따라 조직과 직무가 세분화되는 만큼 인터널 브랜딩에도 스페셜리티를 가진 전문가, 전문 조직이 있는지 궁금해하는 것이죠.

속시원한 대답은 아니겠지만 이건 조직의 크기와 상황에 따라서 그 형태가 다양하게 구분됩니다. 규모가 큰 대기업의 경우에는 HR 조직에서 직접 인터널 브랜딩까지 챙기는 경우가 많지만 또 일부는 회사 내부의 마케팅 조직에서 그 역할을 함께 수행하기도 하거든요. 이는 인터널 브랜딩을 조직문화 차원에서 볼 것인지 브랜딩(혹은 마케팅) DNA의 강화 차원에서 볼 것인지에 따라 무게 중심이 이동하기 때문이라고 할 수 있죠.

다만 적어도 후자의 입장으로 접근한다면 가급적 사내

에서 브랜딩을 담당하는 조직이 이 인터널 브랜딩의 역할까지 품는 것이 가장 이상적입니다. 사실 제품이나 서비스라는 게 결국은 그걸 만드는 사람들을 투영한 결과물임을 여러분도 잘 알고 계실 텐데요, 그렇다 보니 그 브랜드의 핵심 가치와 페르소나를 제일 잘 이해하고 있는 브랜드 담당자가 내부의 브랜딩 DNA도 가장 잘 설계할 수 있는 거죠. 또한 내부를 위한 인터널internal 브랜딩과 외부를 위한 익스터널external 브랜딩이 한곳에서 이뤄지면 브랜딩 활동을 위한 자산들도 훨씬 효율적으로 관리할 수 있습니다.

혹시 '아, 저는 제품 브랜딩만 담당해도 너무 벅차기 때문에 내부 브랜딩까지 신경 쓰긴 힘들어요'라고 하시는 분들은 내부의 HR이나 마케팅 조직의 도움을 얻어 각자가 할 수 있는 역할을 분리하는 것도 대안이 될 수 있습니다. 다만 인터널 브랜딩의 상위 콘셉트만큼은 꼭 내부 브랜딩 담당자의 손을 거치는 것이 좋습니다. '우리 브랜드가 좋은 브랜드가 되기 위해서는 우리가 어떤 사람들이 되어야 하는가'에 대한 고민을 가장 본질적으로 할 수 있는 사람들이니까 말이죠.

Q. 근데 인터널 브랜딩은 언제 하는 건가요?

또 자주 받는 질문 중 하나가 바로 이겁니다. '그럼 인터널 브랜딩은 언제 해야 되는 건가요? 브랜드가 만들어지는 과정에서 해야 하나요? 아니면 브랜드가 론칭되고 나서 하는 건가요?'라는 질문인데요, 이 물음에 관해서는 비교적 명확하게 답을 해드릴 수 있을 것 같네요. **바로 '인터널 브랜딩은 항상 진행되고 있어야 한다'라고 말입니다.**

사실 인터널 브랜딩은 결과에 따라 대처하듯이 하려면 이미 그 타이밍을 놓치는 경우가 많기 때문에 담당자가 먼저 니즈를 파악하고 선제적으로 진행하는 것이 좋습니다. 브랜딩이라는 게 인식을 선점하는 게임이란 걸 떠올려본다면 인터널 브랜딩 역시 다를 바가 없는 것이죠.

회사를 다니다 보면 주변 동료분들과 이런 이야기를 주고받았던 기억이 한 번쯤은 있을 겁니다.

"작년까지만 해도 회사 분위기가 이렇진 않았는데 올해는 정말 별로인 것 같아"라거나 "그 사람이 담당자로 있을 때는 이런 경우가 없었는데 요즘은 좀 일이 이상하게 진행되는 것 같아"라는 말들이요.

그런데 실제로 이렇게 회사 분위기가 부정적으로 흘러가는 요인을 파악하다 보면 그 요인을 꼭 한 가지만으로 규정할 수 없는 경우가 굉장히 많습니다. 다시 말해 회사 내부의 여러 가지 상황이 맞물려 일어나는 일들임에도 사람들은 그 이유를 하나의 요소나 특정인으로부터 찾는 사태가 벌어지는 것이죠.

때문에 뭔가 상황이 벌어지고, 그 요인이 이미 엉뚱한 곳을 향하고 있을 때 이를 바로잡기 위한 목적으로 부랴부랴 인터널 브랜딩을 해보려고 하면 효과가 현저히 떨어질 수밖에 없습니다. 오히려 우리 조직이, 우리 회사가 가고자 하는 방향이 무엇이고 현재 우리는 그 방향으로 잘 걸어가고 있는지를 체크한 다음 이에 필요한 활동들을 먼저 제안하는 것이 훨씬 유리하죠.

따라서 인터널 브랜딩에 관여하고 있는 사람이라면 '나는 좋은 가치를 끊임없이 먼저 선보이는 사람이다'라는 생각으로 늘 레이더를 켜두는 것이 좋습니다. 인터널 브랜딩이 '올 타임 all-time 브랜딩'이란 별명을 가진 것도 바로 이 이유 때문이니까요.

Q. 인터널 브랜딩을 꼭 해야만 할까요? 다른 중요한 것들이 차고 넘치는데도요…?

앞서 이야기한 연장선에서 한번 생각해보죠. 우아한형제들은 왜 그렇게 인터널 브랜딩을 중요하게 생각했을까요? 분명 그때는 지금도 넉넉지 않은 작은 스타트업이었고, 하루가 다르게 쏟아지는 경쟁자들 속에서 자기방어를 하는 데 더 열을 올려도 시원찮았을 텐데 말이죠.

그건 바로 내부에서부터 시작된 브랜딩이 자신들의 상

품, 서비스, 고객 커뮤니케이션뿐 아니라 크게는 브랜드 세계관에도 영향을 미친다는 사실을 누구보다 잘 알고 있었기 때문입니다. 이는 바꿔 말하면 회사 구성원 모두를 브랜드에 관여하는 사람들로 만들고자 하는 노력이기도 한 것이죠.

《브랜드는 어떻게 아이콘이 되는가》의 저자이자 코카콜라, 마이크로소프트, 벤앤제리스 등의 수석 컨설턴트이기도 한 더글라스 홀트Douglas B. Holt 교수는 인터널 브랜딩과 관련해 이런 말을 남겼습니다.

"만약 내가 10만 달러의 예산을 가진 어느 스타트업의 브랜드 담당자라면 나는 그 돈 전부를 인터널 브랜딩에 쓰겠습니다. 그렇게 뿌리내린 브랜딩 문화는 결국 시간이 지나 1억 달러의 가치를 지닌 브랜드를 탄생시킬 테니 말입니다."

이런 말이 과장이 아닌 이유도 좋은 브랜드를 만드는 곳에는 언제나 본인과 그 브랜드를 동일시하는 사람들이 있기 때문입니다. 그런 사람들이 많으면 많을수록 브랜드는 훨씬 단단하고 매력적인 브랜딩 활동들을 펼칠 수 있죠. 그들은 스스로 브랜드가 되기로 결심한 사람들인 만큼 그 어떤 브랜드 자산보다 강력한 힘을 발휘하니까요.

더불어 인터널 브랜딩이 잘 이뤄지는 회사는 유능한 인재를 영입하는 데도 매우 유리합니다. 요즘은 각종 커뮤니티나 SNS를 통해서 내부의 브랜딩 활동들이 외부로 퍼져나가 바이럴 되는 경우를 어렵지 않게 볼 수 있는데요, 물론 이런 노력들이 일하는 방식이나 조직 문화에 대한 홍보 효과를 가져오는 것도 맞지만 사실 진짜 장점은 따로 있습니다. 바로 인터널 브랜딩을 통해 우리 회사, 우리 브랜드의 인재상이 자연스럽게 구축된다는 사실이죠.

내부적으로 브랜딩 활동이 활발하게 이뤄지는 조직은 채용 담당자는 물론이고 회사의 각 구성원들이 '아, 저 사람은 우리 회사와 잘 맞겠다', '저 사람은 우리 브랜드를 만들어가는 데는 어울리지 않는 캐릭터겠다'라는 것을 미리 가늠하고 판단할 수 있는 공통된 기준을 가질 수 있습니다. 이미 인터널 브랜딩을 통해서 우리가 누구인지, 무엇을 하는 사람들인지에 대한 이유와 기준이 명확해져 있는 상태이기 때문에 이를 바탕으로 새로운 사람이 우리에게 어떤 영향을 줄 수 있는지 역시 판단하기 쉬워지는 거죠.

그러니 인터널 브랜딩은 그 영향력이 무궁무진하다고 해도 결코 과언이 아닙니다.

Q. 그럼 인터널 브랜딩과 글쓰기는 어떤 연관성이 있는 거죠?

아마 가장 궁금한 부분이 바로 이걸 겁니다. '그래서 인터널 브랜딩과 BX 라이팅은 또 어떻게 연결되어 있는 걸까?' 하는 거죠. 이어지는 글들에서 보다 상세하게 다루겠지만 이 질문에 우선 대답해보자면 '인터널 브랜딩이야말로 많은 부분이 말과 글로 이루어지기 때문'이라고 할 수 있습니다.

우리가 회사 일을 할 때 제일 많은 시간과 에너지를 할애하는 부분이 어디일까요? 직군에 따라 차이는 있겠지만 아마도 대다수가 '커뮤니케이션'을 꼽을 겁니다. 조금 과장해서 이야기해보면 우리는 커뮤니케이션을 위해 출근한다고 해도 무방할 정도죠. 그리고 이 커뮤니케이션을 함에 있어서는 각자에게 맞는 여러 도구가 존재하지만 그중에서도 말과 글이 핵심이 되는 것은 누구도 부정할 수 없습니다.

인터널 브랜딩은 업무의 상당 부분을 차지하는 커뮤니케이션 문화를 브랜딩하는 역할이 아주아주 큽니다. **즉 우리가 좋은 브랜드, 좋은 조직, 좋은 회사를 만들기 위해 어떻게 쓰고 말할 것인가를 구체화해가는 역할이라고 볼 수 있죠.** 여러분들 역시 누군가와 친해지면 그 사람과의 커뮤니케이션 방식에 큰 영향을 받을 겁니다. 그렇게 여러 사람이 모이면 작게나마 하나의 문화가 되고 어떤 형태로든 힘을 가지고 또 다른 누군가에게 영향을 줄 수밖에 없죠.

따라서 인터널 브랜딩은 거창하게 생각하기보다 신속하고 가벼운 것들부터 시작해보는 게 좋습니다. 한 줄 문구를 프린트해서 사람들이 오가는 복도 한 벽면에 붙일 수도 있고, 사내에서 쓰는 업무 툴에 올리는 공지문 혹은 올핸즈 미팅이나 타운홀 미팅 같은 전체 회의 때 전달하는 발표 포맷부터 고쳐볼 수도 있는 거죠. 심지어 식당이나 휴게 공간 등에 놓이는 간단한 안내문에서부터 우리만의 정서를 담은 커뮤니케이션을 시도할 수 있다는 게 인터널 브랜딩의 가장 큰 장점이자 매력이니까요.

독서모임이라는 아주 오래되고 평범해 보이는 활동을 브랜드 차원으로 끌어올린 '트레바리'는 이 지점을 매우 잘 활용할 줄 아는 서비스입니다.

트레바리가 운영하는 모임 공간인 '아지트'를 방문해보면 공간 곳곳에 본인들의 문화이자 커뮤니케이션 방식을 소개하는 글귀들이 붙어 있거든요.

"우리는 독백이 아닌 대화를 위해 이 자리에 모였습니다."
"좋은 대화는 잘 설득하는 사람이 아닌 잘 설득당하는 사람이 만듭니다."

"우리는 무엇이든 말할 수 있지만, 아무렇게나 말할 수는 없습니다."

이런 간단한 텍스트만으로도 본인들이 추구하는 독서토론 방식과 커뮤니케이션 문화를 전달하고 내부 직원부터 그 공간을 이용하는 사람들까지 어떤 태도로 소통해야 하는지 다시금 생각해보게 만드는 효과가 있습니다.

한편으로는 매달 발송되는 안내 메일처럼 직원이나 관계자들이 정기적으로 또 의무적으로 봐야 하는 콘텐츠에 좋은 인식을 유도하는 문구를 삽입해보는 것도 꽤 괜찮은 방법입니다. 이미지나 영상이 주는 파급력이 있나 하면 적절하게 잘 쓰인 말과 글 한 줄이 긍정적인 결과를 가져오기도 하는 법이니까요. 여러분의 브랜드와 조직에 맞는 방법들을 잘 고민해본다면 분명히 금쪽같은 기회가 발견될 거라 믿어 의심치 않습니다.

좋은 영향을 만들어낼 수 있다는 믿음

살다 보면 의외로 가장 가까운 사람들, 가장 오래된 사람들을 설득하는 게 더 어려운 일이라는 것을 깨닫게 됩니다. 친하면

친할수록, 잘 알면 알수록 새로운 생각과 관점을 심어주는 게 쉽지 않기 때문이죠. 그럼에도 불구하고 내 주변부터 잘 설득하고 이해시킬 수 있으면 그들로부터 얻는 힘은 우리가 예상하는 것보다 훨씬 큽니다. 우리 외부에 존재하는 다른 대상들만 부러워할 게 아니라 우선 내부에서 해볼 수 있는 것들을 챙겨야 하는 이유 역시 바로 여기에 있는 것이죠.

그러니 이번 Part에서 다룰 이야기들을 진짜 내 것으로 만들어 적용해보기 위해서는 어느 정도의 믿음이 필요합니다. '우리 회사는 당장 저런 걸 적용하기가 어려울 것 같은데…'라거나 '이렇게 하자고 해도 위에서 절대 허락 안 해줄 것 같은데…'라는 부정적인 생각은 일단 잠시 접어두고, 여러분이 회사의 총책임자라는 생각으로 큰 시야를 가지고 바라보기를 권해드립니다.

그런 다음 실제로 바꿔갈 수 있는 부분, 빠르게 적용해볼 수 있는 부분들을 아래에서부터 훑어나가면 그 해결책이 생각보다 쉽게 발견되기도 하거든요. 그리고 저 역시도 뜬구름 잡는 얘기나 다른 브랜드의 좋은 사례들만 소개하는 대신 작게나마 실천해볼 수 있는 방법들을 전달해볼 예정이니 각자에 대한 믿음, 서로에 대한 믿음을 가지고 다음 책장을 넘겨봐 주시면 좋겠습니다.

커뮤니케이션 브랜딩에 성공하려면
어떻게 해야 할까?

글을 시작하기 전에 개인적인 이야기를 하나 꺼내볼까 합니다. 저는 대학 시절 광고 회사 입사를 간절히 꿈꿨습니다. 물론 지금 광고 회사에서 근무하지는 않지만 그래도 비교적 유사한 영역에 맞닿아 있는 업무들을 하고 있으니 대략 80% 정도의 꿈은 이뤘다고 봐도 되겠죠.

그러다 문득 '나는 왜 그 시절 그렇게 광고 회사에 들어가고 싶었을까?' 하는 생각을 해보곤 합니다. 크리에이티브를 다루는 곳에서 일하고 싶다는 이유도 있었고 멋진 광고나 캠페인으로 대중들에게 좋은 영향력을 주는 사람이 되고 싶다는 이유도 한몫했다는 걸 깨달을 즈음 그동안 잊고 있던 사실 하나가 떠올랐습니다.

그때 저는 유난히 '경쟁 PT(프레젠테이션)'라는 단어에 막연한 선망이 있었거든요. (그게 얼마나 가혹한 것인지도 잘 모른 채로 말이죠…) 고객이나 소비자에게 닿기 전 클라이언트를 대상으로 먼저 설득의 힘을 발휘하는 그 과정이 왠지 모르게 참 멋있다는 생각이 들었고 광고 회사에 다니는 것은 마치 경쟁 PT에 참여할 수 있는 특별한 권한을 얻는 것이라 생각한 셈이죠.

아주 어린 올챙이 시절의 생각이긴 합니다만 이렇게 단어가 주는 인식과 경험은 의외로 많은 곳에서 그 힘을 발휘합니다. 회사를 다니다 보면 생각보다 자주 듣는 이야기 중 하나가 바로 조직의 이름에 관한 것인데요, '새로 바뀐 팀 이름이 정말 별로예요. 예전 이름이 훨씬 멋지고 좋았는데 말이죠'라는 식의 반응과 적잖이 마주하게 되기 때문이죠. 참 신기한 일입니다. 내가 하는 업무가 달라지는 것도 아니고 나와 함께 일하는 동료도 그대로인데 그저 팀 이름 하나 바뀐 것이 우리에게 은근히 큰 영향을 준다는 사실이요.

하지만 이 부분이야말로 우리가 지금부터 이야기할 '커뮤니케이션 브랜딩'의 효과를 가장 잘 보여주는 지점이라고 할 수 있습니다. 커뮤니케이션 브랜딩이란 우리 조직을 구성하는 구성원들 혹은 우리 사용자나 소비자들이 브랜드의 접점에서 느끼게 될 주요한 단어들을 브랜딩하는 일이거든요. 쉽게 말해 자칫 남들과 똑같아질 수 있는 포인트를 어떻게 하면 우리만의 정체성과 경험으로 가져올 것인가에 대한 문제죠.

"때로는 단어 하나가 새로운 문화를 만든다"는 영국의 유명 인류학자 케이트 폭스Kate Fox의 말처럼 좋은 브랜드를 오래 유지하기 위해서는 이 브랜드의 구석구석을 잘 조여주는 볼트와 너트 같은 언어들이 필요한 법이니까요, 어쩌면 커뮤니케이션 브랜딩은 디테일을 다루는 영역이라고도 볼 수 있을 것 같네요.

간단해 보이지만 결코 만만치 않은

명실상부 세계 최고의 IT 기업인 구글은 자신들의 직원을 구글러Googler라고 칭합니다. 그리고 구글러로서 익히고 발전시켜나가야 하는 가치이자 '구글다움'의 뜻을 지닌 '구글리니스Googleyness'라는 단어도 회사 내부에 아주 널리 퍼져 있죠. 수많은 영역에서 무궁무진한 서비스를 다뤄야 하는 사업 특성상 '우리는 누구이며, 어떻게 일하는 사람들인가'에 대한 업무 철학을 직원들에게 보다 선명히 전달하려 힘 쏟고 있는 겁니다.

반면 애플은 본인들의 제품을 판매하는 오프라인 매장

인 애플 스토어의 직원들을 '지니어스Genius'라고 부릅니다. 또한 스토어 안에서 A/S를 비롯한 고객 응대가 이뤄지는 장소를 '지니어스 바Genius Bar'라고 부르죠. 애플 제품과 관련한 어떤 질문에도 답할 수 있고 동시에 해결책을 찾도록 도와주겠다는 의미에서 단순한 스태프가 아닌 '지니어스'라는 단어를 사용하고, 딱딱한 격식이 느껴지는 센터나 카운터 대신 대화에 초점을 맞춘 '바Bar'를 강조했다는 데서 애플이 고객을 대하는 관점을 잘 느낄 수 있습니다.

이런 사례들을 소개하고 나면 커뮤니케이션 브랜딩이 그저 평범한 단어를 멋지게 포장하는 일일 거라고 예상하는 분들이 많습니다. 하지만 그렇게 간단한 문제라면 모든 기업과 브랜드가 이 커뮤니케이션 브랜딩에 성공하고도 남았겠죠. 오랫동안 좋은 커뮤니케이션을 이어가는 브랜드가 생각보다 드물다는 점, 독특한 단어를 지속적으로 생산하지만 사람들의 뇌리에 기억되는 사례는 의외로 많지 않다는 점에 주목하면 커뮤니케이션 브랜딩은 결코 만만치 않은 대상임이 분명합니다.

커뮤니케이션의 목표부터 정하자
커뮤니케이션 브랜딩에 성공하기 위해선 '우리는 무엇을 목표로 커뮤니케이션하는가'라는 가장 기본적인 질문에 대해 고민해야 합니다. 그저 '브랜딩 효과'라는 추상적인 말로 목표를 정하는 것보다 우리가 추구하는 커뮤니케이션이 뿌리내리고 나면 우리는 어떻게 변화할 수 있는지가 생생하게 그려지는 구체적인 목적을 마련하라는 의미죠.

이를 위해서는 앞서 설명한 브랜드 키워드와 페르소나를 바탕으로 현재의 우리를 돌아볼 수 있어야 합니다. 지금, 무엇을, 어떻게 해야 우리가 설정한 브랜드 키워드와 페르소나를 더욱 또렷하게 만들 수 있는지 그 결핍의 포인트를 짚어보는 것이 중요하니까요.

제 지인 중 한 분은 IT 스타트업에서 브랜드 마케팅을 총괄하고 있습니다. 팀원 6명으로 시작할 때부터 합류한 분인데 이제는 직원 수만 300명이 넘는 큰 규모의 회사로 발전해 활발한 브랜딩 활동을 펼치고 있죠.

그분께서는 창업 초기부터 유독 인터널 브랜딩에 대한 욕심이 컸고 무엇보다 이 커뮤니케이션 브랜딩에 많은 노력을 기울였습니다. 그리고 제품과 서비스가 시장에 첫선을 보일 때쯤 본인들을 위한 커뮤니케이션 목표를 정확하게 설정했죠.

한 번 듣고도 그 뜻을 명확히 유추할 수 있는 단어들로 소통한다.

수명이 짧은 유행어 위주의 커뮤니케이션은 최대한 지양한다.

고객을 위한 언어를 따로 만들기보다 고객이 쓸 만한 언어를 우리가 먼저 사용해본다.

새로운 제품명, 마케팅 문구 등을 제작하면 모든 직원에게 알린다.

사람들이 잘 사용하지 않는 단어는 과감히 정리하며, 그 사실을 꼭 공지한다.

비교적 짧은 분량이지만 이들이 어떤 커뮤니케이션을 목표로 하고 있는가는 어렵지 않게 짐작할 수 있습니다. 남들의 언어를 무작정 따라 쓰지 않으면서도 명확하게 소통할 수 있는 언어를 지향하고 어떤 단어 하나가 탄생할 때나 소멸할 때도 이를 당연하게 여기기보다는 모두가 인지할 수 있도록 하자는 게 그들의 방향성일 테니까요. 설사 갓 입사해 팀에 합류한 사람이라고 하더라도 우리 회사와 우리 브랜드는 어떻게 커뮤니케이션하는 것을 선호하는가에 대한 감을 아주 빨리 알아차릴 수 있는 것이죠.

한꺼번에 너무 많은 단어를 만들지 말자

좋은 목표를 정하고 나면 누구나 마음이 두근거립니다. 지금 당장이라도 실천해보고 싶은 것들이 한 트럭쯤 생겨나니 말이죠. 하지만 의욕이 너무 앞선 나머지 무분별하게 커뮤니케이션을 남발하면 이 역시 역효과를 불러오고 맙니다. 소통의 필요성이야 더 말할 것 없이 중요하지만 사람들이 수용하고 흡수할 수 있는 수준 이상의 소통은 그 효과가 급격하게 떨어지는 법이니까요.

만약 여러분이 평소 잘 사용 중이던 스마트폰이나 노트북 혹은 가전제품들 중 하나가 고장 나 다른 제조사의 제품으로 바꿨다고 가정해보죠. 이럴 때 우리를 당황스럽게 하는 건 낯선 UI나 사용자 경험이기도 하지만 예전과 동일한 기능임에도 불구하고 전혀 다른 명칭으로 불리는 용어들이기도 합니다. 설상가상으로 그런 용어가 한두 가지가 아니라 수십 개에 달한다면 우리는 모든 단어를 다 이해하지 못할 뿐 아니라 그 단어들이 전달하는 총체적인 경험도 받아들이기 힘들어지죠. 이른바 오버 커뮤니케이션 현상이 일어나기 때문입니다.

따라서 커뮤니케이션 브랜딩을 할 때도 무작정 좋은 용어들을 만들어 널리 퍼뜨리겠다는 생각보다는 우리가 정한 커뮤니케이션 목표를 이루기 위해서 무엇부터 시작해볼 것인지 우선순위를 정하는 것이 옳은 방향입니다.

혹시 순위를 매기기 애매하다면 우리 조직이나 우리 브랜드가 가진 제일 큰 결핍이 무엇인지를 들여다보는 것도 좋습니다. 스스로 보기에도 가장 약점이라 생각하는 부분을 중심으로 어떤 커뮤니케이션을 시도해볼 수 있는지 확인하는 것이죠. 괜히 긁어 부스럼 내는 것 아닐까 하는 생각이 드실 수도 있겠지만 의외로 이런 취약점에서 출발하는 커뮤니케이션 브랜딩이 그 파급력은 훨씬 큰 법입니다. 그러니 과감하게 시도해볼 가치가 충분한 영역인 셈이죠.

잘 만든 만큼 잘 공유하자

그럼 이제 가장 중요한 단계로 접어들 때입니다. 바로 사람들로 하여금 어떻게 이 언어들을 사용하게 할 것인가, 다시 말해 어떤 방식으로 커뮤니케이션 브랜딩을 퍼뜨릴 것인가 하는 문제가 남은 거죠. 언뜻 봐서는 그리 어려운 것이 없어 보이지만 이미 사람들이 익숙하게 사용하고 있던 단어를 바꾸거나 없던 개념을 새롭게 제시하는 일만큼 동기부여가 어려운 대상도 없습니다. 열에 아홉은 이미 편하게 잘 쓰고 있는데 굳이 어색하게 새로운 이름이 필요할까라는 의구심을 가지는 게 당연하니까요.

이럴 때 쓸 수 있는 현실적인 팁들이 몇 가지 있습니다.

첫째는 일단 테스트 삼아 일부 조직에서만 먼저 그 단어를 사용해보는 것이죠. 커뮤니케이션 브랜딩을 전 단위로 뿌리기 전에 베타 테스트beta test를 해보는 거라고 생각해주시면 될 것 같네요.

이렇게 몇몇 사람들끼리 규칙을 정하고 먼저 특정한 단어를 사용하다 보면 잘못 사용될 소지가 있는 포인트를 발견하기도 쉽고 더불어 어떤 경우에 더 효과적으로, 적극적으로 활용할 수 있을지 가늠할 수도 있습니다. 무엇보다 실제 사용하면서 느껴지는 뉘앙스를 통해 여러분이 시도하고자 하는 커뮤니케이션 브랜딩이 어떤 효과를 가져올지 미리 예측해볼 수 있죠.

두 번째는 상세한 사용법을 함께 제시해주는 것입니다. 커뮤니케이션 브랜딩을 공유하는 과정에서 단순히 '앞으로 우리는 A를 B라고 부르기로 했습니다'라는 식으로 공표해버리면 언어가 가진 에너지가 절반 이하로 뚝 떨어지고 맙니다. 그래서 가급적이면 타운홀 미팅과 같이 모두가 모인 자리에서 실제 발음과 텍스트를 함께 느낄 수 있도록 담당자가 직접 소개하는 것이 좋고, 여건이 허락된다면 앞으로 어떤 상황에서 어떻게 사용할지 또 이를 통해 어떤 목표를 이루고자 하는지 그 배경을 설명해주는 것이 좋습니다.

누군가에게 선물을 할 때도 그냥 건네기보다 왜 이 선물을 골랐고, 받는 사람에겐 어떤 의미가 있으며 어떻게 쓰길 바라는지를 간단히라도 설명해주면 그 가치는 배가 되는 법이니까요. 새로운 용어 하나를 소개할 때도 우리 조직, 우리 고객들에게 작은 선물을 한다는 마음을 가져보는 건 어떨까 싶습니다.

마지막으로는 지속적으로 피드백을 받아 계속 개선해나가는 겁니다. 말과 글이라는 것은 생명력을 지니고 있기 때문에 사람들에게 한 번 퍼져나가기 시작하면 이를 회수하고 새로 나눠주기가 거의 불가능합니다. 따라서 내부에 특정한 워딩이나 용어를 공유했다면 한동안은 그 말과 글을 사람들이 실제로 잘 쓰고 있는지, 얼마만큼 사용하고 있는지, 또 특별한 불만이나 오남용되는 사례는 없는지 등을 체크하며 관리하는 것이 좋습니다.

일정 기간이 지난 다음 해당 용어에 대한 느낌을 간단한 설문 형태로 받아봐도 좋고 혹시 부정적인 반응이 크다면 대체어에 대한 아이디어를 역으로 제시받는 것도 큰 도움이 됩니다. 의외로 사람들은 본인들이 부르고 사용할 언어에 대한 욕심이 많기 때문에 여러분이 우려하는 것보다 적극적으로 참여해줄 가능성이 큽니다. 더불어 이런 활동들을 통해 구성원 모두가 커뮤니케이션에 대한 책임과 사명감을 갖게 하는 데도 긍정적으로 작용하죠. 그러니 담당자 한두 명의 노력만으로 뭔가를 일궈내려 하기보다 소통의 대상이 되는 많은 사람들을 모니터링 요원으로 참여시키는 것이 커뮤니케이션 브랜딩에 있어서는 현명한 전략이 될 수 있습니다. 좋은 커뮤니케이션은 진화를 거듭하며 더 좋은 문화를 뿌리내리는 법이니 말이죠.

우리의 현재와 미래를 규정하는 일

백문이 불여일견인 만큼 커뮤니케이션 브랜딩에 성공한 사례 하나를 여러분들께 소개해보고자 합니다.

이 회사는 푸드테크 서비스에 기반을 두고 현재는 오프라인 공간 대여 서비스까지 그 영역을 확장해가고 있는 기업인데요, 업의 특성상 다양한 파트너와 마주해야 하고 성수기나 크리스마스 시즌에는 직원들이 직접 현장에 머물며 배달이나 유통까지 담당해야 하기 때문에 업계에선 꽤 터프한 직무로 인식된다고 합니다. 그렇기에 자칫 직원들이 '내가 이런 일까지 해야 하나?'라는 부정적 인식을 가지지는 않을까 하는 우려가 사업 초창기부터 컸다고 하죠.

때문에 담당자들은 우선 커뮤니케이션 브랜딩의 목표를 '우리는 사업자를 돕기 위해 A부터 Z까지 모두 실행한다. 그 과정에서 새로운 기회와 가치를 발견하고 이를 다시 미래로 연결한다'라고 정했다고 합니다. 정말 멋진 목표가 아닐 수 없죠. 현실에 초점을 두면서도 우리가 왜 이 일을 하고 있는지에 대한 목적의식을 정확히 심어주는 것이니까요.

그리고 다시 담당자들이 모여 이 가치관에 부합하는 커뮤니케이션 콘셉트를 고민하다가 '항해'에서 그 해답을 찾았다고 합니다. 다소 거친 영역을 다루고는 있지만 명확하고 도전적인 목표가 있다는 점과 실제로 수많은 요리 재료와 보관법, 제조법 등이 대항해시대에 개발되었다는 점에 착안해 본인들이 다루는 업의 특성을 잘 녹여낼 수 있는 대상과 연결 지은 것이죠.

먼저 이 브랜드는 초기 17명 남짓한 직원들을 승무원, 혹은 선원의 뜻을 가진 '크루crew'로 부르는 것에서부터 커뮤니케이션 브랜딩을 시작했습니다. 한배를 탄 동료이자 각자의 임무와 역할이 사업의 운명을 가늠할 만큼 중요하다는 뜻에서 스스로를 이렇게 부르기로 결정한 거죠.

또 새로운 프로젝트 하나를 론칭하는 것은 돛을 펴고 출항하는 행위에 빗대 '세일링sailing'이라고 부른다고 합니다. 그러니 '이 프로젝트는 언제 시작해요?'가 아니라 '이번 세일링은 언제 시작하죠? 어떤 분들이 세일링 멤버로 참여하나요?'로 소통한다고 해요.

그 외에도 내부적으로 데이터를 집계하고 관리하는 대시보드 프로그램 이름은 나침반에서 따온 '컴퍼스compass'로, 야간에 모니터링을 담당하는 직원들은 항해할 때 주요한 지표가 되는 북극성에서 착안해 '폴라polar'로 부른다고 합니다. 때문에 조금은 딱딱할 수 있었던 내부 용어들을 말랑말랑하게 바꿔준 것은 물론이고 이들이 가고자 하는 목표와 하나 된 팀워크까지 잘 녹여낸 커뮤니케이션 브랜딩을 완성할 수 있었죠. 사실상 거의 비용을 들이지 않고도 아주 멋지고 훌륭한 문화를 만들어낸 겁니다.

단어 하나가 불러오는 나비효과

다른 브랜드들의 사례와 제 나름의 방법들을 소개해드렸지만 사실 저는 커뮤니케이션 브랜딩에 있어 가장 필요한 것은 '용기'라고 생각합니다. 갑자기 용기라는 단어를 꺼내든 게 의아하실 수 있겠지만 겉으로 보기엔 굳이 시도하지 않아도 사업과 브랜드를 이끌어가는 데 큰 지장이 없어 보이는 게 이 커뮤니케이션 브랜딩일 수 있거든요. 그럼에도 불구하고 '우리도 좋은 커뮤니케이션 브랜딩을 해봐야지'라고 마음먹으셨다는 건 사소한 문제도 모른척하지 않는 용기, 더 나은 방향으로 모두를 설득해보고자 하는 그 용기가 작동한 거라고 봅니다. 때문에 저는 커뮤니케이션 브랜딩을 담당하는 분들을 보면 늘 존경심이 생기곤 해요. '인식과 문화를 만드는 일이 저분들의 손끝에서부터 출발하는구나' 하는 생각이 들어서 말이죠.

그러니 여러분도 너무 오래 머뭇거릴 필요 없이 각자의 주변에서 이뤄지고 있는 커뮤니케이션을 한번 주의 깊게 살펴보면 어떨까 싶어요. '우리 팀에서 무심코 사용하고 있는 내부 용어들에는 뭐가 있을까?', '우리 브랜드가 고객이나 사용자와 더 원활한 커뮤니케이션을 하기 위해서는 어떤 목표부터 세워봐야 할까' 같은 질문을 스스로에게 던져본 다음 내 손으로 바꿔볼 수 있는 것들을 하나하나 주워 모으는 방식으로요.

저 역시 처음에는 '이거 하나 바꾼다고 누가 알아주기나 할까?'라는 의구심이 컸지만 지금은 제가 만든 용어들이 널리 널리 퍼져나가고 있는 걸 볼 때마다 그때 용기를 내지 않았으면 어쩔 뻔했나 싶어 가슴이 서늘해집니다. 그런 만큼 여러분도 스스로의 역량을 믿고 작은 것에서부터 출발해보시면 좋겠네요. 훗날 엄청나게 큰 나비효과가 되어 여러분의 조직과 브랜드를 굳건히 지탱해줄지도 모르니 말이죠.

디자이너에게 브랜드 콘셉트를
설명하는 노하우

앞서 설명해드린 것처럼 제 업무 중에는 글을 둘러싼 업무가 참 많습니다. 써야 하는 글의 종류와 분량, 목적과 사용처, 수명과 임팩트 등을 고려하면 비슷한 글의 유형을 찾는 게 더 어려울 때도 있죠. 그러다 보니 어떤 분들은 '저 사람은 글로 소통하는 게 가장 편하겠지?'라며 저를 판단할 때도 있습니다. 어떤 일을 하든 제게 가장 익숙한 도구인 '글'부터 꺼내들 것이라는 오해죠.

하지만 저 역시 글 이외의 다른 많은 소재들에 각별한 애정을 가지고 있습니다. 브랜딩이라는 게 사람의 오감을 자극하고 이를 경험과 기억으로 남기는 과정인 만큼 그 속에 담길 수 있는 이미지, 영상, 음악, 공간, 향기, 소품, 조형물 등 여러 가지 요소들에 촉각을 곤두세우고 살 수밖에 없거든요. 그래서 말이나 글보다는 한 장의 이미지로 보여주는 게 훨씬 효과적이겠다 싶을 땐 과감하게 디자인에 그 자리를 양보할 줄도 압니다.

그러나 이런 결론이 글과 글이 아닌 것을 딱 잘라 구분 짓는 과정에서 나타나는 것은 아닙니다. 오히려 글을 포함해 다양한 가능성을 열어두고 긴밀히 소통하며 얻어내는 결론에 더 가깝죠. 그중에서도 브랜딩이나 마케팅 혹은 기획 직군에서 일하는 분이라면 누가 뭐래도 디자이너와의 협업이 가장 많을 겁니다. 기획의 단계에서 우리가 머릿속으로 상상한 그 대상을 실제로 존재하는 무엇인가로 바꿔내기 위해서는 디자인이라는 과정을 반드시 거쳐야만 하니까요.

따라서 이번 글에서는 어떻게 해야 우리가 가진 생각의 원형을 디자인으로 더 잘 구현해낼 수 있을까에 대한 나름의 답을 찾아보고자 합니다. 아니 좀 더 정확히는 어떻게 해야 브랜딩을 함에 있어 우리가 쌓아올린 그 핵심 가치와 페르소나들을 디자이너에게 잘 전달할 수 있을까 하는 것에 가까울 수도 있겠네요.

디자이너가 어떻게 일하는지부터 파악하자

다른 직군과 비교하면 디자이너의 역할은 비교적 명확하게 구분할 수 있지만 이 역시 조직의 상황과 브랜드를 만들어가는 방식에 따라 천차만별로 나누어지는 게 사실입니다. 어떤 조직에선 디자이너가 거의 기획자의 역할을 대신해 아주 깊숙하게 개입하기도 하고, 또 다른 곳에서는 기획자가 스펙에 맞게 정리해준 내용들을 실제 결과물로 구현하는 것에 집중하기도 하니까요.

게다가 모든 회사가 내부에 체계화된 디자인 조직을 두고 브랜딩의 전 과정을 함께 고민하고 실행해줄 수 있는 것은 아닙니다. 디자인 부서와의 접점이 꽤 멀리 떨어져 있거나 아예 대행사를 통해서 디자인을 통째로 맡겨버리는 경우도 있으니 저마다 기획자와 디자이너 사이의 이해도가 제각각일 수밖에 없는 속사정이 존재하죠.

이럴 땐 우리 기획물을 구현해낼 디자인 조직(혹은 담당자)이 어떤 방식과 체계로 일하는지를 파악하는 게 먼저일 수 있습니다. 특히 어떤 프로젝트든 그 시작과 동시에 업무의 전반을 설명하는 킥오프 회의를 하기 마련인데요, 이때 디자인 작업이 수행되는 프로세스를 미리 파악해놓는 것이 매우 유리합니다. 디자인이 팀 단위로 움직이는지 개별 작업자 위주로 움직이는지, 제작물을 자체적으로 생산하는지 전문 대행사에 의뢰하는지, 의사 결정자가 디자인 부서 내부에 존재하는지 다른 조직에 포함되어 있는지, 어떤 커뮤니케이션 방식을 선호하고 어떤 형태로 의견을 수렴해가는지 등 가능한 모든 정보를 취합해보는 것이 중요하죠.

만약 이 단계를 건너뛴 채 업무에 들어간다면 어느 지점에 이르러서는 우리가 전달하고자 하는 브랜드 콘셉트가 홀로 공중에 붕붕 떠다니는 상황을 목격할 가능성이 높습니다. 좋은 기획물을 좋은 결과물로 이어가기 위해서는 그 가운데 일어날 수 있는 수많은 오해와 갈등 그리고 병목을 관리할 수 있는 능력이 필수적으로 필요하기 때문이죠.

브랜드 키워드를 기반으로
자료조사의 방향성을 제시하자

업무 프로세스에 대한 대략적인 파악이 끝났다면 이제 우리가 기획한 브랜드 콘셉트를 효과적으로 잘 전달하는 작업이 필요합니다. 이때 기획자들이 흔히 하는 실수 중 하나는 '내 요구사항을 잘 정리해서 넘기기만 하면 상대가 보다 쉽게 이해할 수 있을 거다'라고 착각하는 것입니다. 물론 꼼꼼히 잘 마련한 기획안이 그렇지 않은 것보다야 백배, 천배 낫겠지만 보다한 단계 높은 퀄리티의 결과물을 이끌어내려면 협업자와 함께 호흡할 수 있는 환경을 세팅하는 것이 너무도 중요하죠.

사실 대부분의 디자이너들은 레퍼런스 이미지를 찾는 것으로 업무의 첫 단추를 뀁니다. 과제를 받으면 요구사항에 적합한 다양한 이미지와 영상들을 찾고, 그룹핑하고, 분석하고, 다시 뽑아내기를 반복하죠. 이 과정에서 좋은 요소들을 선별하거나 독창적인 스타일을 창작하게 될 가능성이 높거든요.

하지만 레퍼런스 이미지 작업을 진행할 때에는 우리가 사전에 설정한 브랜드 키워드를 기반으로 자료조사의 방향성을 제시해주는 것이 필수적으로 선행되어야 합니다. 물론 레퍼런스 이미지를 찾으면서 특정한 키워드를 발굴할 수도 있겠지만 그러다 보면 자료를 조사하는 사람의 입장에서 시각화된 인상과 선입견으로 키워드가 만들어지고 맙니다. 다시 말해 나만 알고 있는 특정한 장면과 심상에 갇혀 디자인 작업이 진행될 확률이 커지는 것이죠.

그러므로 아예 브랜드 페르소나와 키워드를 잡아가는 과정에 디자인 담당자가 함께 참여하도록 하거나 적어도 이 내용을 수시로 공유하면서 아이디어가 디벨롭되는 과정을 느끼게 해주는 게 중요합니다. 잘 정리된 기획서를 넘기는 것만큼이나 왜 그런 기획에 도달했는지 프로젝트 전체의 이해도를 높여주는 게 훨씬 의미 있기 때문이죠.

비주얼 요소는 최소화하여 설명하자

가끔은 디자이너가 작업하기 좋도록 친절하게 레퍼런스 샘플을 추려 전달하는 기획자들도 적지 않습니다. 물론 이런 방법이 틀렸다는 얘기는 전혀 아닙니다. 저 역시 설명을 함에 있어 효과적인 비주얼 자료들이 필요하다면 기획서 중간중간 삽입해 디자인의 방향성을 더 선명하고 구체적으로 만드는 데 활용하고 있으니까요. 다만 이번 챕터의 목적이 더 좋은 브랜딩을 위해서 디자이너와 효과적인 커뮤니케이션을 만들어가는 것인 만큼 보다 효율적이고 섬세하게 소통할 수 있는 방법에 대해 한번 이야기해보고자 합니다.

혹시 이 책의 가장 초반부에 '왜 브랜드를 만들고자 하고, 왜 브랜딩을 하고자 하는가'에 대해서 짧게나마 그 이유를 찾아 정리해보는 게 정말 중요하다고 했던 것 기억나시나요? 사실 디자인 과정이라고 해서 이와 크게 다르지는 않습니다. 보통 디자인이라고 하면 머릿속에 있는 이미지를 실제로 구현하거나 기존에 존재하던 것들을 심미적으로 더 아름답게 만드는 것이라고 생각할 수 있지만 디자인이야말로 문제를 해결하고 새로운 가치와 경험을 제시하는 중추적인 역할을 맡고 있습니다.

따라서 디자인 작업을 의뢰할 때도 '우리가 바라는 디자인 방향'에 대한 짧은 브리프brief를 작성해 전달하는 것이 좋습니다. 개인적으로는 이때 역시 비주얼 요소는 가급적 최소화한 채로 텍스트만으로 풀어보는 것이 더 낫다고 생각하는데요, 디자이너들은 시각적인 요소를 굉장히 섬세하고 민감하게 받아들일 확률이 높기 때문에 작은 비주얼 요소만 먼저 제시해도 '이런 느낌의 비주얼을 원하나 보다'라고 빠르게 방향성을 잡아버리곤 합니다. 그럼 스스로 고민하고 생각해 더 좋은 것들을 끌어낼 수 있는 가능성을 미리 차단해버리는 위험도 생기죠. 그러니 우리가 필수적으로 구현하고 싶은 가치를 먼저 정리한 다음 어떤 것들은 허용하고 어떤 것들은 지양하는지 정도의 가벼운 텍스트 브리프를 만들어 디자이너가 효과적으로 아이디어를 디벨롭할 수 있는 환경을 세팅해주는 것이 좋습니다.

나무에 대한 피드백만큼
숲에 대한 피드백도 잊지 말자

디자인 담당자가 1차적인 자료조사를 끝내고 나면 샘플 이미지나 초안 작업을 마친 시안 여러 개를 후보군에 올립니다. 디자이너에겐 앞으로 이런 톤과 방향들로 디자인을 이끌어가겠다고 소개하는 자리이고 기획자의 입장에선 디자이너가 생각하는 주요 포인트를 확인할 수 있는 시간이기도 하죠.

이때 기획자들은 보통 자신의 방향성과 맞지 않는 시안을 걸러내고 마음에 드는 시안이 있으면 어떤 부분이 디벨롭되면 좋을지를 선택하게 됩니다. 마치 OX 게임 같은 상황이 펼쳐지는 것이죠. 하지만 이 과정에서는 우리가 놓치지 말아야 할 중요한 포인트 두 가지가 존재합니다.

하나는 일단 디자이너에게 각 시안마다 어떤 이유로 이런 크리에이티브를 적용했는지 그 설명을 상세히 요구하는 것입니다. 즉 브랜드 키워드를 바탕으로 설정한 방향성이 어떤 경로를 거쳐 눈앞에 있는 결과물로 이어졌는지 인풋과 아웃풋 사이의 관계를 규정해보는 것이죠.

이 점을 강조하는 이유는 생각보다 많은 기획자들이 비주얼의 호불호를 빠르게 판단하고 싶은 나머지 디자이너로부터 상세한 설명을 듣는 걸 쉽게 건너뛰기 때문입니다. 게다가 메일이나 협업 툴로 디자인 산출물을 공유하다 보면 디자이너는 업데이트한 결과물만 전달하고 또 기획자는 일방적으로 피드백만 전달하는 상황이 벌어지기도 하죠. 이런 커뮤니케이션이 반복되다 보면 초기에 잡았던 방향성에 대한 합의는 희미해지고 작은 디테일에 집착해 매몰되는 경우도 적지 않습니다. 그러니 반드시 디자이너의 기획 의도를 확인하고 발전시켜가기 위한 풍부한 대화와 노력이 수반되어야 하죠.

다른 하나는 바로 디자이너와 커뮤니케이션할 담당자를 한 명으로 통일하는 것입니다. 브랜딩은 이성과 감성의 밸런스를 잘 조절하는 것이 핵심이라고도 할 수 있는데요, 이 밸런스가 유독 잘 깨지는 지점이 바로 우리의 생각이 디자인으로 옮겨지는 시점입니다. 여러 사람이 자신의 개인적인 취향을 앞세워 목소리를 내기 시작하기 때문이죠.

물론 이런 아이데이션과 토론의 과정이 활성화되어야 함은 분명합니다. 대신 이 의견들을 종합해 전달할 때는 한 사람으로 채널을 일원화하는 것이 훨씬 유리합니다. 각자가 자신의 취향대로 피드백을 하기 시작하면 디자인으로 구현해내야 하는 사람의 입장에선 무엇이 더 중요하고 덜 중요한지, 어떤 부분을 강조하고 어떤 부분을 덜어내야 하는지 그 경중을 파악하기가 몇 배로 힘들어지니까요. 디자이너와의 커뮤니케이션을 전담할 사람을 정하고 어떤 의견이든 그 사람의 표현과 언어를 통해서 전달하도록 하는 것이 좋습니다.

업데이트되는 히스토리는
스택stack 형태로 공유하자

그럼 이번엔 디자이너가 만든 작업물을 우리 조직이나 프로젝트 멤버들에게 공유할 때 더욱 효과적으로 쓸 수 있는 방법에 대해 알아보겠습니다. 협업에 있어 '공유'가 가지는 가치는 더 말할 것도 없이 중요하지만 무엇을, 어떻게 공유하느냐에 따라 협업자들에게 더 좋은 인사이트를 심어줄 수도 있습니다. 일종의 넛지nudge 효과이기도 하죠.

그 대표적인 방식이 바로 **그동안 업데이트된 히스토리를 모아 공유하는 '스택' 방식의 중간보고를 활용하는 것입니다.** 피드백을 반영한 수정 시안이 도착하면 이를 관련자들에게 공유하는 일은 어느 현장에서나 필수적으로 여겨질 겁니다. 하지만 이때 '이 작업물이 최신 버전이니 추가 의견이 있으면 말씀해달라'는 수준으로 공유하는 경우가 다반사죠. 이게 잘못된 방법이란 건 아니지만 조금만 노력을 기울이면 우리는 프로젝트에 연관된 사람들로부터 더 나은 피드백을 끌어낼 수 있습니다.

제 경우엔 디자인 업데이트가 여러 차례 진행되고 나면 우리가 초기에 구상했던 버전부터 가장 최근에 디벨롭된 버전까지 그 히스토리를 모아 한눈에 볼 수 있도록 공유합니다. 그동안 발전시켜온 디자인이 얼마나 알맞은 방향을 향해가고 있는지 또 어떤 형태를 거쳐 지금의 결과물에 도달했는지 그 여정을 한 번에 확인해주기 위함이죠.

이렇게 '기존의 작업물을 쌓아서stacked' 히스토리 형식으로 제공하는 중간보고는 모두의 주의를 환기할 뿐 아니라 디자이너와 기획자 간 생각의 결을 맞추는 데도 아주 효과적입니다. 대부분의 디자인이 한 번에 합의되기 쉽지 않은 데다 업데이트를 거듭하며 원래 강조하고자 했던 본질이 흐려지는 위험 역시 도사리고 있다는 사실을 잘 알고 계실 텐데요, 이때는 우리가 걸어온 길을 다시 한번 돌아보는 것만큼 좋은 방법도 없는 것 같더라고요. 그러니 여러분도 이 스택 형태의 히스토리 관리를 꼭 사용해보시길 권해드립니다.

가장 가까운 사람부터 이해하는 일

친한 디자이너 동료와 이야기하다가 이런 말을 들은 적이 있습니다.

"여러 사람들과 함께 일하다 보면 디자이너에 대해 크게 오해하는 부분이 하나 있어요. 바로 디자이너는 텍스트를 싫어하고 시각적인 요소들만 선호할 거란 오해죠. 하지만 실제로는 그렇지 않은 경우가 열에 아홉은 될 거예요. 디자이너는 '그려주는 사람'이 아니라 '문제를 풀어주는 사람'이니까요. 문제 자체가 잘 정의되어 있다면 그만큼 반가운 일도 없고, 그게 텍스트로 잘 정리되어 있다면 그만큼 든든할 수도 없죠."

이 말을 들으니 글의 서두에서 언급한 오해가 교차편집되며 제 머릿속에 떠오르더군요. 그도 그럴 것이 기획자든 디자이너든 아니면 다른 직무든 간에 서로 각자가 어떻게 일하는지에 대해서는 무관심한 채 스스로 만든 선입견에 기대 협업을 이어간 건 아닐까 싶었으니 말이죠.

때문에 우리 내부에서부터 브랜딩이 힘을 발휘하도록 하기 위해서는 각자의 과업이 어떻게 이뤄지고 있고 또 그들은 어떻게 일하며 어떤 방식을 선호하는지에 대한 이해도를 높여가는 게 매우 중요한 일임을 기억하면 좋겠습니다. 브랜딩은 사람의 마음을 움직이는 일이고 그 시작은 우리 내부, 특히 나와 가장 가까이 있는 사람들을 움직이는 일에서부터 출발한다는 사실도 함께 말이죠.

What-If 워크숍을
시작해보자

조금 불편한 이야기일 수 있지만 브랜딩 업무를 하기에 비교
적 취약한 태도를 가진 사람은 어떤 사람들일까요? 아마 크리
에이티브하지 않은 사람, 트렌드 파악이 느린 사람 같은 유형
을 먼저 떠올리실지 모르겠지만 저는 개인적으로 '브랜드의
운명을 고민하지 않는 사람'이라고 대답하고 싶습니다.

　　다소 낯선 표현이라는 걸 저도 잘 알고 있습니다. 브랜드
의 운명이라니…. 요즘같이 브랜드 생애주기가 점점 줄어드는
시점에서 이야기하기엔 너무 큰 담론일 수도 있고, 이제 막 브
랜드를 시작하시는 분들께는 까마득한 미래라 자칫 한참 높
이 떠 있는 뜬구름 같은 소리일지도 모르죠.

하지만 브랜드의 운명에 대해 고민한다는 건 브랜드를 다루는 사람들에게는 필수적인 덕목이기도 합니다.

간혹 '나는 브랜딩을 하는 사람이라 완성도 있고 예쁜 결과물을 만드는 데 집중하고 있어요'라거나 '퀄리티를 확보하기 위해서는 일단 돈을 더 많이 쓰는 게 중요해요'라는 태도로 자신의 직무에 커다란 울타리를 만드는 분들을 보곤 하는데요, 사실 이건 본인의 업에 집중하는 자세라기보다는 스스로를 한없이 옭아매는 마음가짐에 더 가까울지 모릅니다.

글과 관련된 업무를 하는 분들도 마찬가지죠. '그저 카피만 잘 쓰면 된다', '내 역할은 상세 페이지를 멋지게 뽑는 거다'라는 마음가짐으로는 브랜드 전체가 굴러가는 전반적인 과정을 결코 파악할 수 없으니 말이죠.

위기와 변화의 순간을 맞이하는 우리의 자세

이런 따끔한 이야기로 포문을 연 것에는 나름의 이유가 있습니다. 바로 이번 글의 주제인 'What-If 워크숍'을 소개하고 싶어서죠. 이 역시 처음 들어보는 용어겠지만 대충 어떤 느낌인지 감을 잡으신 분들도 있을 겁니다. 네. 'What-If'란 '만약 이런 일이 일어난다면 그땐 어떻게 될까?'라는 가정형 질문인데요. 이 질문의 초점을 브랜드에 맞춰서 '우리 브랜드에 이런 상황이 닥친다면, 우리는 어떤 준비를 해야 할까?'를 토론해보는 워크숍이 바로 What-If 워크숍입니다.

이 What-If 워크숍을 진행해야 하는 이유는 명확합니다. 앞선 Part들을 통해 브랜딩은 페르소나 매니지먼트라고 수차례 강조했던 것 기억나시죠? 그런데 사실 사람도 누군가에게 자신의 페르소나를 임팩트 있게 전달하는 순간은 매일 반복되는 상황이 아니라 특정한 사건과 마주하는 시점이라 할 수 있습니다. 눈앞에 있는 상황을 어떻게 받아들이고, 어떻게 행동하고 또 대처하는가에 따라 그 사람의 인격을 평가하는 중요한 단서가 마련되기 때문이죠.

브랜드 역시 마찬가지입니다. 시대의 변화는 물론이고 크고 작은 위기, 예상치 못한 변수의 등장, 경쟁자의 대두, 소비자 인식의 전환에 이르기까지 어쩌면 운명적으로 맞이하게 되는 이 상황들을 어떻게 관리할 것인가가 페르소나 매니지먼트의 핵심이 되는 것이죠. 때문에 가급적 우리 브랜드가 처할 주요한 상황들을 먼저 예측하고 다양한 시나리오를 관리해본 브랜드가 좋은 인격을 유지하는 데 유리한 고지를 점령할 수밖에 없는 겁니다.

What-If 워크숍, 어떻게 진행해야 할까?

설명은 거창했지만 사실 What-If 워크숍을 진행하는 방식은 그리 무겁지 않습니다. 오히려 재미있고 흥미진진하게 시작해볼 수 있죠. 워크숍은 전반전과 후반전으로 나눠서 진행하는 게 좋은데요, 전반전에는 비교적 머리를 말랑말랑하게 하고 다양한 관심사를 포괄할 수 있는 내용들로 논의를 한 다음 후반전에서 본격적으로 우리 브랜드의 What-If들을 고민해보는 방식인 거죠.

우선 워크숍은 5~6명 정도의 사람들이 한 팀이 될 수 있도록 구성한 후 각자에게 2개의 질문을 준비하도록 합니다. (인원수가 크게 중요한 것은 아니지만 집중도를 위해 가급적 한 팀은 10명이 넘지 않도록 구성하는 것을 추천해드립니다. 만약 그 이상의 인원이라면 그룹을 여러 개로 나눠 진행한 후 각각의 결과물을 서로 공유하는 것이 더 좋습니다.)

질문 1.
어떤 브랜드, 어떤 상품, 어떤 서비스라도 괜찮습니다. 그 중 하나를 골라 그 브랜드(혹은 상품이나 서비스)에 '~이런 저런 일이 발생한다면 어떻게 될까'라는 가정형 질문을 던져주세요.

질문 2.

이제 우리가 다루고 있는 브랜드로 화살표를 옮겨봅시다. '만약 우리 브랜드에 ~이런저런 일이 발생한다면 그땐 어떻게 해야 할까'라는 What-If 질문 하나를 던져주세요.

이렇게 두 개의 질문을 각각 따로 준비한 다음, 전반전에는 각자의 1번 질문만으로 토론을 이어갑니다. 자신이 선정한 질문을 바탕으로 새로운 영역에 대해 관심을 가져볼 수 있는 기회도 제공하고 또 전혀 다른 분야에서 기대치 않았던 인사이트도 발견할 수 있도록 하는 거죠.

제가 이전에 몸담았던 조직들에서 실시한 What-If 워크숍에서도 신선하고 재미있는 질문들이 많이 등장했었는데요, 아예 그중 몇 가지 예시들을 소개하며 What-If 워크숍에 대한 설명을 이어가보겠습니다.

Q. 제로 콜라의 판매량이 오리지널 콜라를 추월하는 날이 온다면?

듣기만 해도 흥미로운 질문이죠. 저도 이 질문을 보고는 머릿속이 하얗게 되었던 기억이 납니다. 음료 시장은 요 몇 년 사이 격동의 과정을 겪고 있다고 해도 과언이 아닙니다. 이미 코카콜라와 펩시 모두 제로 슈거를 내세운 제품이 오리지널 콜라 대비 약 25%에 육박하는 판매량을 보이고 있거든요. 지금의 판매 추세를 본다면 곧 50%를 넘는 날도 머지않은 게 분명하죠.

그런 날이 온다면 과연 무엇이 표준이고 오리지널이 되는 것일까요? 더 많이 팔리는 제로 콜라가 일반적인 콜라의 기준이 되고 오히려 설탕이 함유된 제품이 스위트 콜라나 하드코어(?) 콜라로 불리게 될지도 모르는 일입니다. 그럼 콜라 회사들로서는 빨간색 혹은 파란색의 기존 심볼 컬러 대신 검은색을 바탕으로 브랜딩 싸움을 펼칠 수도 있겠죠.

그렇다면 코카콜라는 자신들이 100여 년 넘게 이어온 빨간색 컬러의 코카콜라 아이덴티티도 어떤 방향으로 발전시켜 나가야 할지 고민될 겁니다. 이젠 많은 분들이 알고 계신 사실이지만 우리 머릿속에 있는 산타클로스의 외모는 코카콜라가 자신들의 마케팅 프로모션을 위해 만든 이미지에 불과합니다. 빨간색과 흰색의 컬러가 조화된 코카콜라의 컬러 아이덴티티가 연말연시의 분위기와 잘 어울릴 거라고 생각해 산타클로스라는 전설적 인물에게 하얀 술이 달린 빨간 유니폼을 입힌 게 대박이 난 것이죠.

하지만 제로 콜라만을 소비하는 사람에게 콜라란 검은색의 시크한 제품으로 기억될지 모릅니다. 특히 어릴 때부터 제로 콜라만을 마신 친구들은 어쩌면 빨간색과 흰색이 조합된 코카콜라의 이미지에 불편함을 느낄 수도 있죠. 그럼 코카콜라는 탄산음료 브랜드 중 유일하게 연말 매출이 반등하는 이 크리스마스 효과를 더 이상 누리지 못하게 되는 걸까요?

당연히 정답은 없겠지만 이 현상을 두고 팀원들 모두가 마치 코카콜라의 담당자가 된 것처럼 심각한 표정으로 의견을 나눈 장면이 떠오르네요. 누군가는 설탕 음료의 종말이 멀지 않았다는 급진적인 의견을 내기도 했고 또 누군가는 그럼에도 코카콜라가 가진 오리지널리티는 결코 쉽게 희석되지 않을 거라는 의견을 냈거든요.

그리고 저는 그런 워크숍 과정 속에서 특정 브랜드의 디테일한 미래를 고민하는 동료들의 모습이 정말 인상 깊게 다가왔습니다. 보통은 어떤 브랜드가 좋다, 어떤 브랜드가 잘한다 정도의 감상에서 그칠 뿐 이 정도로 심도 있는 고민을 해보기란 쉽지 않거든요. 그러니 저희에겐 전혀 다른 산업을 이해할 수 있는 소중한 계기를 마련한 순간이기도 했던 거죠.(한편으론 만약 여러분이 그 워크숍에 함께 참여했었다면 어떤 의견을 내셨을지도 문득 궁금해지네요.)

Q. 곧 자율주행 바이크가 상품화되면 할리데이비슨이란 브랜드는 어떻게 될까?

이 질문 역시 사람들에게 꽤 높은 호응을 끌어낸 질문이었던 것으로 기억합니다.

아마 바이크 문화에 대해 잘 모르는 분들이라도 가죽 바지와 라이더재킷에 멋진 선글라스를 착용하고 도로를 누비는 할리데이비슨 오너들을 보신 적이 한 번쯤은 있을 겁니다. 한편 전기차를 비롯해 탈것의 시대가 급속도로 진화하고 있다는 사실 또한 잘 아실 텐데요. 이미 BMW는 2019년 CES Consumer Electronics Show를 통해 자율주행 바이크를 선보였고, 당장 상용화가 되어도 이상하지 않을 만큼 각 바이크 브랜드마다 일정 수준 이상의 완성된 자율주행 기술을 보유한 것으로 알려져 있습니다.

하지만 앞서 소개한 것처럼 할리데이비슨은 아주 오랫동안 HOGHarley Owners Group라는 커뮤니티를 운영하며 라이더들에게 직접 할리를 운행하며 얻을 수 있는 갖가지 즐거움을 제공해오고 있습니다. 그런 할리데이비슨에게 자율주행이란 건 기술적 차원의 대응이 아니라 아예 서비스의 본질을 뒤바꾸는 위협이 될지도 모르죠. 기존의 오너들이 자율주행 기능을 반길지 아니면 극도로 혐오할지에 대해서도 여론이 분분할 것으로 보이고요.

참고로 이 질문에 대해 인상적인 대답이 두 가지 있었는데요. 첫째는 상업 용도로 쓰는 바이크는 완전 자율주행의 성격을 가지겠지만 할리데이비슨처럼 라이딩의 즐거움을 위한 바이크는 더 아날로그적인 요소에 머물 수도 있다는 의견이었고, 다른 하나는 이른바 두 바퀴를 사용하는 two-wheeled vehicle들은 그 경계가 모호해질 수도 있다는 의견이었습니다. 즉 전기모터와 자율주행이라는 두 가지 특성을 조합하면 앞으로 두 바퀴의 탈것이 굳이 바이크의 형태를 가질 필요는 없다는 것이죠. 킥보드나 바이크, 세그웨이 같은 탈것의 장점들을 결합한 새로운 모델이 나올 수도 있고 어쩌면 안전성을 확보하기 위해 지붕이 달린 작은 캡슐 형태의 two-wheeled vehicle이 등장할지도 모른다는 아이디어까지 나왔습니다.

이처럼 질문의 꼬리를 따라가다 보면 구체적인 미래의 그림을 그려보는 효과까지 얻을 수 있는 게 What-If 워크숍의 큰 매력이기도 하죠.

Q. 트럭 방수포를 대체하는 물질이 개발되면 프라이탁은 어떤 제품을 생산하게 될까?

마지막은 프라이탁을 둘러싼 토론을 하나 소개해드릴까 합니다. 잘 알려진 대로 프라이탁은 화물트럭에 사용하는 방수포 중 수명을 다한 일부 폐방수포를 재활용해 가방 및 소품을 만드는 브랜드입니다. 이때 폐방수포의 무늬를 랜덤으로 조합하기 때문에 제품마다 고유하고도 독특한 패턴을 가지게 되

Part 3 내부를 설득하는 힘, 인터널 브랜딩

고 프라이탁 마니아들은 이 포인트에 무한한 브랜드 로열티를 보내고 있죠. 덕분에 친환경 브랜드 중 가장 성공적인 브랜드로 평가받는 사례가 바로 이 프라이탁이기도 합니다.

하지만 만약 트럭 방수포를 대체하는 친환경 물질이 개발된다면 어떨까요? 그래서 더 이상 기존의 방수포가 사용되지 않고 폐방수포 역시 생성되지 않는다면 프라이탁은 어떤 소재로 제품을 만들어야 할까요? 그리고 그 소재는 우리가 알던 프라이탁의 브랜드 페르소나를 계속 유지하도록 만들어줄까요?

이 질문이 대두되자 각자 프라이탁의 웹사이트와 인스타그램 채널 등을 방문해 프라이탁이 새로운 로드맵을 가지고 있는지 확인하던 모습이 떠오르네요. 이어서 프라이탁 창업자들을 비롯해 많은 프라이탁 유저들이 자전거 애호가라는 사실에 주목해 자전거 문화와 결합할 수 있는 브랜드 이미지를 더 강화해야 한다는 의견도 나왔고, 트럭 방수포처럼 재가공이 가능한 소재들을 더 많이 발굴하기 위해 '프라이탁 랩 FREITAG LAB'을 운영해도 좋겠단 아이디어도 등장했습니다.

이처럼 What-If 워크숍을 하다 보면 그저 외적인 것들에 끌려 좋아하게 된 브랜드들에 대해 그 속사정을 예측하고 이해해보는 경험을 할 수 있습니다. 더불어 '우리 브랜드에도 저런 상황이 벌어진다면 우린 어떤 운명에 처하게 될까?'라는 질문으로 이어지기도 하죠.

이제 화살표를 우리 브랜드로 돌려보자

조금은 뜬금없는 활동처럼 보일지 모르지만 사실 브랜드를 향해 이런 미래형 질문들, 상황 변화형 질문들을 던지는 것은 아주 중요하고도 필수적인 과정입니다. 우리의 기억 속에서 사라지거나 과거에 비해 매력도 혹은 충성도가 급격히 하락한 브랜드들을 보면 그 필요성이 더 절실히 느껴지죠. 그들이라고 나름의 노력을 하지 않았을 리는 만무하지만 결국 시대의 변화나 주요한 변곡점에서 허둥대다 자신의 브랜드를 사랑해주는 팬들의 기대에 부응하지 못한 것이 가장 큰 패착으로 평가되니까요, 다소 극한의 상황을 설정한다고 해도 What-If라는 질문을 내부에서부터 던지는 것은 좋은 브랜드를 유지해가는 데 있어 매우 당연한 행위인 거죠.

사실 전반전을 끝내고 후반전에 들어서면 더 극적인 상황들이 연출됩니다. 앞서 다른 브랜드나 상품, 서비스들을 통해 다양한 견해를 주고받은 다음 우리 브랜드에 집중하기 시작하면 그 토론의 열기는 한층 더 고조되기 때문이죠.

특히 그동안 장님 코끼리 만지듯 부분적으로만 브랜드를 이해하고 있던 각자의 역할을 벗어나 **우리 브랜드가 처한 운명,** 나아가 앞으로 맞이할 기회와 위험들에 대해 이야기하다 보면 브랜드를 만드는 사람들은 거대한 운명 공동체라는 사실을 다시 한번 깨닫게 되곤 합니다. 그럼 그때부터는 너 나 할 것 없이 브랜드의 페르소나를 더 좋은 방향으로 끌고 가기 위해 협심하게 되죠.

What-If 워크숍을 진행하기 좋은 적절한 타이밍

한 가지 팁을 드리자면, 이 What-If 워크숍은 슬슬 찬바람이 불며 한 해의 마지막 분기쯤에 접어드는 때나 큰 프로젝트 하나를 마치고 난 다음 잠시 멈추어가는 타이밍에 실행하는 게 훨씬 효과적이라는 사실입니다. 다들 공감하시겠지만 각자의 일에 몰입해서 달리는 순간에는 자칫 이런 이야기들이 공허한 행위처럼 느껴질 수도 있거든요. '굳이 지금 이 상황에서 이런 이야기들을 해야 하나? 바빠 죽겠는데…'라는 생각을 하는 것도 충분히 이해하고요.

하지만 이 What-If 워크숍을 실제 워크숍 프로그램 중 하나의 세션으로 끼워 넣거나 연말이 다가오는 시점의 회고 자리에서 조금 가벼운 분위기로 시작해보면 그 효과가 의외로 쏠쏠합니다. 모름지기 한 해의 막바지로 들어가는 시점에서는 누구나 자신이 걸어온 길을 복기하고 앞으로 나아갈 길을 예측해보는 법이니까요. 우리 브랜드가 올해는 어떤 길을 걸어왔고 또 남은 시간 동안은 어떻게 헤쳐나가야 하는지를 고민하게 되는 타이밍에 자연스레 이 What-If 워크숍을 제안해볼 수 있는 거죠. 그럼 내년의 목표를 세우고 더 먼 미래를 준비하는 단서를 얻는 데도 중요한 실마리를 발견할 수 있다고 봅니다.

아니면 아예 큰 단위의 프로젝트를 마친 다음 이른바 Wrap-up 회의라고 불리는 리뷰 자리에서 조금 현실적인 질문들로 What-If를 던져봐도 좋습니다.

예를 들어 우리가 새로운 의류 브랜드를 하나 론칭했다고 가정해보죠. 그럼 그 프로젝트의 종료 시점에 '이 브랜드가 리브랜딩 된다면 그건 어떤 트렌드나 시류가 등장할 때일까?', '이 브랜드가 성공적으로 안착해서 경쟁자가 나타난다면 그 브랜드는 어떤 차별점을 들고 공격해올까?'라는 식인 거죠. 특히 클라이언트를 대상으로 브랜드 Wrap-up을 할 때는 마지막에 이렇게 먼 미래를 한번 고민해볼 수 있는 질문과 내부의 예상 답변들을 정리해서 공유하는 것도 꽤 좋은 호응을 이끌어낼 수 있는 방법입니다.

브랜드를 위한 모의고사이자 예행연습

브랜딩이란 사람의 인생과도 같아서 언제나 운명을 좌우하는 결정적인 포인트들과 마주하게 됩니다. 아무리 평범해 보이는 사람일지라도 그 사람의 인생을 자세히 들여다보면 자신만의 우여곡절이 군데군데 녹아 있는 것처럼 브랜드 역시 소비자나 사용자는 알 수 없는 갖가지 에피소드들로 점철된 결과물이라고 보는 것이 더 정확하죠. 오히려 그런 위기와 역경, 수많은 시행착오를 거치면서 조금씩 제대로 된 방향으로 한 걸음씩 옮기는 게 진짜 브랜딩에 더 가까울지 모릅니다.

What-If 워크숍은 그 과정을 준비하는 일종의 모의고사이자 예행연습이라고 생각하면 좋지 않을까 싶어요. 우리가 모든 순간을 예측하고 관리할 수는 없겠지만 적어도 '아, 이런 순간과 맞닥뜨린다면 나는 어떻게 해야 할까?'라는 생각을 품고 사는 것과 그렇지 않은 것은 천지차이니까요. 브랜드에게도 자신의 앞날을 점검하고 또 조금씩 설계해나가는 노력이 꼭 필요할 거라고 봅니다. 그렇게 그 순간의 노력들이 모여 우리 브랜드의 소중한 페르소나를 만들어주는 것이겠죠.

Part 4

브랜드 자산을
만들어가는 글쓰기

BRANDING
WRITING

STORY TELLING

브랜딩은 타이밍에 맞춰

매력적인 결과물을 제공하는 것만큼이나

그 결과물들이 일련의 연속성을 갖게 하는 것이 매우 중요하죠.

사람들의 머릿속에 각인된 브랜드는

특정한 경험과 심상들이 꽤 오랜 시간 쌓여서 형성된 것이고

이를 효과적으로 잘 관리해 그 생명력을 이어가는 것이

바로 브랜딩이기 때문입니다.

좋은 네이밍을 위한
체크리스트

혹시 본인이 하고 계신 일 중 가장 즐겁고 재미있는 일을 하나 꼽으라면 무엇이 떠오르시나요? 물론 힘들고 어렵고 짜증 나고 당장이라도 그만두고 싶은 순간들이 스쳐 지나가실 테지만 그럼에도 여러분이 애정을 가지고 몰입할 수 있는 일이 적어도 하나쯤은 있을 겁니다. 그 일과 마주할 때면 잠깐이나마 숨 쉴 곳을 찾은 기분이 들기도 하고 누가 더 잘하라고 다그치는 것도 아닌데 괜히 나 스스로 열정을 불태워보고 싶은 마음도 생기죠.

제겐 '네이밍'이라는 영역이 그렇습니다. 사실 네이밍은 브랜딩을 하는 사람들이 의외로 기피하는 업무이기도 합니다. 다들 아시다시피 이름을 정한다는 건 앞으로 많은 사람들에게 수없이 불릴 특정 단어를 만드는 일이기도 하면서 동시에 브랜드의 가장 중요한 핵심 이미지와 속성을 전달하는 일입니다. 게다가 네이밍은 한 번 결정하면 다른 것으로 변경하는 것이 거의 불가능에 가깝죠. 그나마 심벌이나 로고는 리브랜딩 과정에서 디자인이라도 변경할 수 있지만 제품이나 서비스, 브랜드의 이름은 치명적인 단점이 발견되어 더 이상 이름의 기능을 하기 어려운 상황과 마주하지 않는 이상 바꾸지 않는 것이 불문율이거든요. 그래서 네이밍은 부담과 책임이 막중한 영역입니다. 꽤 오래 브랜딩을 해오셨다는 분들도 이 네이밍 업무만큼은 맡고 싶지 않다고 손사래 치는 경우도 여럿 봤었죠.

브랜딩 업무를 맡고 있다면
한 번쯤은 네이밍에 욕심을 내보자

그럼에도 불구하고 제가 네이밍 업무를 좋아하는 이유가 있습니다.

　첫째는 상위 기획의 끝을 맛볼 수 있다는 점 때문입니다.

보통 실제 결과물로 이어지는 상세 기획의 원형이 되는 개념을 상위 기획이라고 합니다. 좋은 콘셉트와 체계를 만들고 사업을 꾸려가야 하는 방향에 대한 본질적인 이유들을 찾는 작업이죠. 다들 네이밍 업무라고 하면 번뜩이는 아이디어나 센스로 멋진 이름 후보군을 착착 뽑아낼 거라고 생각하지만 실제로는 기획의 가장 원초적인 부분까지 파고 내려가 고민을 거듭하는 과정 끝에 탄생합니다. 그러니 네이밍 업무를 한 번 진행하고 나면 기획의 전반을 모두 머릿속에 집어넣게 되는 이점이 생기죠.

두 번째는 영향력을 들 수 있습니다. 앞에서 말씀드렸듯이 내가 만든 이름을 많은 사람이 불러준다는 건 더할 나위 없이 영광스러운 일입니다. 저만해도 제가 네이밍한 어느 건물 이름이 택시 호출 서비스에서 가장 많이 검색되는 장소 10위 안에 선정된 적이 있었습니다. 하루에도 수백 번씩 사람들의 입에 오르내리거나 사용자의 눈과 손에 담기는 장소의 이름을 직접 만들었다고 생각하니 감격스러울 만큼 기쁘더군요. 어렵고 부담되는 작업인 건 확실하지만 사람들의 인식과 경험에 좋은 영향을 줄 수 있는 기회인 것도 부정할 수 없는 사실인 거죠.

마지막으로는 이 책의 주제와도 연관되어 있는데요, 네이밍 업무를 여러 차례 반복하다 보면 브랜드 언어를 다루는 역량을 빠른 속도로 키울 수 있다는 겁니다. 더불어 BX 라이팅의 많은 부분이 마케팅이나 디자인 활동을 위한 근간과 소스의 역할을 한다면, 네이밍은 그 자체로 전면에 나서 브랜드의 운명을 이끄는 역할을 하므로 브랜딩을 위한 글쓰기의 효과를 가장 크게 느낄 수 있는 영역이기도 하죠. 때문에 브랜드와 관련한 일을 한다면 한 번쯤은 이 네이밍 업무에 욕심을 내보는 것이 본인에게도 큰 도움이 됩니다.

좋은 네이밍이란 대체 뭘까?

네이밍의 중요성에 대해 설파했지만 사실 네이밍에 있어서 법칙이라는 건 존재하지 않는다라고 보는 게 정확합니다. 갑자기 맥빠지는 소식을 전해드리게 되어 저 역시 죄송한 마음이지만 이건 솔직하게 짚고 넘어가야 하는 문제이기도 합니다. 세계를 호령하는 거대한 글로벌 브랜드의 이름들이 어디서부터 유래되었는지를 알고 나면 조금은 납득하실 수도 있을 텐데요. 창업자가 우연한 기회에 '어? 이거 괜찮은데?'라는 생각이 들어서 붙였다는 이름부터 특허청에 등록해야 하는 시점이 다가와 급하게 아무 이름이나 제출했다는 썰, 하물며 그 과정에서 특허청 담당자가 철자를 잘못 기재하는 바람에 애초에 의도했던 이름 대신 지금의 이름이 되었다는 이야기까지 감동적인 사례보다는 어이없는 사례가 더 많기 때문이죠.

하지만 제가 분명하게 말씀드릴 수 있는 게 하나 있습니다. 네이밍의 법칙을 규정할 수는 없을지언정 좋은 네이밍에 대한 기준 정도만 가지고 있어도 훨씬 성공적인 이름을 선택할 수 있다는 사실입니다. 다시 말해 정답이 되는 이름을 찾을 수는 없더라도 적어도 이름을 짓는 과정에서 가장 중요한 것들은 놓치지 않도록 체크리스트를 챙겨보는 것이죠.

좋은 네이밍에 도달하기 위한 과정

1. 쓰임새를 위한 경우의 수를 파악해본다

네이밍 작업을 할 때는 무작정 좋은 이름을 떠올리려 하기보다는 우선 우리 브랜드에서 이름이 차지하는 비중이 얼마나 클지를 파악해보는 게 유리합니다. 브랜드는 저마다 강조하는 요소와 접점이 모두 다르기 때문에 어떤 브랜드는 시각적인 비주얼을 매우 강하게 전달하고 또 어떤 브랜드는 물성이 있는 요소들을 조합해 공감각적인 매개체를 활용하기도 합니다.

따라서 우리 브랜드의 이름이 얼마나 자주 노출되고 실제로 얼마나 불릴지, 브랜드 이름이 단독으로 사용되는 경우가 많을지, 브랜드 하위의 제품 이름들과 함께 사용되는 경우가 많을지 등을 예측해보는 게 매우 중요합니다. 자칫 어렵게 느껴질지 모르지만 새로 태어난 아이의 이름을 지어줄 때를 떠올려보면 바로 이해가 될 겁니다. 지금은 너무 예쁘게 들리지만 어른이 되었을 때도 여전히 잘 어울릴 이름일지, 성과 함께 사용될 때는 어떤 느낌으로 다가오는지, 영문으로 표기했을 때는 오해의 소지가 없을지, 혹시라도 친구들에게 놀림을 당할 만한 이름은 아닌지를 확인하는 것과 같은 거죠. 그러니 **좋은 네이밍에 도달하기 위한 첫 번째 과정은 누가 뭐래도 '이름의 쓰임새'를 깊이 고민해보는 거라고 할 수 있습니다.**

2. 아무리 멋진 이름이라도 사용성이 낮거나 잘못 불릴 가능성이 있는 이름은 최대한 피한다

여러분 혹시 '데드 네임Dead Name'이라는 용어를 들어보셨나요? 네이밍을 전문적으로 담당하는 네이미스트나 브랜드 컨설턴트들 사이에선 자주 통용되는 단어인데요. 소비자들이 규정되어 있는 이름 대신 다른 이름으로 그 대상을 부르거나, 사용성이 현저하게 떨어져 실제로는 아무도 부르지 않는 이름을 이른바 생명력을 잃은 이름, 데드 네임이라고 합니다.

네이밍에서는 이 데드 네임을 사실상 최악의 이름 짓기로 평가합니다. 만든 사람의 의도와 전혀 다른 의도로 사용되거나 심지어 존재의 유무조차 모른 채 잊히는 이름에 해당하니 최악으로 분류되는 것도 무리는 아니죠.

조금 슬픈 이야기지만 대한민국 사람이라면 누구나 알고 있는 '남산타워'가 그 대표적인 예입니다. 남산타워의 실제 명칭은 '남산서울타워'입니다. 심지어 이 이름도 타워의 소유권을 가지고 있는 YTN이 2015년에 새로 부여한 이름이고 그 이전에는 '서울타워'와 'YTN 서울타워'를 혼용해서 사용했습니다. 또 어떤 분들은 'N서울타워'라는 명칭으로 부르지만 이는 CJ푸드빌에서 타워의 일부 층을 임대해 운영 중인 복합문화공간의 이름에 불과하죠. 정리해보자면 남산타워는 그 어떤 때도 남산타워인 적이 없었지만(?) 사람들의 머릿속에는 오직 남산타워로만 기억되고 있는 셈입니다. 그러니 나름의 이름을 붙여보려고 했던 모든 시도는 애석하게도 데드 네임의 길로 빠질 수밖에 없었던 거죠.

이처럼 데드 네임은 실질적인 사용성보다 의미를 부여하는 것에만 초점을 맞출 때 자주 발생합니다. 저도 네이밍 업무를 하다 보면 '적어도 이 개념은 이름에 꼭 들어가야 합니다'라든가 'A만 표기하면 다른 쪽에서 원성이 나올 수도 있어서 B도 함께 표기해주시면 좋겠습니다' 같은 의뢰를 자주 받습니다. 이런 이해관계의 중요성을 모르는 바는 아니지만 아무도 기억하지 못하는 이름으로 쓸쓸히 사라지게 할 바에는 단호한 입장을 취하는 게 훨씬 현명한 선택입니다. 따라서 네이밍을 선택하는 최종 단계에서는 한 명의 결정권자가 전권을 가지고 의사결정하는 것이 좋습니다. 좋은 이름을 만드는 과정은 모두의 의견을 수렴하고 협의해가는 과정이라기보다는 명확한 대안 하나를 설정하고 이를 옳은 방향으로 만들어가는 것에 더 가깝기 때문입니다.

3. 큰 의미가 담기지 않더라도 그 이름이 선택된 분명한 이유와 목적이 있어야 한다

이쯤 되면 의심의 눈초리를 보내는 분도 계실 겁니다. '원래 크게 성공하고 나면 하찮은 이름도 멋지게 보이는 거고, 망하고 나면 멋진 이름도 별 볼일 없어 보이는 거지. 네이밍에 전략이란 게 어디 있나' 하고서 말이죠.

뭐 틀린 말이라고는 생각지 않습니다. 나이키의 창업자 필 나이트도 원래는 나이키라는 이름을 마음에 들어 하지 않았다고 알려져 있고 빌 게이츠 역시 마이크로소프트라는 이름이 싫어서 늘 경쟁사인 IBM처럼 알파벳 3개를 사용하는 이름으로 바꾸고 싶어 했으니까요. 사업의 명운에 따라서 이름이 갖는 존재감과 인식 역시 달라지는 것도 분명한 사실입니다.

다만 어떤 이름을 선택하더라도 나름의 이유와 목적을 가지고 네이밍하는 것과 그렇지 않은 것은 어마어마한 결과 차이로 이어질 수 있습니다. 시계에 큰 관심이 없는 사람일지라도 럭셔리 시계의 대명사 격인 '롤렉스ROLEX'를 모르는 사람은 드물 겁니다. 하지만 사실 이 롤렉스라는 이름에는 아무런 의미가 없습니다. 롤렉스의 창업자인 한스 빌스도르프라는 사람이 고급스러우면서도 기억하기 쉽고 동시에 발음하기 쉬운 단어를 고민하던 중에 이 이름을 떠올리게 된 것이죠.

그런데 여기서 주목해야 할 점은 빌스도르프가 네이밍을 한 과정입니다. 설사 롤렉스라는 이름 자체에는 아무 의미가 없더라도 우리 브랜드의 이름이 어떤 느낌과 기능을 갖춰야 한다는 것에 대한 목표는 분명했기 때문입니다. **따라서 브랜드 네이밍을 할 때는 '어떤 이름이 좋을까?'라는 막연한 생각보다 '지금 우리에게 필요한 이름은 무엇인가'라는 질문을 던지는 게 좋습니다.** 네이밍을 기술의 영역이 아닌 전략의 영역으로 봐야 하는 이유도 바로 여기에 있죠.

작은 훈련들이 쌓여 좋은 이름을 만든다

자, 그럼 좋은 브랜드 네이밍을 위해서 실제로 우리가 해볼 수 있는 노력들에는 무엇이 있을까요? 마음 같아선 비법서라도 공개해 속시원히 알려드리고 싶지만 그럴 수 없다는 건 이미 알고 계시겠죠? 대신 지금껏 제가 네이밍을 하며 작게나마 연습해온 과정을 한번 소개해드릴 테니 그중 여러분에게 도움이 되는 방법이 있다면 따라 해보셔도 좋겠다는 생각입니다.

공간의 이름을 다시 지어보자

제가 즐겨 하는 방법 중에 하나는 좋은 공간을 방문했을 때 혹시라도 그 공간의 이름이 마음에 들지 않는다면 제 나름대로 새로운 이름을 붙여보는 것입니다. 저는 이걸 리네이밍re-naming 이라고 표현하는데요, 공간의 성격과 네이밍이 찰떡처럼 딱 달라붙으면 금상첨화겠지만 그렇지 않은 경우에는 그 이유가 무엇인지 고민해보고 새 이름을 한번 떠올려보는 거죠.

　재작년 팀 워크숍을 위해 마포구의 어느 공용 작업 공간을 방문했던 적이 있었는데요, 공간 자체는 꽤 매력적이었지만 저를 포함해 팀원들 모두가 공간 이름을 제대로 외우지 못할 만큼 길고 어렵고 헷갈리는 이름을 가진 것이 무척이나 안타까웠습니다. 그래서 워크숍이 끝난 뒤에 저 나름대로 그 공간을 리네이밍해보기 시작했죠. 우선 저는 그 장소가 디자이너 친화적인 공간이자 작은 아이디어를 즉석에서 시제품으로 제작해볼 수 있도록 다양한 도구를 제공하는 것이 인상적이었습니다. 그리고 작은 공간임에도 용도와 콘셉트에 따라 구역을 분리해 작업의 역할이 구분되게 해놓은 것도 꽤 매력적이라 느꼈죠.

고민 끝에 저는 디자인design으로 문제를 해결한다sovle는 뜻을 담아 'DESOLVE(디졸브)'라는 이름을 새로 붙여봤습니다. 같은 발음의 영어 단어 Dissolve에 '녹이다', '용해하다'라는 뜻도 있으니 새로운 아이디어를 녹여내어 또 다른 무엇인가를 만들 수 있는 공간의 특성을 이중적으로 풀어낼 수 있겠단 생각도 들더라고요. 이 이름을 소개했더니 함께 방문했던 팀원들도 만장일치로 호응해줬고 (운영자분께는 죄송하지만…) 저희는 지금도 이 이름으로 그 공간을 부르고 있습니다.

이처럼 네이밍이라는 영역이 너무 막막하고 어렵게 느껴진다면 이미 존재하는 것들의 이름을 다른 이름으로 바꿔보는 리네이밍을 통해 간편하고도 실용적인 훈련을 해볼 수 있다는 사실을 알려드립니다.

카테고리부터 네이밍해보자

저는 네이밍에 대한 아이디어가 잘 떠오르지 않을 때면 반대로 이미지의 힘을 빌려볼 때가 있습니다. 핀터레스트나 비핸스 같은 디자인 포트폴리오 서비스에 접속해 이런저런 작업물들을 구경하며 영감이 될 만한 이미지들을 차곡차곡 저장해보는 거죠. 어느 정도 자료를 모았다 싶으면 그 자료들을 어떤 카테고리로 묶어서 표기해둘지를 고민하게 되는데 저는 이때가 네이밍의 단초를 얻을 수 있는 아주 좋은 포인트라고 생각합니다. 그저 머릿속으로만 떠다니던 단어나 개념들이 특정한 시각 자료를 만나서 구체적인 워딩으로 표현되는 경우가 많기 때문이죠.

그래서 그 폴더나 카테고리의 이름을 나름대로 네이밍해놓고 수시로 들어가서 다시 이미지들을 체크합니다. 그러다 보면 실제로 그와 비슷한 이름을 만났을 때 사람들이 떠올리게 될 이미지가 어떤 것인지 미리 예측해볼 수도 있고 반대로 그 이미지들과 내가 정한 이름이 잘 연결될 수 있을지도 확인할 수 있죠.

그러니 따로 시간과 노력을 투자해 네이밍한다고 생각지 말고 자료조사의 과정 곳곳에서 좋은 네이밍을 위한 단서들을 마련해둔다는 관점으로 접근하면 의외로 문제가 쉽게 풀리기도 합니다. 실제로 토요타에서는 자동차 광고를 찍기 위해 알맞은 장소를 고르는 작업을 하던 도중 도시별로 분류된 사진의 이미지들과 특정 차종이 잘 매치된다고 생각해 도시 이름을 딴 자동차 시리즈를 출시하기도 했습니다. 지금까지 이어져오고 있는 시에나, 벤자 등의 차종도 모두 도시에서 영감을 받은 이름들이죠.

때문에 여러분도 네이밍 업무를 할 때는 텍스트 자체에만 매몰되지 말고 시각 자료를 비롯한 여러 대상에 이름을 부여하기도 하고 또 그 대상으로부터 이름을 뽑아내기도 하면서 유연하게 생각을 확장해보면 좋겠습니다. 그럼 어느 순간 이름이 주는 인상이 생생한 모습으로 구체화되는 경험을 하실 수 있을 테니 말이죠.

혼이 담긴 배트를 기다리는 심정으로

저는 네이밍 업무를 할 때마다 혼자서 그 이름을 미리 사용해보는 시간을 갖습니다. 실제로 통용되기 전에 여러 상황을 가정해 먼저 테스트해보면서 만에 하나 발생할지 모르는 오해와 변수를 가늠하기 위함이죠. 시제품 위에 직접 프린트한 이름들을 이리저리 얹어보기도 하고, 소리 내어 발음해보기를 무수히 반복하며 추후에 사람들이 어떻게 축약하거나 변형해서 활용할지를 상상해보기도 합니다. 그럼 어느 순간에 이르러서는 작은 확신 같은 게 생기더라고요. 비록 내가 모든 상황을 가정할 수는 없겠지만 적어도 이 이름이 '우리의 목적과 목표에 부합하는 최선의 이름이다'라는 확신이요.

그런 제게 자주 네이밍을 의뢰하는 동료 한 분이 이런 말을 해주신 적이 있습니다.

"일본에 야구 배트를 잘 만들기로 소문난 장인이 한 명 있대요. 프로야구 선수들이 줄을 지어 그분에게 배트 제작을 의뢰하는데 품질도 품질이지만 그분만의 독특한 철학이 하나 있다더라고요. 바로 배트에 늘 이름을 붙여준다는 거였어요. 신기한 건 제작을 끝내고 나서 그냥 멋진 이름 하나 툭 써주는 게 아니라 배트를 만드는 과정부터 이름을 상상한대요. 나중에 그 선수가 이 배트를 가지고 활약하는 장면을 그리면서요. 그래야 혼이 들어간다고.

저도 네이밍 업무를 의뢰하고 결과물을 전해 받을 때마다 작게나마 그런 느낌을 받습니다. 그냥 적당한 이름 하나 부여받는 게 아니라 정말 이 이름을 쓰기 시작하면 제품도 사업도 다 잘될 것 같은 기분이에요. 그래서 자꾸 찾게 되는 거 같아요. 혼이 들어간 배트를 기다리는 심정으로요."

과찬의 과찬이었지만 이 말은 제게 네이밍 업무에 대한 애정과 자부심을 한층 더 끌어올려준 계기가 되었습니다. 그러게요. 어쩌면 이름을 짓고 널리 퍼뜨리는 행위는 누군가에게 꼭 맞는 도구를 쥐여주는 행위일지도 모릅니다. 매번 안타

와 홈런을 칠 수는 없더라도 적어도 타석에 임하는 좋은 자세
를 선물할 수 있다면 그것만으로도 네이밍의 역할은 차고 넘
치니 말이죠.

Part 4 브랜드 자산을 만들어가는 글쓰기

브랜드 슬로건을
정하는 방법

저는 단어의 어원이나 유래를 찾는 걸 무척 좋아합니다. 아무래도 글을 쓸 일이 많다 보니 이왕 쓸 말이면 그 뿌리 정도는 이해하고 사용하면 좋겠다는 직업적 의무감 같은 것이 발동하는 탓도 있지만, 무엇보다 단어에 담긴 이야기나 그 출발점을 이해하고 나면 마치 한 인물의 탄생 비화를 알게 된 것과도 같은 후광효과를 얻을 수 있는 게 더 큰 이유인 것 같습니다.

혹시 여러분은 이번 글의 주제인 '슬로건'이라는 단어가 어디서 유래되었는지 아시나요? 슬로건이라는 말은 유럽의 켈트족이 주로 사용하던 언어인 게일어에서 유래된 단어인데요, 과거 스코틀랜드 지역의 군대가 전쟁에서 자신들의 힘을 드러내기 위해 외치던 함성 소리인 'Sluagh-ghairm(슬로어-가함)'이라는 말에서부터 시작되었다고 합니다. 같은 편인 사람들을 하나로 모으고 공통된 목적의식을 갖도록 하는 역할이 이 슬로건이란 단어 속에 담겨 있었다는 걸 알 수 있는 대목이죠.

슬로건과 캐치프레이즈, 어떻게 다를까?

많은 사람들이 슬로건과 캐치프레이즈를 혼용해서 사용하고 있지만 사실 이 둘은 엄연히 다른 개념입니다. 그리고 서로를 구분하는 데 있어서도 우리가 이 책의 가장 처음에 짚고 왔던 브랜딩과 마케팅의 관점이 다시 한번 필요하죠.

먼저 슬로건은 주로 브랜드 자체에 중심을 두고 있는 문구로서, 브랜드 아이덴티티 혹은 브랜드의 핵심 가치를 담아 해당 브랜드가 어떤 목표를 갖는지 그 지향점을 보여주는 말입니다. 브랜드의 정체성을 나타낸다는 점에서 브랜드 전략이 바뀌지 않는 한 오랫동안 생명력을 유지하는 문구라고도 볼 수 있죠.

반면 캐치프레이즈는 말 그대로 광고나 상품 속에서 소비자의 행동을 유도하는 문구로 분류됩니다. 특정 상품을 구매하도록 만들거나 새로 나온 신상품을 인지시키거나 다른 경쟁 제품과 비교해 차별화되는 지점을 알리는 등 직접적인 행동에 관여하는 문장들이라고 할 수 있는데요. 그만큼 시대적 분위기, 시장 환경 같은 외부 요소의 영향을 많이 받기 때문에 비교적 짧은 생명력을 가지고 있는 게 특징이죠. 우리가 흔히 알고 있는 광고 카피들도 크게 보자면 이 캐치프레이즈의 한 분류로 구분됩니다. 그러니 캐치프레이즈가 마케팅의 영역이라면 슬로건은 브랜딩의 영역이라고 정리할 수 있는 거죠.

슬로건은 꼭 만들어야 하나요?

이쯤에서 이런 궁금증이 생기실 수도 있을 겁니다. '요즘은 슬로건 없는 브랜드도 많던데 꼭 슬로건이 필요할까요?', '우리가 앞서 만들어놓은 브랜딩 요소들을 잘 활용해서 표현하기만 해도 충분할 것 같은데요?'라고 말이죠. 물론 이 역시 잘못된 지적은 아니지만 소비자들에게 직접적으로 드러내지 않더라도 브랜드 슬로건을 만들고 활용하는 것은 브랜드 자산을 만드는 데 매우 의미 있는 일입니다.

우리가 이전 Part들을 통해서도 배웠듯이 브랜딩은 효과적인 마케팅을 펼치기 위한 중요한 토대가 되기 때문에 이 슬로건을 잘 만들어놓으면 다양한 광고 카피를 포함한 캐치프레이즈의 방향 잡기가 훨씬 수월해지는 것이죠. 또한 아직 신생 브랜드라 브랜드 자산이 많이 쌓여 있지 않은 경우 한 줄의 강력한 브랜드 슬로건이 제 역할을 톡톡히 해줄 때도 있습니다. 브랜드 이름과 로고만 노출할 때보다 그 브랜드를 더 잘 이해할 수 있도록 해주고 소비자들이 우리 브랜드의 첫인상과 마주할 때도 보다 오랫동안 기억할 수 있게 도와주기 때문입니다.

어떤 슬로건이 좋은 슬로건인가요?

우리 주변에도 꽤 오랜 시간 그 자리를 지켜온 훌륭한 브랜드 슬로건들이 많습니다. 박카스의 '그날의 피로는 그날에 푼다', 하이마트의 '전자제품 살 땐, 하이마트로 가요', tvN의 '즐거움엔 끝이 없다', 다이소의 '국민가게, 다이소' 등 듣기만 해도 유행어처럼 연상되는 슬로건도 있고, 애플의 'Think Different', 맥도날드의 'I'm Lovin' It', 네스프레소의 'What else?', 나이키의 'Just Do It'처럼 우리 머릿속에 자연스럽게 각인된 슬로건들도 있죠.

좀 엉뚱한 질문이지만 대체 이 슬로건들은 왜 유독 특별한 걸까요? 그저 멋진 문장을 잘 뽑았기 때문일까요? 아니면 몇십 년 동안 꾸준히 하나의 메시지만을 전달했기 때문일까요? 사실 생명력이 길고 전달력까지 훌륭한 이른바 '좋은 슬로건'들은 다음과 같은 세 가지 공통된 속성을 가지고 있습니다.

1. 브랜드의 핵심 가치를 집약한 슬로건
2. 브랜드의 화법과 언어를 잘 담아낸 슬로건
3. 브랜드의 fanship을 자극하는 슬로건

언뜻 보면 쉽고 뻔한 이야기 같지만 이 세 가지 속성을 담아 적절한 브랜드 슬로건을 뽑아내기란 그리 간단한 일이 아닙니다. 특히 앞서 말씀드린 것처럼 슬로건은 브랜드 전략이 크게 바뀌거나 브랜드가 리뉴얼되지 않는 이상 오랜 시간 동안 변하지 않는 것인 만큼 한 번 만들 때 그 책임감이 막중하고 영향력 또한 무시할 수 없기 때문이죠.

좋은 슬로건을 만들기 위해서는 우선 브랜드의 핵심 가치를 압축할 수 있어야 합니다. 다시 말해 슬로건 한 줄만 들어도 '아, 저 브랜드가 추구하는 방향은 이런 거구나!' 하고 선명하게 연상할 수 있는 문장이 좋은 슬로건인 것이죠. 그래서 슬로건은 광고 카피를 만들 때만큼 차별화를 위해 지나치게 몰두할 필요는 없습니다. 그보다 우리 스스로에게 집중해서 진정으로 우리 브랜드를 잘 나타내줄 한 줄 문장이 무엇인지를 고민하는 게 더 중요하죠.

두 번째는 우리 브랜드의 화법과 언어를 잘 반영한 슬로건입니다. Part 2에서 함께 알아본 브랜드의 화법과 언어에 대한 속성들이 또 한 번 빛을 발하는 순간이죠. 아무리 좋은 의미를 가진 슬로건이라고 해도 우리 브랜드의 화법과 언어가 제대로 묻어나지 않는다면 브랜드 아이덴티티를 100% 담아낼 수 없을 뿐 아니라 자칫 브랜드의 역할에 제약을 주는 결과를 초래하기도 합니다. 당연히 슬로건의 임팩트와 전달력 역시 약해지게 되고요. 따라서 좋은 슬로건이 떠올랐다면 이를 그대로 활용하기에 앞서 우리 브랜드의 언어와 화법으로 재정비하는 작업이 반드시 필요합니다.

마지막으로는 fanship을 자극하는 슬로건입니다. 브랜드 슬로건이 큰 가치와 목표를 제시해야 하는 것은 맞지만 자칫 그 범위를 너무 넓혀버리면 그 누구에게도 닿지 못하는 공허한 메시지로 전락할 수 있습니다.

저는 자동차 브랜드들의 슬로건에서 이런 사례를 자주 발견하는데요. premium, luxury, class, prestige 등 너무 흔하고 광범위하게 사용되는 단어들로 슬로건을 정하다 보니 서로 바꿔 사용한다고 해도 아무도 알아차리지 못할 만큼 무미건조한 워딩이 되는 경우가 많습니다.

따라서 브랜드 슬로건은 우리 브랜드를 사랑해주는 팬들, 앞으로도 우리 브랜드를 계속 애정해줄 수 있는 잠재 고객들에게 타깃을 맞추고 그들에게 던질 메시지를 기반으로 만들어야 합니다. 책의 초반에도 강조했듯이 브랜딩은 누군가에게 구애하는 것에 앞서서 나 스스로가 매력적인 사람이 되는 과정입니다. 그러니 우리를 사랑해줄 그 사람들에게 초점을 맞춘 다음 그들이 반응할 만한 이야기로 슬로건을 정하는 것이 무엇보다 중요합니다.

좋은 슬로건을 만들기 위한 Tips

브랜드 네이밍과 마찬가지로 좋은 슬로건을 만드는 데도 특별한 왕도가 있는 건 아닙니다. 공식처럼 딱딱 들어맞는 슬로건 제조법이 존재할 리도 만무하고요. 하지만 좋은 슬로건을 뽑아내기 위한 유리한 조건들을 만들고 이를 바탕으로 더 나은 옵션들을 고민해본다면 우리 브랜드를 나타내줄 베스트 슬로건에 점점 가까워질 수 있음이 분명합니다.

이를 위해 지금부터는 제가 그동안 활용하고 익혀온 (그래서 지금도 활발히 사용 중인) 좋은 슬로건을 만드는 과정을 한 번 소개해볼까 합니다.

1. 우리가 해결해줄 수 있는 문제를 먼저 떠올려보자

흔히 아이데이션의 방식을 구분할 때는 크게 두 가지로 분류합니다. 하나는 떠오르는 좋은 생각들을 차례대로 나열해보는 '열거'의 방식이고 다른 하나는 연관성이 낮아 보이는 것부터 제외하는 '소거'의 방식이죠. 보통 크리에이티브한 영역의 아이디어를 다룰 때는 열거의 방식이 주를 이룰 거라 생각하는 경우가 많지만 때로는 소거의 방식이 훨씬 큰 힘을 발휘하기도 합니다.

슬로건을 정할 때 역시 욕심이 나는 워딩들을 무작정 바구니에 담아보는 대신 우리와 관련이 없을 것 같은 단어나 개념들을 하나씩 지워보는 것이 효과적입니다. 이때는 특정한 기준을 가지고 소거법을 진행해보면 좋은데요, 바로 '우리가 해결해줄 수 있는 문제인가'라는 물음에 '그렇다'라고 답할 수 있는 개념들만 마지막까지 남겨두는 겁니다.

다시 말해 우리 사용자나 소비자들이 겪고 있는 문제점을 파악한 다음 → 우리가 해결해줄 수 있는 문제인지 아닌지를 구분하고 → (해결이 가능하다면) 어떤 가치나 방법으로 그 문제를 풀어줄 수 있는지를 하나의 문장으로 나열해보는 거조. 임팩트 있는 슬로건을 만들기에 앞서 무엇을 핵심 메시지로 규정할지 밑그림을 그리고 뼈대를 세우는 작업에 해당하는 게 바로 이 과정이라고 할 수 있습니다. 이런 방식으로 슬로건 작성에 접근하면 적어도 공허한 이야기를 던질 확률이 현저히 낮아지죠.

이런 접근이 다소 어렵게 느껴진다면 기존에 존재하는 브랜드들의 슬로건을 가지고 역으로 질문을 유추하는 방식으로 훈련해봐도 좋습니다. 즉 본인이 마음에 드는 슬로건 하나를 고른 다음 '이 브랜드는 무엇을 문제로 규정하고, 어떤 방식으로 그 문제를 해결할 수 있다고 외치고 있는지 혹은 어떤 가치를 제공해줄 수 있다고 말하는지'를 판단해보는 겁니다.

요가복 시장의 샤넬이라고 불리는 '룰루레몬lululemon'은 '세상을 평범함에서 구출해 위대함으로 이끈다'라는 슬로건을 가지고 있습니다. 스포츠 브랜드가 갖기에는 꽤 큰 담론처럼 보일 수도 있지만 실제로 룰루레몬의 제품과 그들이 펼치는 활동을 보면 그 말이 일견 이해되기도 합니다. 룰루레몬은 천편일률적이던 요가복 시장에서 탁월한 디자인과 뛰어난 기능성으로 소비자들의 마음을 단번에 사로잡았습니다. 더불어 최대한 많은 사람들이 건강하고 즐거운 관계를 형성할 수 있도록 커뮤니티를 구축하고 운영하는 데도 큰 열정을 쏟아붓고 있죠.

그러니 아마도 룰루레몬은 '진부하고 뻔한 요가 의류 시장을 구원할 수 있는가?'라는 질문에 '그렇다'고 답할 수 있었을 테고 '어떤 가치와 방법으로 그 문제를 풀 것인가?'라는 질문에는 '평범한 기능과 디자인으로부터 사람들을 해방시키고 더 나은 삶을 살 수 있도록 서로를 연결해준다'라는 답을 내린 건지도 모르죠. 이렇듯 특정한 슬로건 하나를 두고 소거법의 질문을 유추해가다 보면 어느덧 좋은 슬로건을 만드는 나만의 기초체력이 조금씩 길러진다는 걸 몸으로 체감하실 수 있을 겁니다.

2. 브랜드의 핵심 가치보다 더 큰 가치를 이야기하지 말자

앞서 설명한 1번의 연장선에서 고민해볼 수 있는 포인트이기도 합니다. 가끔 브랜드 슬로건을 만들 때 갑자기 우리 브랜드의 핵심 가치를 뛰어넘는 더 큰 단위의 단어를 가져오거나, 전혀 다른 분야의 상관없는 워딩을 끌고 들어오는 경우가 있거든요. 이렇게 되면 애써 만들어놓은 브랜드 체계가 흔들리게 될 뿐 아니라 배보다 배꼽이 더 커지는 조금은 우스꽝스러운 모습이 펼쳐지기도 합니다.

이와 관련한 개인적인 에피소드 하나를 소개해드릴까 해

요. 그날은 회사에서 큰 콘퍼런스를 앞두고 대외에 알릴 공식
슬로건을 정하기 위해 열띤 회의를 한 날이었습니다. 그런데
이상하게도 계속 의견이 모아지지 않고 점점 이야기는 산으
로 가기 시작하더군요. 막판에는 우리가 콘퍼런스를 개최하
는 건지 세상을 구하는 어벤져스를 모으는 건지 모를 만큼 휘
황찬란한 단어들이 난무하기 시작했습니다. 그렇게 무거운
마음을 안고 집으로 가는 길에 우연히 지하철역 근처에서 붕
어빵 트럭을 하나 발견했습니다. 문득 '겨울이 가까워져오긴
했나 보다'라는 생각이 들 즈음 그 트럭 옆에 붙은 현수막 한
장이 제 눈을 사로잡았죠.

> 판매는 3개월만 하지만 연구는 1년 내내 합니다.
> -황금잉어빵 연구소-

그 자리에서 휴대전화로 사진을 찍은 다음 이튿날 회의
시작 전에 모두에게 그 문구를 보여줬습니다. 다들 실소를 터
뜨리면서도 이내 고개를 끄덕끄덕하시더라고요. 세상에 수많
은 붕어빵 가게가 있겠지만 스스로를 '연구소'라고 부르는 가
게는 저 트럭 한 대일 테고, '붕어빵 파시는 분들은 다른 계절
에는 어떤 일을 하시나?' 하며 모두가 궁금해하던 포인트에 진
심과 위트를 섞어 대답한 곳 역시 저곳 하나뿐일 테니까요, 세

상에서 가장 맛있는 붕어빵이라고 했거나 전국에서 찾아오는 붕어빵 맛집이라고 했으면 오히려 임팩트가 떨어질 법한 지점을 스스로의 이야기로 채운 것이 새삼 대단해 보였습니다. 덕분에 저희도 다시금 정신을 차리고(?) 우리가 진짜 잘할 수 있는 것들에 대한 이야기, 진심으로 잘하고 싶은 것들에 대한 이야기로 돌아가 슬로건 아이디어를 뽑아낸 기억이 납니다.

이처럼 브랜드 슬로건을 만들 때는 그 단어가 포용할 수 있는 가치를 가늠해보며 각 단어의 크기를 분류하는 것이 중요합니다. 그래야 우리가 전달하고자 하는 이야기를 온전하게 배달할 수 있고, 이후 마케팅에서 사용할 카피나 캐치프레이즈까지 확장되었을 때는 더 촘촘하고 명확한 단어들을 사용할 수 있으니까 말이죠.

3. 슬로건 적합도를 평가해보자

자기계발 강사로 유명한 김창옥 교수님이 과거 강연을 통해서 이런 말씀을 하신 적이 있습니다.

"어떤 좌우명을 가지고 사느냐보다 얼마나 자주 그 좌우명을 떠올리는지가 훨씬 중요합니다. 그냥 지갑 속에 부적처럼 넣고 다니다가 '맞다, 이런 게 있었지' 하는 건 좌우명이라고 할 수 없어요. 정말 내 인생에 영향을 주는 문장이라면 틈

날 때마다 마주하면서 '나 정말 내가 말한 대로 잘 살고 있나? 이 좌우명대로 살기 위해서는 뭘 더 해봐야 할까?'를 고민해야 해요."

저는 이 말이 슬로건의 필요성을 고스란히 압축해놓은 말이라고 생각합니다. 좌우명이라는 단어가 들어갈 자리에 슬로건이라는 말을 대체해도 전혀 어색할 게 없기 때문이죠.

사실 슬로건처럼 브랜드의 상위 개념에 존재하는 문구들은 그 중요성이 큰 만큼이나 자칫하면 유명무실해질 수 있는 위험을 늘 내포하고 있습니다. 마치 지갑 속 깊숙한 곳에 넣어둔 좌우명 쪽지처럼 현실에선 까맣게 잊은 채 완전히 다른 삶을 살고 있을 가능성이 크다는 거죠. 따라서 슬로건은 만들고 공유하는 것만큼이나 우리 브랜드에서 만들어내는 결과물들이 우리 슬로건과 어느 정도의 적합도를 가지는지 수시로 체크하는 게 매우 중요합니다. 연말이 되어서야 새해에 세운 목표들을 다시 꺼내보며 미련과 후회의 시간들을 보내는 것보다 매월, 매 분기, 하다못해 상반기/하반기에 한 번씩이라도 새해 목표대로 잘 살고 있는지를 확인하는 노력이 수반되어야 하는 거죠.

그러므로 브랜드 관리에 책임과 영향력이 있는 분들이라면 브랜드를 만들어가는 사람들이 수시로 슬로건의 내용을 상기할 수 있도록 특정한 시기마다 '이 결과물이 우리가 정한 가치와 목표에 얼마나 부합하는지'를 확인해줄 필요가 있습니다. 혹여 시간과 조건이 쉽게 허락되지 않는다면 아예 최초 기획 단계에서 우리가 하려는 일이 슬로건에 담긴 가치와 어느 정도의 연결성을 갖는지 미리 체크하는 것도 현명한 방법이죠. 핵심은 슬로건이 홀로 유명무실하게 방치되는 것을 막고 우리 스스로 정한 좌우명이 우리의 결과물과 일하는 방식에 영향을 미치도록 만드는 거니까요. 어떤 형태로든 슬로건에 지속적인 생명력을 불어넣어주는 것이 가장 중요합니다.

슬로건이 제대로 먹히지 않을 때는 어떻게 해야 할까요?

슬픈 얘기지만 정말 열심히 공들여서 만들고 테스트까지 해본 슬로건이 시장에서 큰 반응이 없다면 우리는 과연 어떤 전략을 펼쳐야 할까요? 막막하고 답답한 심정이겠지만 사실 이 질문에 대해서는 비교적 정확하게 답변드릴 수 있을 것 같습니다.

슬로건 자체가 이슈를 유발한 게 아니라 그저 시장의 반응이 미지근한 상황이라면 이때는 시간을 두고 천천히 지켜보는 것이 훨씬 현명한 판단입니다. 슬로건은 태생적으로 반응이 명확히, 즉각적으로 수집될 수 있는 분야가 아니기 때문에 고객들 사이에서도 인지하고 각인되는 데 긴 시간이 필요합니다. 앞서 예시로 살펴본 좋은 슬로건들만 봐도 짧게는 몇 년에서 길게는 몇십 년째 사용 중인 슬로건들이 많은데요, 이 슬로건들이 처음부터 대박 반응을 불러온 건 당연히 아니기 때문입니다. 오히려 그 슬로건을 바탕으로 꾸준히 브랜딩하고 커뮤니케이션한 결과 지금의 위치까지 온 것이겠죠.

그러니 슬로건에 대한 반응이 밋밋하다고 해서 금방 새로운 슬로건으로 교체하거나 조금 더 자극적인 워딩으로 바꿔본다거나 하는 시도는 오히려 역효과가 날 수 있다는 사실을 잘 기억해두시면 좋겠습니다. 슬로건은 우리에게 중요한 목표 의식을 만들어줌과 동시에 우리와 소비자를 한데 묶어주는 훌륭한 도구니까요, 좋은 슬로건을 고르는 것만큼이나 그 슬로건을 좋게 만들어가는 과정 역시도 무척 중요하다는 걸 잊어선 안 될 겁니다.

생성형 AI 시대의
글쓰기 전략

글쓰기에 관련한 책을 쓴다고 하자 주위에서 가장 많이 물어보는 질문 중 하나가 바로 생성형 AI와 관련한 것이었습니다. 요즘엔 챗GPT가 알아서 소설도 써주는 시대라는데 글쓰기의 중요성을 강조하는 게 얼마나 공감이 될지 모르겠다는 것이었죠.

이 물음에 답변하기 앞서 우선 AI에 대한 이야기를 한번 해보겠습니다. 지금이야 챗GPT라는 말이 일상 속 용어로 자리 잡다시피 했고 챗GPT에 대한 개념부터 사용법, 발전 가능성 등을 정리한 책이 우후죽순 쏟아져나오고 있지만 사실 챗GPT가 세상에 공개된 지는 이제 불과 1년이 조금 넘었습니다.

(개발사인 OpenAI가 2022년 11월 30일에 초기 버전을 공개했고 2023년 5월이 되어서야 일반인 모두가 접근할 수 있는 안정화 버전이 공개되었으니까요.)

하지만 그 파급력은 실로 어마어마했습니다. 거대 글로벌 IT 회사들이 잇따라 생성형 AI 서비스를 출시했고 텍스트로 이루어진 대화뿐 아니라 콘텐츠를 생성하고 합성하는 등 인공지능이 보여주는 능력이 하루가 다르게 진화해가고 있기 때문이죠. 영국의 '더 가디언'이 보도한 기사에 따르면 10년 안에 광고 카피라이터의 약 60% 이상이 일자리를 잃을 것으로 추정되고 방송작가의 40%가량도 AI로 대체될 거라고 합니다. 인간이 가진 콘텐츠 생성 능력이 AI에 의해 빠르게 잠식당하고 있고 그중 가장 원초적이고 오래된 능력 중 하나인 말과 글이 그 대상에 먼저 오른 것이죠.

누군가는 인공지능의 급속한 진화를 슬픈 현실로 받아들이지만 IT 업계에서 일하는 저로서는 당연하고도 자명한 흐름으로 여길 수밖에 없습니다. 그 옛날 산업혁명이 태동할 무렵 많은 노동자들이 기계 때문에 자신들이 일자리를 잃었다며 도끼와 망치를 들고 공장의 기계를 모조리 부수려 했던 '러다이트 운동'이 일어났었습니다. 하지만 시대의 파도는 막을 수 없었고 러다이트 운동을 전개했던 많은 사람들도 결국 빠르게 기계산업에 흡수되어갔죠.

저는 사람이 직접 글을 쓰고 그 글이 또 다른 사람들로부터 사랑받는 행위는 결코 사라지지 않을 거라고 생각합니다. 다만 'AI로 대체되어도 무방한 글'들은 예상보다도 훨씬 빨리 그 존재감을 잃어갈 것으로 보이는 게 사실입니다. 단순 정보 전달에 그치는 글부터 누가 쓰더라도 크게 의미가 달라지지 않는 글들은 굳이 사람의 손을 탈 필요가 없으니 말이죠. 그러니 앞으로의 시대는 사람들이 인정하고 사랑할 수 있는, 가치가 높은 말과 글만이 살아남는 시대일지도 모릅니다. 한편으로는 숙연해지고 다른 한편으로는 정신이 바짝 차려지는 대목이 아닐 수 없죠.

그럼 생성형 AI 시대에 글쓰기는 어떻게 이뤄져야 할까요? 그리고 '브랜딩'이라는 영역으로 좁혀보자면 우리는 어떤 글쓰기에 집중해야 맞는 걸까요? 아니 더 솔직하게 묻는다면 어떻게 해야 거스를 수 없는 AI라는 파도를 잘 활용해서 좀 더 스마트한 글쓰기를 할 수 있는 걸까요?

이번엔 이 질문들에 대한 우리 나름의 답을 한번 찾아보고자 합니다.

생성형 AI의 특성부터 이해할 것

챗GPT를 포함한 생성형 AI 서비스를 통해 글쓰기의 도움을 받고자 하는 분이라면 우선 명심해야 할 사실이 하나 있습니다. **바로 우리가 써야 할 글을 AI가 대신 써줄 것이라는 믿음부터 버려야 한다는 것이죠.** '아니 분명 AI가 논문까지 대신 써줄 수 있는 시대라고 들었는데 이게 무슨 소리지?'라고 생각하시는 분들도 분명 계실 겁니다.

물론 앞으로 또 시간이 흐른 후 AI가 특정한 인간과 동일한 수준의 사고 체계를 갖춘다면 이야기가 달라지겠지만 지금의 시점에서 AI가 생성하는 콘텐츠들에 대해선 그 특징을 반드시 이해하고 활용할 필요가 있습니다.

우선 생성형 AI는 사용자의 질문과 명령을 기초로 콘텐츠를 만들어냅니다.

예를 들어 '럭셔리 제품에 어울릴 만한 광고 카피 써줘'라든가 '커머스 브랜드의 슬로건으로 어울릴 만한 문구는 뭐가 있을까?' 같은 방식의 물음이 입력되면 AI는 수많은 자료와 패턴을 긁어모아 나름의 조합을 만들어 해답을 내놓습니다. 즉 질문과 명령 속에 들어 있는 키워드를 중심으로 정보의 범위를 넓히기도 하고 좁히기도 하며 데이터를 수집하는 것이죠.

대신 이런 질문과 명령은 브랜딩이나 마케팅 활동의 기반이 80% 이상 갖춰진 후 마지막 단계에서 던질 수 있는 물음에 가깝습니다. 우리가 지금까지 살펴본 브랜드의 페르소나와 키워드, 언어와 화법 등에 대한 해결책을 AI에게 직접적으로 물을 수는 없기 때문이죠.

쉽게 말해 '우리는 디저트를 판매하는 브랜드인데 우리 브랜드의 페르소나는 어떻게 정립해야 할까?'라든가 '스니커즈 브랜드에 어울리는 브랜드 키워드 3개만 뽑아줘' 같은 질문을 했다고 한들 AI가 여러분이 고민한 수준의 대답을 내놓을 리는 없습니다. 이건 AI 능력의 문제가 아니라 접근 자체가 잘못되었기 때문이죠.

따라서 마케팅의 가장 마지막 단계에서 다양한 카피 문구를 쓰거나 특정 사용자를 대상으로 한 콘텐츠를 작성하는 데는 어느 정도 도움을 얻을 수 있겠지만 우리가 이야기하고 있는 브랜딩을 위한 글쓰기의 영역에서는 반드시 브랜드를 만드는 사람의 고민으로 먼저 풀어야 하는 질문들이 존재합니다. AI에게 기댈 수 있는 부분은 그 단계를 충분히 거치고 난 다음에야 가능한 것이죠.

AI를 브랜드 스터디에 활용해보기

하지만 그렇다고 'AI가 쓰는 글은 가짜니 오직 여러분의 힘으로 한 글자 한 글자 눌러써보세요'라는 말을 드리고 싶은 건 아닙니다. 기술이 발전한다면 그 기술을 적극적으로 활용해서 더 좋은 결과물을 만드는 게 가장 현명한 방법일 테니까요.

우선 BX 라이팅에 있어서 생성형 AI를 활용하는 대표적인 방법 중 하나는 바로 다른 브랜드를 리서치하는 도구로 사용하는 것입니다. 챗GPT가 등장하고 난 후 저 역시 챗GPT를 포함한 다양한 생성형 AI 서비스를 이용해봤습니다. 처음엔 '이런 것도 답변해주려나?'라는 호기심 섞인 질문들을 던졌지만 점차 그 질문은 다른 방향으로 이어지더군요. 바로 '챗GPT는 뭐라고 답변할까?'라는 궁금증이었습니다. 모르는 것을 알기 위해 질문하는 빈도보다 AI가 방대한 정보를 긁어모아 내놓는 대답은 어떤 형태를 가지고 있을지가 궁금해진 것이었죠.

이건 예시를 보여드리는 게 이해하는 데 더 도움이 될 것 같으니 지금부터는 제가 한 생성형 AI 서비스에 던진 질문과 답변을 직접 소개해보겠습니다.

개인적으로 참 좋아하는 브랜드 중 하나가 바로 '이솝 Aēsop'이라는 브랜드인데요, 그래서 저는 이솝에서 나오는 웬 만한 브로슈어는 물론이고 웹사이트에서 사용하는 카피와 문구들, 인스타그램을 통해 전달하는 글들을 가능한 모두 꼼꼼히 읽어보는 편입니다. 심지어 그중에 매력적이다 싶은 단어와 문장들은 따로 수집해놓기도 하죠. 그러니 문득 궁금해지더군요. 만약 제가 AI에게 '이솝이라는 브랜드에서 자주 사용하는 용어들을 알려줘'라는 질문을 던지면 그 대답이 제가 평소 이솝에 대해 이해하고 있는 언어나 화법과 얼마나 비슷하고 차이가 날지 비교해보고 싶어진 겁니다. 그리고 생성형 AI는 제게 아래와 같은 대답을 해줬죠. (실제 답변의 원문 그대로를 옮겨봅니다.)

이솝Aēsop은 1987년 창업 초기부터 'LESS IS MORE(적을수록 좋다)'라는 메시지를 기반으로 하는 스킨케어 브랜드입니다. 이 브랜드의 주요 용어로는 다음과 같은 것들이 있습니다.

제품)
이솝의 제품은 과학적으로 입증된 최소한의 화학 성분을 사용하여 제작되며, 공장에서 세계 최고의 공급업체로부터 원료를 받아 오랜 과학적 경험으로 최고 품질의 제품이 제작됩니다.

디자인)

이솝의 디자인은 미니멀하고 정갈한 브랜드 아이덴티티를 담고 있으며, 무광택의 거친 종이 박스와 갈색 유리병은 이솝이 꾸준하게 선보이는 이솝만의 아이덴티티입니다.

스토어)

이솝의 매장은 멀리서도 한눈에 알아볼 수 있으며, 군더더기 없는 심플한 인테리어가 가장 큰 특징으로, 수납의 미학을 보여주려는 듯 설계된 선반 위엔 가지런히 놓인 갈색 병이 가득합니다.

이외에도 이솝은 친환경 브랜드를 지향하고 있으며, 지속 가능한 디자인에 대해 진정성을 갖고 꾸준한 관심을 보이는 등 브랜드의 소신을 꾸준히 지켜나가고 있습니다.

어떠신가요? 전반적으로 이솝의 특징들을 잘 짚어낸 답변처럼 보이죠? 특히 이솝 브랜드를 지탱하는 가장 주요한 3가지, 제품/디자인/스토어에 주목해 답변한 것이 무척 인상적입니다.

다만 이제부터가 진짜 중요한데요, AI가 내놓은 답변을 정답처럼 여기기보다 이 요약을 토대로 어디서부터 브랜드를 들여다볼 것인지를 정하는 게 훨씬 의미 있는 시도이기 때문입니다. 즉 여러분이 예상한 답변의 방향과 실제로 AI가 내놓은 결괏값이 얼마나 다른지, AI의 답변 중에서 애매하거나 잘 못 사용한 용어는 없을지를 파악해보는 거죠. 혹시라도 미리 본인이 알고 있거나 충분히 스터디한 브랜드라면 AI의 답변 속에 등장하지 않은 중요한 개념들이 있는지 살펴보고 그 이유를 유추해보는 것도 큰 도움이 됩니다.

저는 이솝에 대한 생성형 AI의 답변을 보자마자 이솝의 핵심 브랜드 키워드인 '자연주의'가 언급되지 않았다는 것을 발견했습니다. 왜 그럴까 생각해보니 이솝이 직접적으로 그 가치를 드러내지 않았기 때문이라는 걸 어렵지 않게 파악할 수 있었죠.

이솝은 브랜드의 탄생부터 지금까지 한결같이 자연주의에 대한 철학들을 브랜드의 근간으로 삼고 있지만 여느 브랜드들처럼 직접적으로 이 단어를 언급하는 것은 최대한 지양하고 있습니다. 이는 특정한 워딩을 끊임없이 반복했을 때 그 가치나 희소성이 떨어지거나 사용자들의 피로도를 증가시키는 결과로 이어질 수 있음을 우려했기 때문이죠. 대신 이솝은 제품이 주는 경험을 통해 자연주의라는 가치가 자연스럽게 느껴지도록 하는 전략을 쓰고 있고 자연주의에 해당하는 용어나 특성은 보다 구체적이고 상징적인 워딩들로 풀어쓰고 있습니다.

　이처럼 제가 소개해드린 이솝에 대한 질문과 답변만 보더라도 생성형 AI를 통해 우리가 취해야 할 것과 가려야 할 것이 비교적 분명하게 보입니다. 특정 제품이나 서비스, 브랜드에 대한 빠른 이해도를 확보할 수 있다는 것 그리고 어떤 부분에 집중해 그 브랜드를 들여다봐야 할지 방향 설정에 도움이된다는 건 AI의 큰 장점입니다.

　하지만 표면적으로 드러나지 않는 주요한 가치들을 확인하는 데는 제한적일 수밖에 없고 자칫 잘못하면 핵심이 되는 요소들은 모두 놓친 채 겉핥기식으로 대상을 이해할 수 있다는 위험이 분명히 존재합니다. 게다가 브랜딩이란 겉으로 드러나 있는 빙산의 일부분을 위해 많은 부분이 수면 아래에서 이를 떠받치고 있는 형태라는 것을 감안할 때 반드시 우리 손으로 직접 연구하고, 발굴하고, 표현하고, 전달해야 하는 부분들이 있음을 부정할 수 없죠.

　그러니 과거 인터넷이 처음 등장했을 때처럼 우리가 좀더 쉽고 빠르게 정보에 도달할 수 있는 또 하나의 도구를 손에 넣었다는 것 정도로 AI를 이해하면 어떨까 싶어요. 아무리 좋은 도구를 쥐었더라도 결과물을 얻기 위해 우리가 직접 해야 할 부분이 반드시 존재하는 것처럼 말이죠.

'원 포인트' 도구로 생성형 AI 활용하기

AI를 활용함에 있어 또 하나 강조하고 싶은 것이 있습니다. 바로 '연속성'에 대한 문제죠. 앞에서도 여러 번 설명했지만 마케팅에 사용되는 요소들에 비해 브랜딩에 활용되는 요소는 그 수명이 훨씬 더 깁니다. 따라서 브랜딩은 타이밍에 맞춰 매력적인 결과물을 제공하는 것만큼이나 그 결과물들이 일련의 연속성을 갖게 하는 것이 매우 중요하죠. 사람들의 머릿속에 각인된 브랜드는 특정한 경험과 심상들이 꽤 오랜 시간 쌓여서 형성된 것이고 이를 효과적으로 잘 관리해 그 생명력을 이어가는 것이 바로 브랜딩이기 때문입니다.

반면 현재 제공되는 생성형 AI는 답변의 연속성에 한계가 존재합니다. 매 질문마다 새로운 데이터를 끌어와 답변을 생성하고 조금만 다른 키워드를 입력해도 전혀 다른 분야에 접근해 방대한 양의 데이터를 수집하는 과정을 거치거든요. 일부 AI 서비스에서는 연속해서 질문을 하면 더 디테일한 답변을 얻을 수 있는 기능들을 제공하기도 하지만 이건 심화 답변의 하나일 뿐 일련의 긴 과정을 학습해 생명력 있는 해답을 던져주는 것으로 보기는 어렵습니다.

이는 결국 브랜드의 페르소나 문제로 다시 귀결되는데

요, 브랜드란 궁극적으로 그 브랜드가 가진 고유한 인격과 특성을 느끼게 함으로써 팬덤을 만들어가야 하는데 만약 AI가 생성하는 콘텐츠들로 모든 브랜드 요소를 대체한다면 소비자나 사용자에게 통일된 페르소나를 전달할 수 없는 문제가 발생하기 때문입니다. 설사 우리가 가진 데이터를 지속적으로 학습시킨다고 해도 그다음에 해당하는 브랜드 전략을 업데이트하는 역할까지 기대할 수는 없는 노릇이니 말이죠.

그러니 적어도 BX 라이팅의 영역에서는 생성형 AI를 '원포인트' 도구로 활용하는 것이 좋습니다. 지속적이고 근본적인 해답을 요구하는 역할보단 그때그때 도움이 되는 정보와 흐름을 가져오는 목적으로 질문과 명령을 세팅하는 것이 훨씬 스마트한 전략인 거죠.

AI로부터 초안의 방향성을 확인한다

마지막으로 생성형 AI는 초안을 작성하는 용도로 활용하는 것이 오히려 더 도움이 된다는 말씀을 드리고 싶습니다. 사실 여럿이 모여 회의를 하고, 방대한 자료를 찾고, 누군가를 인터뷰하는 과정은 우리가 도달하고자 하는 목표가 어디에 있고 어떤 모양을 하고 있는지 빠르게 파악하고 싶은 욕망에서 비롯된 것일지도 모릅니다. 희미하게 존재하는 것들을 조금 더 선명하게 바꿔놓고, 단편적으로 흩어져 있던 조각들을 모아 대충이나마 큰 그림을 완성해보고 싶은 마음인 것이죠.

우리는 이런 행위의 결과물을 Draft, 이른바 '초안草案'이라고 부릅니다. 잠깐 짧은 상식 하나를 알려드리면 초안을 뜻하는 한자에서 '초'는 처음 초初 자가 아닌 풀 초草 자를 씁니다. 즉 최초로 만든 안이 아니라 마치 풀을 모아 엉성하게라도 구분해놓은 형태의 안을 초안이라고 부르는 것이죠.

저는 생성형 AI가 내놓는 답변들 역시 방대한 데이터를 빠르게 엮어 일단 특정한 형태로 만들어놓은 '초안'이라고 생각하는 게 현명하다고 봅니다. 그러니 무작정 그 답변을 맹신하거나 복사, 붙여넣기 할 게 아니라 본인이 던진 질문과 AI가 들려준 답변을 토대로 자신만의 영점을 잡아가는 게 더 옳은 행동인 거죠. '이런 키워드에 대해서는 이런 개념들이 요약되어 나오는구나', '이런 명령을 던지면 이런 형태로 결과를 생성하는구나'라는 패턴을 학습하고 나면 내가 필요한 니즈와 방향대로 생성형 AI를 더 잘 활용할 수 있으니 말이죠.

그럼에도 자꾸 생성형 AI에 의지하고 싶은 마음이 커진다면 일단 눈으로만 답변을 읽고 따로 저장해두지 않는 것도 방법입니다. 즉 생성형 AI가 알려준 개념과 특징들만 머릿속에 담은 채 내가 새롭게 답변을 구성해보는 거죠. 그럼 초안에 해당하는 요소들은 유지하되 그 이야기를 들려주는 '나'라는 사람의 페르소나는 살릴 수 있으니, 자기다움이 담긴 새로운 콘텐츠로 풀어낼 수 있습니다. 이 역시 대략적인 형태와 속성에 대한 감을 익히는 용도로 AI를 활용하는 방법이죠.

새로운 관점이 도드라지는 시대

1800년대 초반 인류 역사상 처음 카메라가 발명되었을 때 사람들은 화가라는 직업이 모두 사라질 것이라고 예측했습니다. 아무리 뛰어난 화가라도 사진을 찍어 인쇄하는 것만큼 정확한 묘사를 하는 건 불가능했으니 말이죠. 하지만 결과는 정반대였습니다. 카메라가 발명된 이후 화가들의 화풍은 가히 놀라운 속도로 다양해졌고 그림에 담기는 대상과 표현 방법, 심지어 캔버스와 물감 같은 부가적인 영역까지 장족의 발전을 이루었거든요. 이유는 단순했습니다. 더 이상 실제와 똑같이 그리는 것이 큰 의미가 없어졌기 때문이죠. 그러니 조금이라도 더 독특하고 개성 있는 작품들이 주목받기 시작했고 화가라는 직업에 대한 대우 역시 훨씬 높아졌습니다. 기술이 발전하면서 새로운 관점이 도드라진 덕분이었죠.

비록 제가 미래학자는 아니지만 저 나름대로 AI의 발전 방향을 예측해본다면 저는 카메라가 등장했던 시기와 다르지 않을 것도 같단 생각입니다. 지금이야 AI가 모든 것을·대체할 것처럼 보이지만 결국 인간이 만들어내는 콘텐츠 중 그 값어치가 훨씬 더 증가하는 것들이 반드시 등장할 거라고 보거든요. 그럼 설사 AI에 대한 의존도가 높아지더라도 영원히 인간의 영역으로 남을 것들 역시 더 도드라지겠죠.

그리고 조심스럽지만 감히 말씀드려보자면 브랜딩도 그 중 하나가 되지 않을까 싶습니다. 넓게 보자면 인간의 힘으로 또 다른 인격을 만들어내는 모든 행위가 브랜딩에 해당될 테니 말입니다.

긴 글쓰기와
스토리텔링

보통 브랜딩이나 마케팅에 관련한 일을 하는 분들은 다른 분야에서 일하는 분들에 비해 글에 대한 관심도가 높은 편입니다. 볼거리, 즐길 거리가 넘쳐나는 시대라고 해도 여전히 책이나 잡지처럼 텍스트로 된 콘텐츠를 즐기는 분들도 많고 심지어 글쓰기를 통해 스스로의 이야기를 생산해내는 분들도 적지 않으니 말이죠.

하지만 글을 좋아하는 분들 중에도 꽤 많은 분들이 공통된 고민 하나를 가지고 계시다는 걸 알게 되었습니다. 바로 '긴 글쓰기'에 대한 두려움입니다. 제 주위만 둘러보더라도 '짧고 임팩트 있게 전달하는 카피나 광고 문안 같은 건 곧잘 쓰겠는

데 긴 글은 어떻게 써야 할지 감이 안 서요'라는 분도 있고 '하다못해 인스타그램에 글을 쓰더라도 조금만 분량이 길어지면 저도 제가 무슨 소리를 하는지 잘 모르겠어요'라는 분도 있습니다. 그래서인지 요즘엔 책 한 권을 읽고 나면 내용도 내용이지만 '어떻게 책 한 권이나 되는 분량의 글을 쓸 수 있는지' 그 자체를 신기해하는 분들도 꽤 많습니다.

이번 주제에 관해선 결론부터 이야기해보도록 하죠.

사실 모든 사람이 긴 글을 잘 쓸 필요는 없습니다. 글이란 상황에 따라 필요한 목적이 있고 이를 달성하기 위해선 각자가 가장 편하고 효과적이라 생각하는 방식을 고르면 되니까요. 굳이 '긴 글을 완벽히 쓸 줄 알아야 짧은 글도 매력적으로 쓸 수 있다'는 검증되지 않은 경험을 강요하고 싶은 마음은 없습니다.

대신 제가 이렇게 한번 질문을 드려볼게요. '그렇다면 스토리텔링에는 크게 관심이 없으신가요?'라고요. 그럼 아마 갑자기 대답이 달라질 수 있을 겁니다. '아뇨. 긴 글쓰기는 부담스러운데 매력적인 스토리텔링을 만들어내는 데는 아주아주 관심이 많아요!' 같은 답변을 곧바로 하실 수도 있을 테죠. 그런데 그 본질을 이해하고 나면 사실 스토리텔링을 풀어가는 것과 긴 글을 써 내려가는 것은 꽤 닮은 지점이 많습니다. 그리고 이 둘 사이의 가장 대표적인 공통점은 바로 일정한 시퀀스가 존재한다는 것이죠.

출발점에서부터 결승점에 이르기까지

긴 글은 보통 두 가지 목적을 가집니다. 무엇인가를 이해시키거나 누군가를 설득하기 위함이죠. 신기한 건 이 두 가지가 함께 자주 붙어 다닌다는 사실입니다. 설득을 위해 우선 작게나마 뭔가를 이해시키는 작업이 선행될 때가 있고 반대로 화자의 말에 점점 설득되어가다 보면 자기도 모르게 그 속에 담긴 대상이나 요소들이 궁금해지기도 하기 때문이죠.

스토리텔링이라는 것도 마찬가지입니다. 사실 스토리텔링의 정의는 한 가지로 규정하기가 매우 힘들지만 적어도 매력적인 스토리라면 반드시 담고 있어야 할 필수적인 요소가 하나 있습니다. 다름 아닌 '같은 메시지라도 어떤 방법과 순서로 전달할 것인가'라는 근본적인 고민이죠. 그리고 이 고민에 대한 각자의 해결책이 바로 시퀀스로 탄생하는 겁니다.

저는 다른 사람의 인터뷰를 찾아보는 걸 참 좋아합니다. 해외 유명 인사들이 대학교 졸업식에 참석해 축사하는 영상도 자주 보고 내로라하는 글로벌 기업들의 초창기 시절, 창업자들이 언론과 가진 인터뷰들을 보는 것도 매우 흥미로워합니다. 왜 이런 이야기에 흥미를 느낄까 곰곰이 생각해보니 한 가지 답을 찾을 수 있더군요. 그건 그들이 시퀀스에 대한 고민을 정말 놀랍도록 진지하고 치열하게 했다는 데 있었습니다.

솔직히 말하면 사람들이 말하는 메시지는 이미 세상에 널리 알려진 내용이거나 인류 역사에 걸쳐 반복되어온 이야기가 대부분입니다. '용기를 가져라', '좋은 습관을 들여라', '포기하지 말고 끝까지 버텨라', '이타적인 삶을 살아라', '원대한 꿈을 꿔라' 등 발언의 내용을 요약하면 그저 클리셰에 가까운 한 줄 메시지로 정리될 확률이 높죠. 그렇지만 사람들은 그 메시지에 도달하는 각자의 방법과 에피소드에 공감하고 또 열광합니다. 그러니 저도 늘 '저 사람은 출발점부터 결승점에 이르기까지 어떤 경로를 통해 어떤 경험들을 들고 들어오는가'를 궁금해하고 있었던 셈이죠.

좋은 스토리텔링을 위해서라면
나만의 긴 글을 써보자

우리가 긴 글을 잘 쓰기 위해 노력해야 하는 이유도 여기에 있습니다. 세상에는 크리에이티브한 한 줄 문장들로 상대를 휘어잡아야 하는 순간이 있나 하면 마치 함께 산책을 하면서 이런저런 이야기를 나눈 끝에 상대의 마음을 움직여야 하는 순간도 있거든요. 그러니 짧은 글이 새로운 생각을 전달하고 고객들로 하여금 빠른 액션을 취하도록 만드는 역할을 한다면 긴 글은 누구나 알고 있는 다소 뻔한 사실이라도 그 중요성을 다시 한번 일깨우고 새삼 다른 관점에서 접근해볼 수 있는 기회를 제공하는 것이죠.

그리고 마케팅보다 호흡이 긴 브랜딩에서는 이렇게 긴 글로 누군가를 설득해야 하는 때가 의외로 많습니다. 우리가 앞서 살펴본 브랜드 매니페스토의 경우에도 처음부터 멋진 선언문을 써 내려가는 것이 아니라 생각을 갈고닦고 또 압축하는 과정을 통해 효과적인 글로 탄생시킬 수 있기 때문이죠.

자, 그럼 이제 여러분이 가장 궁금해할 질문에 답하는 일이 남았네요. 과연 우리는 어떻게 해야 긴 글을 잘 쓸 수 있을까요? 그리고 이를 위해선 어떤 연습과 과정들이 필요한 걸까요?

먼저 '문단'을 쓰는 연습이 필요하다

긴 글을 쓰기 위해서는 우선 한 문단을 제대로 쓰는 훈련이 되어 있어야 합니다. 보통 몇 개의 문장이 모여 이루는 한 단락을 문단이라고 표현하지만 사실상 문단의 정의는 생각보다 명확합니다.

'문단文段.' 말 그대로 글의 구분, 글의 층계라는 뜻을 가지고 있죠. 그러니 계단 여러 개를 올라 우리가 원하는 메시지에 도달해야 한다고 가정할 때 그 한 계단 한 계단을 어떻게 구성할 것인가가 '한 문단을 쓰는 행위'가 되는 겁니다.

하지만 벌써부터 자신감이 자유 낙하하는 분들이 계실 걸로 압니다. 왠지 긴 글쓰기가 더 어렵게 느껴지는 것 같기도 할 테니까요. 그러나 이 문단 쓰기는 생각보다 아주 간단하게 연마할 수 있습니다. 바로 각 문단 앞에 번호를 붙이는 방법으로 말이죠.

한때 페이스북에서 01, 02, 03… 이렇게 문단에 넘버링을 해서 글을 완성하는 게 유행처럼 퍼졌던 적이 있습니다. 지금도 링크드인이나 인스타그램에 긴 글을 올리는 분들의 경우이 방법을 즐겨 사용하고 저 또한 온라인상에 올려야 하는 글중의 일부는 이렇게 작성하고 있죠.

문단에 번호를 붙여가며 글을 쓰면 글 전체의 흐름과 문단별 포인트가 한눈에 파악된다는 장점이 있습니다. 예를 들어 총 10개의 문단으로 글을 쓰기로 했는데 5번 문단이 넘어가도록 글의 핵심이 도드라지지 않는다면 자칫 글이 지루해질 수 있다는 사실을 금세 알아차릴 수 있고, 3번 문단에서 했던 얘기가 7번 문단에서도 불필요하게 중복되면 과감하게 정리하거나 두 문단을 합치는 등 구성을 다듬는 데도 효과적이기 때문이죠. 그래서 긴 글을 써야 할 때는 우선 최소 몇 개 정도의 문단이 필요할지를 어림짐작해보고 그 안에서 글을 완성해보겠다는 목표를 세우는 것이 좋습니다.

참고로 저는 번호를 붙여 문단 쓰기를 할 때 되도록 한 문단에 (공백 포함) 300자를 넘기지 않으려고 합니다. 물론 분량이야 정해진 룰이 있는 게 아니니 각자에게 알맞은 문단 길이로 조정해가며 써도 되지만 제 경우에는 한 문단이 300자가 넘어가면 글의 호흡이 조금 길어지는 느낌이 있었습니다. 그러니 혹시라도 일정한 기준을 가지고 문단 쓰기 연습을 해보고 싶으시다면 저처럼 한 문단에 300자 정도 분량으로 7~10개 가량의 문단을 구성해보는 걸 추천해드립니다.

흥미로운 이야기를 하나 해드리자면 이렇게 문단에 넘버링을 하는 방식은 정말 놀랍도록 유서가 깊은 행위라는 사실입니다. 고대 그리스 철학자인 아리스토텔레스의 대표적 학문 중 하나가 바로 수사학rhetoric인데요, 말과 글의 기교를 가르치는 데 목적을 둔 이 수사학에서는 필요한 언어를 적재적소에 배치하는 배열법dispositio이라는 부분을 강조해서 다룹니다. 그런데 아리스토텔레스가 제자들에게 배열법을 학습시키기 위한 방법 중 하나로 문단에 번호를 붙여 글을 쓰도록 했다는 일화가 지금까지 전해져오고 있는 거죠. 그리고 그 목적은 다른 사람을 효과적으로 설득하는 것만큼이나 내가 생산한 말과 글을 보다 객관적으로 파악할 수 있도록 하기 위함이라고 하니 수천 년 전에 강조하던 글쓰기 방식이 오늘날의 온라인 세상에서도 통하고 있는 거라 할 수 있습니다.

쓰기 전에 말하는 것부터

가수이자 프로듀서인 박진영 님은 자신이 프로듀싱하는 모든 뮤지션들에게 '말하듯 노래하라'는 주문을 한다고 합니다. 그중에서도 특히 저는 한 오디션 프로그램에서 박진영 님이 참가자들을 트레이닝하는 도중 노래하는 이유에 대해 생각해보라고 말한 부분이 정말 인상적으로 다가오더군요.

"생각해 봐 얘들아. 노래하는 모든 사람은 각자 말하고 싶은 게 있어. 근데 그 말을 좀 더 극적으로 하고 싶어서 노래로 바꿔 부르는 거야. 그러니까 너희 노래를 들으면서 '아, 저 사람 노래하네'라고 생각하면 그건 아무 감정도 전달하지 못하는 거야. 듣는 대중들이 '와, 저 사람 지금 내 옆에서, 내 눈을 보고, 내 손을 잡고 이야기해주는 것 같아'라는 기분이 들게 해야 설득에 성공한 거라고."

'노래보다 말이 먼저다'라는 그의 지론은 글을 대하는 저의 태도에도 큰 울림을 주었습니다. 사실 글쓰기라고 해서 이틀을 크게 벗어나는 것 같지는 않거든요. 저는 평소 쓰는 글의 글감을 주변 지인들과 나눈 대화에서 자주 얻는 편인데 그때마다 매번 떠올리는 생각이 하나 있습니다. 바로 '내가 지금 한 이 이야기를 나중에 글로 쓰면 과연 잘 풀어낼 수 있을까?'라는 거죠. 방금 나눈 대화는 물 흐르듯 자연스럽게 이어졌고 내 생각을 전달하는 데도 큰 무리가 없었다고 생각하는데 이걸 글 한 편으로 바꿔도 여전히 이 리듬과 호흡과 뉘앙스와 메시지가 잘 유지될지 걱정이 되는 겁니다.

그럼에도 늘 저는 일단 말로 한번 그 내용을 풀어보려 노력합니다. 이유는 두 가지인데요, 하나는 말을 하다 보면 이야기가 가지는 전반적인 흐름이 생생하게 체감된다는 데 있습니다. 말은 글의 습작과도 같아서 직접 소리 내 표현하는 것만으로도 그게 상대에게 어떻게 전달될지 어느 정도 예측할 수 있습니다. 그래서 여러분이 하고 싶은 이야기를 누군가에게 먼저 전달해보면 '아, 이 내용은 끝이 좀 흐지부지하게 끝날 수 있겠구나'라든가 '사람들의 공감을 이끌어내려면 비슷한 에피소드가 하나는 더 있어야겠다' 혹은 '이 포인트를 설명할 때는 좀 더 상세하게 묘사해줄 필요가 있겠구나' 하는 생각이 듭니다. 그러니 실제 글로 받아쓸 때는 무엇을 빼고 무엇을 추가해야 할지 글에 대한 대략적인 스케치가 가능한 거죠.

다른 하나는 화법의 통일성에 있습니다. 물론 말과 글의 화법이 반드시 일치하거나 비슷해야 할 필요는 없습니다. 오직 글로만 표현이 가능한 그 특유의 분위기가 존재하기도 하니까요. 하지만 BX 라이팅처럼 말하는 화자(브랜드)가 명확히 존재하고, 사람들이 그 화자에 대해 기대하는 바가 분명한 경우라면 말하는 주체가 가진 인격이 글에서도 고스란히 묻어나도록 하는 게 효과적인 커뮤니케이션 전략일 겁니다.

글로 해야 할 이야기를 일단 말로 풀어보면 내가 하고 있는 이야기가 위로의 화법인지, 다그침의 화법인지, 권유의 화법인지, 감탄의 화법인지, 질문의 화법인지, 공감의 화법인지 등이 디테일하게 느껴집니다. 그러니 내용만큼이나 전달하는 방식이 중요한 글을 써야 한다면 우선 말을 통해 그 글의 분위기를 가늠해볼 필요가 있는 것이죠.

만약 누군가에게 매번 대화를 건넬 수 없다면 조금 변칙적인 방법을 사용해봐도 좋습니다. 메시지는 떠오르는데 어떻게 풀어야 할지가 다소 막막할 때 저는 녹음 앱을 켜서 혼자만의 대화를 남겨놓습니다. 운전해서 출퇴근하는 그 30분 남짓한 시간 동안 짤막하게라도 떠오른 생각을 말로 스케치해두는 것이죠. 처음엔 다소 민망한 기분이 든 것도 사실이지만 지금은 특정한 대상에게 보이스 메일을 남겨놓는다는 생각으로 곧잘 이야기를 이어갑니다. 특히 요즘엔 녹음 파일을 텍스트로 변환해주는 기능도 있으니 제가 한 이야기를 곧바로 글로 바꿔 읽어볼 때도 많고요.

이런 과정을 반복하다 보면 말이 글의 화법에 영향을 주고 다시 글의 화법이 내 말에 영향을 주는 선순환 구조가 만들어지기도 합니다. 저는 이게 말하듯 글을 써야 하는 이유이기도 한 것 같아요. 박진영 님이 말한 것처럼 우리 글을 읽는 사람들로 하여금 '아, 이 사람 더 잘 이야기하고 싶어서 말이 아닌 글로 쓴 거네'라는 반응을 이끌어내는 걸 목표로 삼아보는 거죠.

임팩트를 중심으로 구조를 짜보자

이번에도 음악에 한번 비유를 해볼까요? 음반에서 음원으로 그리고 실시간 스트리밍의 시대로 변하며 대중음악의 트렌드도 확연히 달라졌습니다. 최근에는 인트로에 해당하는 도입부와 곡 사이사이에 등장하는 간주를 최소화해서 길어도 3분 30초를 넘지 않는 짧은 곡이 대세죠. 게다가 시작부터 큰 감흥을 불러일으키지 않으면 사람들이 쉽게 스킵을 해버리기 때문에 가사 역시 후렴이 아닌 시작하는 첫 소절에 가장 많은 공을 들인다고 합니다. 군더더기 없이 빠르게 승부를 봐야 하는 스토리텔링이 음악 콘텐츠에까지 영향을 주는 거라고 할 수 있죠.

어떤 분들은 긴 글을 써야 하는 순간이 오면 글의 전개와 구조를 만드는 데 많은 시간을 할애합니다. 혹여나 이야기가 산으로 가거나 비슷한 말을 반복하게 될까 봐 무슨 말을 어떻게 풀어갈지 하나하나 계획을 짜보는 거죠. 이 과정은 당연히 필요하고 너무나 훌륭한 글쓰기 습관에 해당합니다.

하지만 이 프로세스에 매몰되어 늘 기승전결의 구조 잡기에만 매달리면 자칫 적당히 구색만 갖춘 글이 되기 쉬운 것도 사실입니다. 즉 딱히 무엇 하나 빠진 것은 없는데 읽는 이로 하여금 큰 매력을 가지지 못하게 하는 글이 탄생하는 거죠. 마치 필요한 모든 전개와 적절한 코드 진행, 알찬 가사를 갖추고도 히트하지 못하는 비운의 음악과 같달까요. 때문에 우리에겐 정통적인 구조의 압박에서 벗어나 임팩트를 중심으로 글을 바라보는 관점이 반드시 필요합니다.

임팩트 중심의 구조란 단순하고도 명확합니다. **바로 '어디서 어떻게 절정을 만들 거냐'의 문제거든요.** 클래식한 스토리텔링이 발단-전개-절정-위기-결말의 순서를 따른다면 임팩트 중심의 스토리텔링은 주변부와 중심부 딱 이 두 가지의 구조를 가진다고 할 수 있습니다. 다시 말해 임팩트를 주기 위한 절정의 순간을 설정해놓고 그 나머지는 본인이 이야기하기 가장 편한 방법으로 시선을 끌어모으는 방식인 거죠. 이렇게 하면 구색을 맞추기 위한 압박에서 벗어나 '내가 정말 하고 싶은 이야기'와 '그 메시지에 도달하는 경로'라는 명확한 명제 두 가지만 남습니다.

그러니 만약 글을 길게 써 내려갈 자신이 없다면 가장 하고 싶은 이야기부터 먼저 써두는 것도 방법입니다. 그런 다음 어떻게 해야 이 이야기까지 오는 길을 효과적으로 만들지 고민해보는 거죠. 글은 써 내려가는 것이기도 하지만 빚어내는 것이기도 하니까요. 물 흐르듯 유려하게 써야 한다는 환상은 잠시 내려놓고 어린 시절 점토를 가지고 놀던 마음으로 붙이고, 자르고, 깎고, 다듬으며 내가 표현하고 싶은 형상을 점차 입체적으로 만드는 방식을 고민할 필요도 있다는 말씀을 드려봅니다.

중요한 건 분량이 아닌 접근법

이번 글을 마무리하기 전에 한 가지 에피소드를 소개해보겠습니다. 예전에 저희 회사에서 사내 공모로 서비스 기획 문화를 소개하는 미니 백일장을 개최한 적이 있었습니다. 그런데 담당자분이 응모 페이지 요강에 '400자 분량의 짧은 글'을

'4,000자 분량의 짧은 글'이라고 오타를 내는 바람에 사람들 모두 식겁하는 사태가 벌어졌죠. 다행히 초기에 발견해서 금방 오타를 바로잡았지만 저희 팀 동료 한 분이 처음 내용만 읽은 채 혼자 4,000자 분량의 글을 써서 제출하는 웃지 못할 해프닝이 일어났습니다. 나중에야 그 사실을 알고 나서 담당자가 팀 동료에게 별도로 사과하러 찾아왔는데 정작 본인은 호탕하게 웃으며 이렇게 말하더군요.

"그게 왜 미안할 일이에요. 오히려 지금 제게 이 분량을 다시 400자로 줄이라고 하면 그게 더 힘들 것 같은데요? 다른 사람들이 운문부로 응모했다면 저는 그냥 산문부로 응모했다고 생각해주세요. 하하."

그러게요. 아마 400자로 쓴 글을 4,000자까지 늘려보라는 미션을 줬거나 반대로 4,000자를 400자로 줄여보라고 주문했으면 머릿속이 훨씬 복잡했을지 모릅니다. 대신 애초에 분량이 다르다고 인식하고 나면 내가 무엇을, 어떻게 이야기해야 하는지 그 종합적인 로드맵 역시 아예 달라지는 거죠.

그때 저는 작게나마 깨달은 거 같아요. 글이든 콘텐츠든 정작 중요한 건 분량이나 포맷 자체가 아니라 그 형태에 접근하는 관점과 마음가짐이라는 것을 말이죠. 그러니 여러분도 긴 글을 그저 총량의 무게가 늘어난 것이라고 여길 게 아니라 경험의 결이 달라진 거라고 받아들여보면 어떨까요. 100미터 가야 할 길이 1킬로미터로 늘어났다고 해서 같은 길을 열 번 오가는 게 아닌 것처럼 때로는 그 거리에 맞는 새로운 경로를 구상해보는 노력이 꼭 필요한 것인지도 모르겠네요.

BRANDING
WRITING

STORYTELLING

Part 5 지속 가능한
BX 라이팅이란

말과 글을 다루는 BX 라이팅은

관리의 중요성이 더더욱 강조되는 분야입니다.

다른 브랜딩 요소들은 눈에 보이는 비주얼을 가지고 있거나

손에 잡히는 물성을 지니고 있어서

그나마 관리가 효율적으로 이뤄질 수 있지만

본질적인 개념과 텍스트를 중심으로 형성된 BX 라이팅은

관리가 소홀해지는 순간 봄 햇살에 눈 녹듯

아주 쉽게 휘발되어버리기 때문이죠.

브랜드 앰배서더 프로젝트
실행하기

브랜딩과 관련한 이야기를 하다 보면 제게 이렇게 질문하시는 분들이 있습니다.

"저는 브랜딩에 관심은 많지만 실제로 제 브랜드를 가지고 있지도 않고 회사에서 브랜드와 관련한 일도 하고 있지 않습니다. 하지만 그럼에도 브랜딩 역량을 쌓는 경험을 해보고 싶고 BX 라이팅도 실천해보고 싶어요. 혹시 좋은 방법이 없을까요?"라고 말이죠.

지금껏 브랜딩을 둘러싼 다양한 이야기를 했지만 솔직히 말씀드리면 실제로 이런 작업을 할 수 있는 환경에 노출된 사람은 정말 손에 꼽을 정도로 소수입니다. 일 자체가 어렵고 특별해서라기보다는 브랜딩이라는 게 많은 인력이 투입되어 규모의 효과를 내는 분야가 아니기 때문이죠. 그래서 엄청나게 큰 프로젝트의 경우에도 실제로 그 안에서 브랜드의 틀을 만들고 주요한 콘셉트와 결과물을 만들어낸 사람들을 살펴보면 고작 한두 명에 불과할 때도 많습니다.

하지만 그럼에도 브랜딩의 중요성은 나날이 강조되고 있고 이젠 굳이 기업이나 조직의 차원이 아니더라도 개개인에게까지 브랜딩이라는 가치가 드높아지는 시대임을 부정할 수 없습니다. 정리하자면 브랜딩에 대한 관심도 증가하고 필요성도 절실한데 브랜딩을 연습할 수 있는 쉽고 효과적인 방법이 부족한 현실이란 얘기죠.

브랜드 앰배서더가 되어야 할 때

혹시 제목 때문에 많이 놀라셨나요? 뭔가 구체적이고 현실적인 방법을 제시해줄 줄 알았는데 갑자기 '브랜드 앰배서더'라는 단어를 소개한 게 좀 당황스럽기도 하실 겁니다. 그러나 전혀 놀라실 필요 없습니다. 저는 이 방법이 BX 라이팅을 훈련하는 데 있어서 가장 쉽고 빠르고 효과적인 방법이라고 생각하거든요. 게다가 이 방식은 단편적이라기보다는 하나의 브랜드를 온전히 이해하는 데 큰 도움이 되기 때문에 저 역시 여전히 자주 또 적극적으로 활용하고 있는 방식이기도 합니다.

브랜드 앰배서더가 된다는 건 실제로 연예인이나 유명 셀럽처럼 그 브랜드의 뮤즈나 모델이 된다는 뜻은 당연히 아닙니다. 대신 이렇게 한번 생각해보는 거죠. 만약 외국에선 꽤 주목받고 있는 브랜드이지만 아직 국내에는 생소한 브랜드 하나를 여러분이 발견했다고 가정하고, 그 브랜드를 한국에 가장 먼저 소개하는 역할을 맡게 된다고 말이죠. 마치 넷플릭스라는 이름조차 아무도 모르던 10여 년 전에 처음 한국 시장에 넷플릭스를 알리는 일을 담당했다거나 룰루레몬, 파타고니아 같은 상품이 전혀 알려져 있지 않던 당시에 이 브랜드를 론칭하는 직무를 총괄했다고 생각해보는 겁니다.

자, 어떤 느낌이 드시나요? 지금에야 이 브랜드들이 대중에게 어떻게 인식되고 있는지, 각자가 브랜딩/마케팅 활동을 어떻게 펼쳐나가고 있는지 그 이미지와 대략적인 여정이 머릿속에 그려지지만 아마 그 당시 이 일을 담당했던 분들은 꽤 큰 고민을 안고 있었음이 분명할 겁니다. 해외에서 아무리 큰 성공을 거둔 브랜드라고 해도 똑같은 전략과 방식으로 국내 론칭을 할 수는 없었을 테고 무엇보다 해외 고객과 사용자들에게 진행한 커뮤니케이션 활동들을 한국 시장에 동일하게 적용하는 것 역시 불가능했을 테니 말입니다.

따라서 지금부터 우리는 하나의 브랜드가 새로운 시장에 진입할 때처럼 그 브랜드를 이해하고, 현지에서 활용하고 있는 브랜딩 활동들을 살펴보고, 이걸 어떻게 한국 시장에 안착시킬지에 대한 연습을 해볼 겁니다. 물론 앞서 예고한 것처럼 최소한의 소스들을 이용해 간편하게 따라 할 수 있는 방법들을 통해서요.

원문 웹사이트를 이용해
브랜드 앰배서더 프로젝트를 수행해보자

브랜드 앰배서더 프로젝트를 한 줄로 정리하면 '원문 웹사이트를 기반으로 브랜드 페르소나를 탐구한 다음 필요한 부분들을 한국말로 번역해 우리만의 새로운 브랜드 웹사이트를 기획해보는 것'이라고 할 수 있습니다. 이 말만 들어도 '번역을 해야 한다고?', '웹사이트를 새로 기획해보는 거라고?'라며 의문과 걱정이 앞서는 분들이 많을 테지만 지금부터 제가 소개해드리는 방식들을 찬찬히 따라오시다 보면 그런 우려가 민망하리만큼 빠르게 녹아내릴 거라고 확신합니다.

1. 주목받고 있지만, 널리 알려지지 않은 브랜드 선정하기

당연한 얘기이지만 이 프로젝트를 위해서는 하나의 브랜드를 선정해야 합니다. 그리고 앞서 말씀드린 것처럼 아직 우리나라에 공식적으로 론칭하지 않았거나 정식 한국어 웹사이트를 가지지 않은 브랜드를 선택하는 것이 좋죠. 만약 우리나라 사람들에게 익숙한 브랜드를 고르게 되면 그 브랜드를 둘러싼 워딩들이 이미 생성되고 선점되어 있을 확률이 높기 때문에 여러분만의 BX 라이팅을 연습하기가 매우 힘들어집니다. 또한 브랜드 하나를 스터디하면서 동시에 앰배서더 역할을 수행하는 걸 목표로 하는 만큼 우리에게도 조금은 낯선 브랜드를 고르는 것이 훨씬 도움이 되죠.

그럼 이런 브랜드는 어떻게 찾고 또 고를 수 있을까요? 여기서 제가 자주 사용하는 팁을 하나 소개해드릴까 합니다. 저는 브랜드 앰배서더 프로젝트를 수행할 때마다 최근 미국 실리콘밸리에서 막 생겨났거나 빠르게 주목받기 시작하는 스타트업들을 타깃으로 합니다. 즉 이미 현지에서는 꽤 존재감을 키워가고 있지만 저를 포함한 우리나라 사람들에게는 생소한 브랜드를 선정하는 거죠. 이런 브랜드들은 이미 앱이나 서비스와 같은 실제 제품을 가지고 있을 뿐 아니라 이를 설명하는 웹사이트, 상세 페이지 등 기본적인 브랜드 요소와 자산을 확보하고 있습니다. 대신 아직 사업 초기 단계에 있는 만큼 브랜드 측면에서 무궁무진한 확장성을 가진 대상이기도 하죠. 그러니 배우며 학습할 부분과 내 마음대로 채워가며 연습할 수 있는 부분이 함께 존재하는 브랜드라고 할 수 있습니다.

브랜드를 고르는 방법 역시 어렵지 않습니다. 보통 구글이나 유튜브에서 'silicon valley new brands'라고 검색하거나 혹은 'silicon valley new startups'이라는 키워드로 검색하면 최근 주목받는 신생 기업들을 리스트업 해놓은 페이지들이 무수히 많이 등장합니다. 저는 그중에서도 'Cloudways'라는 사이트를 곧잘 이용하는데요. 이 사이트에서는 이커머스, 교육, 핀테크, 헬스케어, 식음료, 패션, 블록체인, AI 등 상세하게 카테고리를 나눠 현재 주목받는 스타트업들을 소개해주거든요. 게다가 각 기업과 브랜드들의 웹사이트 링크도 제공하고 있기 때문에 이 중에서 여러분 마음에 드는 브랜드 하나를 골라보는 것도 괜찮은 방법이라는 말씀을 드립니다. 무엇이 되었든 내 마음에 드는 자료와 도구로 연습을 할 수 있다면 이미 시작하는 그 순간부터 기분 좋은 출발이 가능하니 말이죠.

2. BX 라이팅의 관점으로 브랜드 스터디하기

마음에 드는 브랜드 하나를 선정했다면 이제 그 브랜드를 들여다보고 깊이 있게 이해하는 순서가 뒤따라야 합니다. 만약 이 과정을 생략하고 그저 웹사이트에서 대충 관심 있는 부분만을 골라 번역하기 시작한다면 그건 브랜드 앰배서더 프로젝트의 첫 단추부터 잘못 꿰는 것이라고 할 수 있습니다. 여러분만의 언어로 그 브랜드를 잘 번역해서 전달하려면 우선 브랜드를 이해하고 탐구하는 게 핵심이기 때문이죠.

이때는 우리가 앞에서 배운 방법들을 하나씩 활용해보는 것이 큰 도움이 됩니다. 그 브랜드가 선보이고 있는 활동들 혹은 웹사이트 각 페이지에 담긴 브랜드 소개나 매니페스토 등을 읽어보면서 이 브랜드의 핵심 가치가 되는 키워드들을 직접 선정해보는 것도 좋은 방법이죠. 더불어 웹사이트상에서 전달하고 있는 주요한 워딩이나 디자인 톤 앤 매너 등을 확인하면서 이 브랜드가 가진 페르소나는 무엇일지 유추해보는 것 또한 큰 도움이 됩니다.

저는 가끔 이런 요소들을 묶어서 A4용지 반 장 정도 분량의 짧은 브리프 문서를 만들어보기도 하는데요, 이렇게 정리해두면 내가 앰배서더 역할을 한 브랜드가 어떤 특징을 가지고 있는지 또 어떤 전략과 방향으로 우리나라 소비자들에게 전달되어야 할지 등 대략적인 그림을 확인하는 데 매우 유용하게 작용합니다. 그러니 이 과정을 거듭할수록 새로운 브랜드의 특징을 파악하고 주요한 브랜드 자산들을 분석하는 안목 역시 높아지는 것이죠.

3. 나만의 브랜드 언어로 웹사이트 번역하기

자, 이제 실제로 웹사이트의 주요 내용을 번역해볼 차례입니다. 이 과정을 설명하기 위해서는 제가 최근에 진행한 브랜드 앰배서더 프로젝트 하나를 소개하는 것이 더 좋을 것 같아서 사례를 들어 이야기를 시작해보겠습니다.

저는 최근 실리콘밸리를 중심으로 주목받고 있는 대체육 브랜드 '미터블MEATABLE'을 앰배서더 브랜드로 선정해보았습니다. 아직 외국에 비해서는 대체육 시장이 크지 않은 우리나라이지만 머지않아 국내에도 큰 영향을 줄 거라고 생각해 '만약 이 브랜드가 한국에 진출한다면 어떤 페르소나로 자신들을 소개할 수 있을까?'라는 생각을 해본 거죠. 그러곤 이 미터블의 웹사이트를 하나하나 제 언어로 번역해보기 시작했습니다.

먼저 웹사이트에 들어가면 가장 먼저 만날 수 있는 소개 문구부터 볼까요? 오른쪽 사진에서 보이는 문장을 그대로 직역하면 '우리는 사람, 동물, 지구에 해를 끼치지 않으면서도 고기에 대한 세계의 식욕을 만족시키고 싶다'가 됩니다. 그런데 이 말을 그대로 한국어로 옮겨 사용자들에게 전달하면 어떤 일이 벌어질까요? 딱딱한 톤과 뉘앙스는 둘째치고 문장 자체가 난해하게 구성되어 있어서 그 핵심 메시지를 돋보이게 할 수 없다는 큰 단점이 있습니다. 그래서 저는 이 대표 문장을

이렇게 고쳐봤죠.

지구에 해를 끼치지 않는 사람들.
그들이 만드는 새로운 고기.

어떠신가요? 기존 문장과 비교해 워딩들이 훨씬 간결해
졌다는 점과 '새로운 고기'라는 주요 메시지를 부각하고 있다
는 사실을 아마 체감하실 수 있을 겁니다. 제가 이렇게 사례를
보여 설명해드리는 것은 두 가지를 강조하고 싶어서입니다.
하나는 '꼭 워딩 그대로를 모두 담아 직역할 필요가 없다'는
것, 다른 하나는 '번역을 할 때 특정한 목표를 가지면 훨씬 유
리하다'는 점 때문이죠.

Part 5 지속 가능한 BX 라이팅이란

아마 이 프로젝트를 위해서는 외국어 실력이 중요할 것 같다고 느끼시는 분들도 있겠지만 실제로는 그렇지 않습니다. 사실 요즘은 번역 앱들이 워낙 좋은 기능을 갖추고 있는데다 페이지를 통째로 번역해주는 브라우저들도 많으니 이런 기능을 활용해 1차적인 번역은 전문 서비스에 맡기는 것도 효율적인 방법이거든요.

다만 제가 한 것처럼 반드시 여러분이 전달하고 또 강조하고자 하는 방향으로 새롭게 번역해보는 것이 이 과정의 핵심이라 할 수 있습니다. 따라서 번역을 할 때는 '어떤 페르소나로 전달하고 싶은가?', '어떤 키워드를 주요 메시지로 활용하고 싶은가' 같은 목표를 가지는 게 좋고, 특히 브랜드 스터디를 할 때 이 부분을 잘 정리해두면 이후 번역 작업이 매우 쉬워진다는 사실도 함께 알려드립니다.

그럼 이번에는 좀 더 세부적인 웹사이트 내용을 한번 번역해보죠.

옆의 내용들은 미터블의 웹사이트 중에서도 What We Do라는 섹션에서 소개하고 있는 내용들입니다. 다시 말해 본인들이 어떤 목표로 어떤 제품들을 만들고 있고, 어떻게 비즈니스로 연결하고 있는지를 설명하는 부분이죠.

저는 이 주요한 문장들을 다음과 같이 고쳐봤습니다.

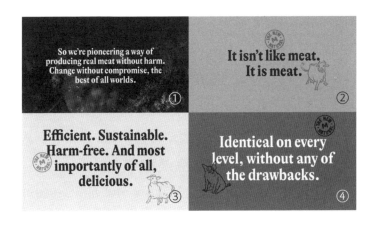

① 우리는 고기를 소비하는 새로운 방식을 만들어갑니다. 그저 '고기 비슷한' 제품을 개발하는 게 아니라 인류를 위한 새로운 식문화를 만들어가고 있습니다.

② 대체육이 아닌, 진짜 고기.

③ 효율적이고, 지속 가능하며, 무해한 고기. 하지만 '정말 맛있는 고기'.

④ 어떤 상황에서도 동일한 품질로, 어떤 단점도 없는 완벽한 맛으로.

이렇게 웹사이트 안의 주요한 워딩과 문장들을 내 손으로 직접 번역해보면 그 브랜드가 가진 페르소나를 어떤 언어와 화법과 단어들로 표현해야 할지 스스로 답을 찾는 노력을 하게 됩니다. 단순해 보이는 과정이지만 실제로 해보는 것과 그렇지 않은 것은 하늘과 땅 차이의 결과물로 이어지죠. 저도 가끔 브랜딩 실무를 처음 시작하는 후배들이나 브랜딩과 관련한 역량을 키우고 싶어 하는 분들께 이 방법을 자주 추천해드리는데요, 처음엔 조금 낯설어하기도 하고 막막해하는 것도 사실이지만 한두 번 해보다 보면 금방 감을 찾고 또 재미를 붙이기도 합니다.

무엇보다 여러 카테고리를 옮겨가며 어떤 때는 금융서비스의 앰배서더가 되어보기도 하고 또 어떤 때는 패션 분야의 앰배서더가 되어보기도 하면서 그 분야에서 해당 브랜드가 사용하는 언어들을 익히고 그 언어를 발전시키는 방법들을 빠르게 습득하는 경험을 할 수 있다는 게 최고의 장점이죠.

BX 라이팅을 위한 종합 선물 세트

저희 회사에서 인턴십을 하다가 지금은 한 광고 회사에 카피라이터로 입사해 일을 하고 있는 친구가 있습니다. 그 친구의 멘토를 맡았을 때 제가 이 브랜드 앰배서더 프로젝트를 알려준 적이 있었는데요, 그저 개념과 방법만을 대략적으로 설명해주었을 뿐인데 저도 모르는 사이 혼자서 꽤 많은 과제를 직접 실험해봤던 모양이더라고요. 그리고 한참 후에 취업에 성공했다며 연락이 와 오랜만에 함께 만나 이야기를 나누는데 제게 이런 얘기를 들려주었습니다.

"사실 신입 카피라이터로 취업하는 게 얼마나 어려운 일인지 아시잖아요. 낙타가 바늘구멍 통과하는 데 곧잘 비유하기도 하고요. 그런데 2차 면접 때 저 나름대로 그동안 진행해온 이 브랜드 앰배서더 프로젝트를 모두 출력해 보드판에 붙여갔어요. 그러고는 '나는 멋진 카피 쓰려고 카피라이터가 되려는 게 아니다. 브랜드와 마케팅에 도움이 되는 언어를 만드는 사람이고 싶다. 그래서 그동안 이런 훈련을 했다'라고 설명했어요. 나중에 입사하고 나서 알게 되었는데 면접관분들 모두 그 모습을 정말 인상적으로 봤다고 하시더라고요. 그러니 제 취업에 이 브랜드 앰배서더 프로젝트가 정말 너무너무 큰 도움이 된 거죠!"

어디까지나 그 친구의 탁월한 역량이 만들어낸 결과물이겠지만 그렇게 이야기해주니 저도 정말 고맙더라고요. 추천한 방법을 실제 행동으로 옮겼다는 것도 기특한데 그 안에서 '브랜드와 마케팅에 도움이 되는 언어를 만드는 사람'으로 본인을 규정한 게 너무 감동적인 포인트였습니다. 그러니 그 친구는 다른 사람의 언어를 분석하고 연구하면서 점점 자신만의 언어를 만들어갔던 셈이죠. 그게 쌓이고 쌓여 앞으로 자신이 하게 될 일을 직접 정의할 수 있는 경지에까지 이르렀고요.

그러니 이 프로젝트를 그저 재미있게 따라 해볼 수 있는 시도 중 하나라고만 생각하기보다 브랜딩을 위한 글쓰기의 전반을 이해하고 경험할 수 있는 'BX 라이팅 종합 선물 세트'라고 봐주시면 좋겠어요. 무엇인가를 대신하여 전달해주는 게 앰배서더의 본질적인 역할이라면 우리가 먼저 그 브랜드를 만들고 가꾸는 사람에 빙의해서 그들의 인격을 체험해보는 게 가장 기본적인 도리가 아닐까도 싶거든요.

뛰어난 춤꾼이 되기 위해서는 수많은 안무들을 연구하고 따라 추면서 자신만의 스타일을 완성해야 하고, 프로 선수를 목표로 운동하는 학생들은 자신의 우상을 롤 모델 삼아 동작 하나하나까지 익히고 발전시켜나가는 걸 보면 이해가 되실 겁니다. 그 정도의 혹독한 훈련은 아니더라도 좋은 브랜드를 만들기 위해 먼저 좋은 브랜드 깊숙한 곳에 들어가보는 경험 정도는 기쁜 마음으로 할 수 있어야 한다는 게 제 작은 생각이기도 하니까요, 여러분 모두가 보석 같은 브랜드를 발견하고 그 원석을 멋지게 다듬는 앰배서더가 될 수 있기를 바라는 마음입니다.

스몰 브랜드를 위한
브랜딩

종종 브랜드나 마케팅에 관심이 많은 분들을 대상으로 강의를 할 기회가 있습니다. 감사하게도 대부분 제가 준비한 이야기들을 집중해서 들어주시는데 강의를 마칠 때쯤이면 한두 분 정도는 조심스레 이런 말씀을 건네곤 하십니다.

"저희는 이제 갓 사업을 시작한 신생 브랜드입니다. 알려주신 방법들을 모두 실행해보기에는 인력도 역량도 많이 부족할 것 같은데 우선적으로 집중해야 할 것이 있을까요?"

아마 이 책을 읽는 도중에도 비슷한 느낌을 받은 분들이 계실 겁니다. 제가 중간중간 1인 기업이나 스몰 브랜드처럼 비교적 규모가 작은 브랜드를 운영하는 분들을 위해 몇 가지 코멘트를 해드리긴 했지만 그래도 한편으로는 일종의 막막함 같은 게 생겼을 수 있죠. '지금 하루하루 매출 걱정하기도 바쁜데 저런 디테일한 브랜드 요소들까지 신경 쓸 여력이 어디 있나' 하는 반응도 있을 테고 '이 정도로 전문성 있는 분야인 줄 알았다면 애초에 컨설팅을 맡기거나 대행사를 쓸걸 그랬나' 라며 없던 걱정이 더해지는 경우도 있을 테니 말이죠.

규모라는 계급장부터 떼고 시작해볼까요?

제대로 된 이야기를 시작하기 전에 우선 이 포인트부터 짚고 넘어가면 좋을 것 같은데요, 그동안 나름 이 업계에서 오래 일해오고 또 꽤 많은 브랜드 사례를 살펴보고 조사한 한 사람으로서 확신할 수 있는 한 가지는 **브랜딩이란 규모의 역량이 아주 큰 성패를 좌우하는 분야가 아니라는 것**입니다. 아마 여러분들께서 직접적으로 체감하실 텐데요, 천문학적인 자금을 들여서 새로운 브랜드를 론칭한 대기업이나 매해 브랜드 관리에 고정적인 비용을 지불하고 또 내로라하는 전문가들에게 브랜드 컨설팅을 받는 기업의 결과물들이 모두 성공적이지는 않다는 게 대표적인 증거죠. 반대로 아주 작은 동네 카페 하나가 사람들로부터 엄청난 사랑을 이끌어내면서 어엿한 브랜드로 자리 잡는 사례를 무수히 많이 목격할 수 있고, 주력으로 판매하는 상품보다 재미로 만든 굿즈들이 훨씬 큰 매출을 올리는 브랜드들도 적잖이 발견할 수 있습니다. 심지어 인스타그램이나 유튜브 채널 자체가 하나의 브랜드가 되어 엄청난 팬덤을 끌어모으는 시대이니 말이죠.

일각에선 이런 흐름을 두고 거대한 자본을 앞세운 기업 활동에 피로감을 느낀 대중들이 변화가 빠르고 선택지가 다양한 작은 브랜드로 그 관심을 옮겨가는 것이라 분석하지만 꼭 이것만이 정답이라고 할 수는 없을 겁니다. 그렇다기엔 애플, 구글, 나이키와 같은 글로벌 기업은 물론이고 에르메스, 루이비통, 샤넬처럼 전통 럭셔리 기업들의 가치가 나날이 천문학적으로 높아지고 있기 때문이죠.

여기에 제 생각 하나를 얹어본다면 저는 지금의 시대가 애매한 브랜딩이 살아남을 수 없는 시대이기 때문이라고 말하고 싶습니다. 과거에는 어느 정도 구색만 맞춰도 사람들의 환심을 살 수 있는 문법이 통하는 시대였다면 지금은 타깃이 되는 소비자의 마음을 완벽하게 빼앗지 않고는 브랜딩의 효과를 발휘할 수 없는 세상으로 진입한 것이죠. (이런 용어 만드는 것을 아주 즐기는 편은 아닙니다만) 저는 이런 현상에 대해 '브랜딩 이진법의 시대'라는 용어를 사용하곤 합니다. 즉 성공적으로 브랜디드 branded된 상태이거나(1) 아예 브랜딩의 역량을 기대할 수 없는 상태로만(0) 구분이 가능한 것이죠. 따라서 규모가 작은 브랜드라면 나보다 덩치가 큰 브랜드들과의 경쟁을 마치 차근차근 지표를 높여가는 게임처럼 이해해서는 안 됩니다. 대신 자본과 스케일이라는 조건을 모두 지우고 '우리 브랜드가 정말 브랜드로서 기능하고 있는가?'에만 집중하는 것이 좋죠.

이를 위해 지금부터는 스몰 브랜드를 운영하거나 담당하는 분들이 가장 흔하게 마주하는 몇 가지 질문들을 꺼내보고 그 물음에 대한 우리만의 해법을 한번 찾아보도록 하겠습니다.

Q. 매출을 높이는 것이 먼저일까요? 아니면 제대로 브랜딩하는 것이 먼저일까요?

이는 스몰 브랜드를 운영하는 분들의 근본적인 물음이자 마치 '닭이 먼저냐 달걀이 먼저냐'처럼 우선순위를 매길 수 없는 질문이기도 합니다. (더불어 제가 가장 많이 받는 질문 중 하나이기도 하죠.) 그래서 왜 이런 고민이 생기는 것일까를 추적해본 적이 있는데요, 제가 내린 나름의 결론 한 가지는 적어도 이 질문을 품고 있는 분들은 브랜딩에 관한 욕심이 꽤 큰 분들이라는 사실이었습니다. 다시 말해 '브랜딩 같은 거 필요 없다.

돈만 잘 벌면 되지'라는 생각을 가진 분들이라기보다 '브랜딩이 아주 중요하다는 사실은 잘 알겠는데 지금 브랜딩에 투자를 하는 게 맞을지 아니면 어느 정도 규모를 확보한 다음에 제대로 브랜딩을 시작하는 게 현명한 것인지 판단이 서지 않는다'라는 고민을 가진 분들인 거죠.

저는 이 질문을 받을 때마다 역으로 딱 한 가지 질문을 던집니다. 바로 '명확하게 만들고 싶은 브랜드의 상像이 존재하는지'에 대한 질문이죠. 사업의 성장이냐 브랜드 구축이냐를 논하기 전에 우선 구현하고 싶은 브랜드의 방향이나 목표가 구체적인지를 확인하고자 하는 것입니다.

사실 여기에 대한 해답은 이미 질문 속에 녹아들어 있습니다. 왜냐하면 이 두 가지는 따로 떼어놓고 생각할 수 없기 때문이죠. 좋은 브랜드를 만들겠다라는 마음이 드는 순간부터는 이미 브랜드와 비즈니스 사이의 연결고리가 단단히 체결된 상태라고 봐도 무방하거든요. 돈을 벌든, 사람을 모으든, 특정한 행동을 유도하든, 우리 존재를 널리 알리든 간에 내 자원을 투자해 목표에 도달하는 행위를 비즈니스라고 정의해본다면 브랜딩은 이 비즈니스적인 문제를 해결하는 아주 중요한 수단이니까 말이죠.

그러니 '매출을 높이는 데 집중해야 할까요, 아니면 브랜딩에 제대로 투자해봐야 할까요'라는 질문은 '목표에 집중할까요, 수단에 투자할까요'라는 질문과도 같습니다. 당연히 이 두 가지는 발을 맞춰 함께 가야 하는 것이 올바른 동행인 것이죠.

하지만 이런 대답이 다소 원론적인 것으로 느껴질 수도 있을 겁니다. 결국에 둘 다 중요하다는 말을 하고 싶어 이런저런 비유를 든 것처럼 생각하실 수 있을 테니까요.

그럼 이번엔 이런 질문을 한번 드려보죠. '어느 정도 매출을 높인 다음 브랜드를 제대로 가꾸는 게 쉬울까요, 아니면 좋은 브랜드의 요소들을 미리 확보해가며 매출 상승에 대한 노력을 이어가는 게 쉬울까요?' 둘 모두 만만찮은 과제겠지만 제 경험상은 그래도 후자가 두 마리 토끼를 다 잡을 확률이 훨씬 큰 방향이었습니다.

이유는 간단합니다. 매출이 어느 정도 높아진 상황에서 브랜드 관리를 시작하려고 하면 브랜드의 핵심 속성인 '자기다움'을 찾고 발전시키는 것 자체가 굉장히 어렵기 때문입니다. 이미 사람들은 우리 제품과 서비스에 익숙해져서 딱히 브랜딩의 필요성을 느끼지 못하는 상황인데 그제야 브랜딩을 시작하고자 애쓴다면 순서가 매우 어색해지는 거죠. 수많은 기업이 새로운 이미지로 브랜딩해보겠다며 막대한 돈을 써서 로고를 교체하고 멋진 메시지가 담긴 기업형 광고를 내보내지만 대부분의 사람들은 제대로 체감하지 못합니다. 이는 해당 소재가 매력적이지 않아서가 아니라 이미 우리 머릿속에 각자의 인상과 선입견을 토대로 한 그 기업의 이미지가 자리 잡고 있기 때문입니다. 한마디로 브랜드를 만드는 사람의 의도대로 브랜드가 동작하지 않는다는 얘기죠. 이런 상황에서 새로운 인격과 페르소나를 불어넣는다는 것은 너무나도 힘든 일임이 분명합니다.

따라서 스몰 브랜드를 하시는 분들에게 '일단 덩치부터 좀 키워놓고 대중들에게 알려지기 시작하면 그때 제대로 브랜딩해야지'라는 생각은 한편으론 위험할 수 있습니다. 문제도 바로잡을 수 있을 때 바로잡는 것이 중요하듯 브랜드 역시 브랜딩이 작동할 수 있을 때 브랜딩하는 것이 현명한 대처거든요. 그러므로 좋은 브랜드에 대한 욕심이 조금이라도 있는 분이라면 브랜딩에 대한 고민은 브랜드가 출발하는 그 시점부터 하는 것이 가장 좋다는 말씀을 드려봅니다.

Q. 동료 없이 혼자 브랜드를 꾸려가는 입장에서도 제대로 된 브랜딩을 할 수 있을까요?

흔히 브랜딩이라고 하면 적어도 비주얼로 무언가를 구현해내야 하는 디자이너 혹은 트렌드에 대한 이해도와 더불어 괜찮은 감각까지 갖춘 마케터 정도는 있어야 가능한 영역이라고 생각합니다. 당연히 이런 훌륭한 동료들이 옆에 있다면 더 빨리 더 좋은 브랜드로 성장해갈 확률이 높아지겠지만 이 역시 필수 조건이라고 볼 수는 없습니다. 이미 수많은 스몰 브랜드들이 1인 기업의 형태로 운영되고 있는 데다 디자인, 마케팅적인 역량 없이도 스스로 좋은 브랜드를 일궈낸 사례가 많기 때문이죠. 따라서 '함께하는 동료 없이 혼자서 브랜드를 이끌고 가는 게 가능할까요?'라는 물음에 저는 비교적 자신 있게 'Yes'라는 답변을 해드릴 수 있습니다. 단, 여기에는 몇 가지 조건이 반드시 뒤따르죠. 그리고 지금부터는 그 조건들을 하나씩 살펴보도록 하겠습니다.

첫째는 어디까지 내 역량으로 커버가 가능하고 또 어디부터 외부의 힘을 빌릴지를 명확히 구분하는 것입니다. 브랜드에 필요한 요소들을 스스로의 힘으로 모두 만들 수 있다면야 더 바랄 것이 없겠지만 이런 경우는 거의 드문 게 사실입니다. 설령 그런 능력을 가지고 있다고 해도 1인이 운영하는 브랜드는 신경 쓸 것이 너무나 많기 때문에 내 리소스를 브랜딩 영역에 100% 투여하기가 어려운 게 현실이죠. 그래서 혼자서 브랜드를 이끌어갈 때는 마치 가상의 동료들과 업무를 분장하듯이 내가 맡을 부분과 외부 인력에 의뢰할 부분을 명확히 하는 것부터 시작해야 합니다.

최근에는 직무 플랫폼 등을 활용해서 디자인, 개발과 같은 영역을 전문가에게 맡기는 경우도 아주 흔한데요. 이때는 그저 '이런 것이 필요하니 잘 만들어주세요'라는 형태로 의뢰하는 것보다 브랜드 오너의 입장에서 고민한 내용과 구현하고자 하는 방향을 최대한 상세하게 브리핑해주는 것이 좋습니다. (앞서 디자이너와의 협업을 다뤘던 내용에서처럼 말이죠.)

그리고 이 과정에서 반드시 필요한 것이 '스스로 어디까지 고민했는지 그 여정을 보여주는 것'입니다. 1인 기업의 경우에는 함께 고민하고 논의할 동료가 없기 때문에 혼자서 발전시켜온 내용을 상세히 정리해두지 않으면 외부에 의뢰할 때마다 처음부터 새로 설명해야 하거나 매번 요청하는 내용이 달라지는 비극이 펼쳐집니다. 따라서 혼자서 만드는 브랜드일수록 브랜딩에 관한 고민의 여정과 지금까지의 활동 내역 등을 포트폴리오로 잘 관리해두는 노력이 필요합니다.

둘째는 가급적 BX 라이팅의 영역을 직접 담당해보는 것입니다. 의외로 스몰 브랜드를 운영하는 많은 오너들이 글과 관련한 부분은 다른 사람들에게 맡기거나 아니면 여타 브랜드의 사례들을 참고해 비슷하게 카피하는 경우가 꽤 많습니다. 하지만 BX 라이팅 자체가 우리 브랜드의 정체성이라고 할 수 있는 핵심 인격을 만들어가는 작업인 만큼 이 부분을 다른 사람에게 의뢰하거나 통째로 건너뛰어버리면 우리가 도달해야 할 목적지 자체를 잃어버리는 것과 마찬가지입니다.

때문에 혹시 시간적으로나 역량적으로 이 책에 나와 있는 모든 내용을 따라 해볼 수 없다면 적어도 Part 1과 2에 소개한 내용 정도만이라도 연습해보는 것을 추천해드립니다. 그래야 브랜드를 구축하는 데 필요한 요소들이 무엇인지 오너의 입장에서 하나하나 확인할 수 있고, 설령 나중에 브랜드가 성장하며 다른 사람들이 합류한다고 해도 그들에게 우리 브랜드의 본질과 아이덴티티를 잘 설명해줄 수 있을 테니 말이죠.

마지막으론 핵심 팬층으로부터 끊임없이 브랜드를 점검받는 것입니다. 스몰 브랜드의 생명력은 이른바 '찐팬'으로부터 나옵니다. 이들이야말로 우리 브랜드를 가장 잘 알고, 가장 많이 사랑해주며 동시에 가장 널리 알려줄 수 있는 고마운 존재들이기 때문이죠. 게다가 그들이 보여주는 충성도는 빅 브랜드를 향한 그것과는 재질 자체가 다릅니다. 마치 나만 알고 있는 인디밴드가 점점 존재감을 발휘하는 것과 같은 느낌이랄까요. 흔하게 접할 수 없다는 것, 아직 많은 사람에게 알려지지 않았다는 것 등이 주는 희소성도 한몫하겠지만 스몰 브랜드를 사랑하는 찐팬의 덕질 포인트는 무엇보다 그 브랜드가 가지고 있는 정체성이 온전하게 느껴진다는 데 있습니다. 쉽게 말해 규모는 작아도 브랜드의 페르소나와 화법, 언어 등이 너무도 생생하게 체감되기 때문에 그 브랜드를 아주 친한 친구처럼 대할 수 있다는 것이죠.

따라서 브랜드의 초창기부터 큰 애정을 보여준 팬들과는 늘 좋은 유대 관계를 형성할 수 있는 장치를 마련해두는 것이 좋습니다. 이는 단순히 신제품을 먼저 체험하게 해주는 등의 일정한 혜택을 계속 제공하라는 의미보다 그들로부터 브랜드와 관련한 다양한 피드백을 수집하라는 의미에 더 가깝습니다. 이들이야말로 우리가 조금이라도 정체성에 어긋나는 행보를 보이면 가장 먼저 실망할 사람들이니까요, 작은 설문의 형태도 좋고 라운드 테이블처럼 소규모 그룹 인터뷰도 좋으니 주기적으로 그들에게 '우리 브랜드가 여전히 매력적인지', '새롭게 나아가고자 하는 방향에서 느껴지는 기대감은 무엇이고 이질감은 무엇인지' 등을 체크해보는 게 정말 큰 도움이 됩니다.

Q. 브랜드가 정체기에 빠졌을 때는 어떻게 해야 할까요? 리브랜딩을 해야 할까요 아니면 다시 새로운 브랜드를 론칭하는 게 나을까요?

스몰 브랜드를 운영해본 분들이라면 어느 시점에 이르러 한 가지 딜레마에 빠집니다. 비교적 브랜드를 빠르게 론칭하고 또 성장시키는 게 가능한 만큼 그 수명이 길게 가지 못하는 경우도 많기 때문이죠. 흡사 조용하고 한적하던 어느 골목이 이른바 'OO단길'이라는 이름으로 불리며 갑자기 주목을 받다가 방문객 수가 정점을 찍고 나면 한순간에 힙하지 않은 곳이 되는 사이클과 비슷합니다. 한 가지에 오래 관심을 두기엔 또 새로운 것들이 우후죽순 생겨나고 그들이 만들어내는 트렌드에 부합하지 않으면 금방 도태되기 쉬운 오늘날의 흐름과도 무관하지 않은 거죠.

이 질문에 대해 '재빨리 리브랜딩을 해야 합니다', '과감하게 새로운 브랜드로 갈아타십시오'라는 대답을 해드릴 수는 없습니다. 그러다 20~30년은 거뜬히 사랑받을 수 있는 브랜드의 싹을 잘라버리는 일이 생길지도 모르는 거고 한편으론 멀쩡히 잘 사랑받고 있는 요소들에 괜히 칼을 대는 불상사가 벌어질 수도 있는 거니까요. 이 문제에 대해 이것이 정답이다라는 식의 결론을 낼 수 없다는 건 저도 여러분도 잘 알고 있을 겁니다.

대신 이런 체크리스트를 한번 만들어볼 필요는 있어 보입니다. 우선 지금 우리 브랜드가 정체기에 있다는 그 사실에만 집중할 게 아니라 우리 브랜드가 처한 상태를 분석해보는 지혜를 발휘하는 거죠. 외형적으로는 그저 브랜드가 부침을 겪고 있는 것처럼 보여도 실상을 들여다보면 보통 두 가지 형태의 문제로 나눌 수 있습니다. 하나는 우리 브랜드가 트렌드에 끌려가고 있는 상황에서 성장이 더뎌지는 경우고, 다른 하나는 우리만의 아이덴티티를 잘 지키려는 그 행위가 정체를 유발하는 경우입니다. 보충 설명을 하자면 전자는 나름 변화를 계속 주고 있지만 그 변화가 우리의 타깃에게는 긍정적인 경험으로 작용하지 못하고 있다고 볼 수 있고, 후자는 시장은 변화를 원하지만 우리가 스스로를 업데이트하고 있지 못함으로써 생기는 문제라 할 수 있죠. 따라서 이 둘은 비교적 정확히 구분되어야 하고 그에 따른 해결책도 180도 달라야 합니다.

먼저 트렌드에 따라 계속 변화를 주지만 큰 효과가 나타나지 않는다 싶을 때는 메시지를 최대한 일원화하고 단순화하는 것이 중요합니다. 즉 가장 중요하게 다루는 브랜드 콘셉트 하나를 중심으로 간결한 워딩과 개념들을 압축해 지속적으로 커뮤니케이션하는 거죠. 사실 브랜드에 변화를 줘도 효과가 없는 경우는 변화의 방향이 잘못되었다기보다 아직 소비자들이 그 변화에 집중하지 못하고 있을 가능성이 더 큽니다. 그러니 우리가 할 일은 하나의 메시지가 타깃에게 가닿을 수 있도록 최대한의 집중력을 끌어모으는 것이죠.

반대로 우리의 정체성을 지키려다 자칫 업데이트가 늦어지는 경우라면 이른바 베타 전략을 활용하는 것이 큰 도움이 됩니다. 이는 기존의 오리지널리티는 지키되 새롭게 다가올 변화들을 미리 가볍게 소개하고 마치 테스트처럼 공유하며 사람들의 반응을 확인하는 것이라 할 수 있는데요, 이렇게 하면 원래 우리가 가진 아이덴티티를 심하게 흔들지 않고도 고객들로 하여금 '이 브랜드는 꾸준히 변화하며 앞서가고 있다'는 인상을 선물할 수 있습니다.

브랜딩에 있어 가장 보수적인 영역으로 통하는 식품업계에서도 이와 같은 시도가 있었는데요. 우리에겐 오레오, 리츠 같은 과자들로 잘 알려진 제과 브랜드 '나비스코NABISCO'에서는 늘 새로운 맛을 원하는 고객들을 위해 특정한 시즌마다 '나비스코 연구소'라는 메뉴를 운영해 미래에 선보일 메뉴들에 대한 가벼운 힌트와 함께 고객들의 반응을 체크하는 실험을 하고 있습니다. 애초에 급격한 변화를 줄 수 없는 식품의 특성을 감안해 새로운 활로에서 변화를 꾀하고 있는 것이죠.

이와 같은 방식은 스몰 브랜드에서도 충분히 활용할 수 있습니다. 실제로 최근에는 브랜드 자체의 변화를 주기적으로 예고하며 고객들이 받을 충격은 완화하고 기대감은 끌어올리는 장치들을 마련하는 사례를 쉽게 찾을 수 있는데요, 이런 베타 브랜드 전략을 통해 우리가 원하는 방향으로 브랜드를 조금씩 이끌어가는 것도 아주 현명한 업데이트 방법이라고 할 수 있습니다.

작기 때문에 가능한 것들

2019년 미국 뉴욕 소호 거리에서 열린 부티크 브랜드 페스티벌의 슬로건은 '작기 때문에 가능한It's small, It's possible'이었습니다. 세계를 호령하는 브랜드들 사이에서 기죽기는커녕 자신들의 존재감을 마음껏 발휘하는 스몰 브랜드들을 위한 축제의 장이었죠. 그런데 이때 영국 출신의 패션 디자이너 폴 스미스Paul Smith가 아무도 모르게 자신의 이름을 거꾸로 한 H-TIMS LUAP라는 브랜드를 출품했던 사실이 뒤늦게 공개되며 큰 파장을 낳았습니다. 소호 문화를 사랑하는 마음과 그의 독특한 세계관이 만나 빚어낸 유쾌한 에피소드였죠. 그리고 폴 스미스는 소호 거리에 만연한 스몰 브랜드 문화에 대해 이런 말을 남겼습니다.

"저는 가끔 소호 거리를 걷다가 숨이 멎을 것 같은 경험과 마주칩니다. 폴 스미스 매출의 10,000분의 1도 안 되는 작은 브랜드가 뿜어내는 엄청난 아우라에 무릎을 꿇고 말거든요. 그때마다 전 브랜드라는 게 크기의 문제가 아니라 밀도의 문제라는 걸 느껴요. 그리고 어떻게 해야 폴 스미스도 그런 밀도를 유지할 수 있을지 고민합니다. 작기 때문에 가능한 그 세계를 이해하고 받아들이는 연습을 하는 거죠."

어쩌면 저는 그의 말이 스몰 브랜드에 대한 방향성을 고스란히 압축하고 있다고도 느껴집니다. 저 역시도 브랜드란 크기의 문제가 아니라 밀도의 문제라고 생각하거든요. 아무리 작은 브랜드라고 해도 그들만이 가질 수 있는 내공이 체감되면 그때부터는 정신 못 차리고 그 브랜드에 빨려 들어가고 마니까요. 어느 순간에 이르러서는 규모 자체를 까맣게 잊어버리게 만들곤 하죠.

더불어 이런 사실은 우리에게 반대의 교훈을 주기도 합니다. 아무리 작은 브랜드라고 해도 결코 대충, 가볍게, 성의 없이 브랜딩할 수는 없다는 거죠. 온전한 밀도를 유지하기 위해서는 수많은 노력이 필요하고 '작기 때문에 가능한' 그 포인트의 생명력을 극대화해야 하거든요. 그리고 그건 큰 브랜드를 유지하는 것 이상으로 힘들고 어려운 과제일지 모르고요.

그래서 스몰 브랜드를 다루는 분들이 더 존경스럽게도 느껴지나 봅니다. 그 작은 브랜드 속에서 큰 우주를 발견하는 재미를 느끼게 해주려면 일단 우주를 압축하는 것부터 시작해야 할 테니까요, 밀도의 비즈니스를 만들고 가꿔가는 일련의 과정에 박수를 보낼 수밖에 없는 거겠죠. '작다'라고 쓰고 '크다'라고 읽는다는 말은 이럴 때 써야 맞는 게 아닌가 싶습니다.

지속적인 키워드 관리를 위한
브랜드 인덱스 만들기

심리학자이자 신경과학자이며 우리에겐 《이토록 뜻밖의 뇌과학》이라는 책으로 알려진 리사 펠드먼 배럿Lisa Feldman Barrett 교수가 몇 년 전 흥미로운 주제 하나를 꺼내들었습니다. 그건 바로 '말하기 방법'에 관한 것이었는데요. 어떤 사람이 더 말을 잘하는 조건을 갖추고 있는가라는 물음에 대해 다음과 같이 대답한 것이 화제가 되었죠.

"말을 잘한다의 기준은 셀 수 없이 다양하겠지만 대표적인 것 중 하나가 **단어 선택의 적확성**입니다. 말을 잘하는 사람은 자신의 생각을 표현할 때 가장 적절하고 정확한 단어를 사용하기 때문에 듣는 사람들로 하여금 집중도를 떨어뜨리지 않죠. 물론 타고난 언어 감각도 무시할 수 없겠지만 저는 단연코 훈련의 결과가 더 크다고 생각합니다. 그들은 자신의 머릿속에 아주 빠르게 검색이 가능한 커다란 사전을 탑재하고 있거든요. 그리고 그 사전에 수록된 단어를 자기만의 법칙으로 '인덱싱'해서 사용하는 겁니다."

인덱스index라는 말은 라틴어로 두 번째 손가락인 '검지'를 뜻하는 단어로부터 그 유래를 찾을 수 있습니다. 옛날에도 사람들은 특정한 대상을 가리킬 때마다 주로 검지를 사용했고 그게 가리키다라는 의미의 라틴어인 indico로, 영어권에 이르러서는 indicate란 단어로 자리 잡게 된 것이죠. 그리고 이 단어는 여러 갈래로 파생되어 훗날 무엇인가를 알아보기 쉽고 추출하기 편하도록 부착해놓은 표식이나 색인 같은 것들을 뜻하는 index로도 바뀌게 됩니다.

제가 앞선 내용들을 통해서 BX 라이팅은 그저 고객이나 사용자들의 관심을 끌기 위한 수준의 글쓰기가 아니라는 말씀을 여러 차례 드렸고 브랜딩을 위한 글쓰기의 핵심은 마케팅을 포함한 다양한 영역에서 사용될 우리 브랜드의 자산을 만드는 일이라는 걸 강조했는데요, 사실 일을 해보신 분들이라면 무엇인가를 만드는 것만큼이나 그 결과물들을 관리하는 것이 훨씬 중요하고 어렵다는 걸 알고 계실 겁니다. 마치 돈을 많이 번다고 해도 이를 효율적으로 관리하지 못하면 결코 부자가 될 수 없는 것처럼 말이죠.

따라서 브랜드 페르소나, 키워드, 화법, 언어 이 모든 것을 잘 관리하기 위해서는 브랜드의 주요 워딩들을 잘 인덱싱 해놓는 것이 중요합니다. 다시 말해 우리 브랜드에 있어 주요한 가치를 가지는 단어 하나만 떠올리더라도 이게 어떤 과정을 통해서 추출된 키워드인지, 어떤 단어들로 확장될 수 있는지, 어느 정도의 비중으로 활용해야 하는지를 가늠할 수 있도록 정리의 기술을 발휘하는 것이죠.

브랜딩을 지속하고 싶다면 정리가 필요하다

정리의 여왕으로 불리는 라이프 컨설턴트 곤도 마리에는 "정리를 위해서는 쓰임새를 구분할 줄 알아야 한다. 어떤 이는 일 년에 한 번이나 쓸까 싶은 물건을 매일 보이는 자리에 두고 어떤 이는 매일 써야 하는 물건도 늘 어디에 뒀는지 까먹는다"라며 일침을 놓습니다. (왠지 뜨끔해하시는 분들도 적지 않을 거라고 생각하고요.)

가끔 브랜딩 과제를 요청한 부서들과 사전 워크숍을 진행할 때가 있습니다. 그때도 어김없이 업의 본질을 규정하고 해당 브랜드가 해야 할 일들을 정의하며 성격 위에 성향을 쌓아가는 방식으로 브랜드 페르소나를 만들죠. 그 과정에서 브랜딩 활동과 BX 라이팅에 필요한 여러 가지 키워드들을 발굴하게 되는데 사실 이 장면이 매우 인상적입니다. "와, 우리가 하는 일이 이렇게 명확하게 정리될 수 있는지 몰랐어요"라는 감탄부터 "그동안은 각자 하는 일에만 몰두하느라 전체 그림을 못 보고 있었는데 우리가 하는 활동들을 마치 저 하늘 위에서 한눈에 내려다보는 느낌이에요" 같은 찬사의 반응도 있거든요.

　브랜딩 실무를 하는 사람의 입장에서는 참 기분 좋은 일이지만 늘 감사의 인사에 앞서 당부의 말씀을 드립니다. '이런 작업을 오늘 한 번으로 끝내지 말고 꼭 주기적으로 반복하며 브랜드를 관리해나가야 한다'라고 말이죠. 브랜드를 체계화하고 브랜딩에 필요한 자산들을 기획하는 과정에서는 누구나 '이대로만 잘 실행해가면 엄청나게 사랑받는 브랜드가 될 거다'라고 확신하지만 실제로는 반대의 성적표를 받는 경우도 허다합니다. 그건 그들의 실행력이 부족해서라기보다 브랜드 요소들을 체계적으로 관리하는 데 소홀했거나 이 중요성을 간과한 채 두서없이 활용한 데서 패인이 드러납니다.

마치 곤도 마리에가 우리 집에 찾아와 기가 막힌 방식으로 정리를 해주고 갔다고 해도 며칠이 지나고서는 원래 생활하던 방식 그대로 살고 있는 것과 마찬가지죠. 따라서 이번 글을 통해서는 우리가 하나씩 실천하면서 얻은 BX 라이팅의 결과물들을 어떻게 해야 더 효과적으로 활용하고 관리할 수 있는지에 대해 이야기해보겠습니다.

키워드를 바탕으로 브랜드 맵을 만들어보자

혹시 첫 장에서 브랜드 키워드 찾는 방법을 다룰 때 본질 키워드, 가치 키워드, 상징 키워드에 대해 이야기했던 것 잊지 않으셨죠? BX 라이팅의 과정 중 가장 초기 단계에 해당하는 작업이었지만 사실 이 키워드들의 역할은 브랜드를 관리해나가는 데 있어서도 매우 중요하게 작용합니다.

실제 브랜딩 활동을 펼치다 보면 정말 다양한 결과물들이 쌓여가기 시작합니다. 공간에 부착될 한 장짜리 이미지부터 몇 개월에 걸쳐 제작되는 브랜드 필름, 제품 안에 기재되는 수많은 텍스트와 실시간에 가깝게 변화하는 광고 소재까지, 마치 다중우주를 방불케 하는 작업들이 이뤄지죠.

하지만 이럴 때일수록 일정 주기마다 한 번쯤 키워드를 기반으로 한 브랜드 맵을 만들어보는 것이 좋습니다. 브랜드 맵이란 우리가 초기에 설계한 세 가지 키워드들을 기준으로 분류했을 때 지금 생산되고 있는 작업물이 어느 키워드와 매칭될 수 있는지를 구분해보는 것입니다. 쉽게 말해 각 브랜드 요소가 본질 키워드, 가치 키워드, 상징 키워드 중에서 어떤 부분에 더 중점을 두고 탄생한 것인지를 살펴보는 거죠.

이렇게 키워드를 바탕으로 브랜드 맵을 만들면 크게 두 가지 장점이 있습니다. 하나는 현재 우리가 어떤 키워드에 많이 치중하면서 브랜드 자산들을 쌓아가고 있는지 알 수 있다는 것이고 다른 하나는 이 세 가지 키워드에 부합하지 않는 브랜드 자산들을 선별해낼 수 있다는 것이죠. 물론 요즘처럼 즉각적이고 즉흥적인 커뮤니케이션이 많이 일어나는 환경에서 모든 브랜드 활동을 이 브랜드 맵에 일치시킬 수는 없지만 적어도 주요한 키워드들 중 그 어느 것에도 속하지 않는 요소들이 늘어난다는 건 분명히 확인이 필요한 지점입니다.

만약 이마저도 귀찮거나 번거롭다고 생각하는 분들은 클라우드나 생산성 툴에 브랜드 키워드 별 폴더를 만들어서 각 작업물을 분류해보는 것도 괜찮습니다. 이것만으로도 브랜드 맵을 만드는 것과 비슷한 효과를 낼 수 있거든요. 핵심은 키워드에 맞게 브랜드 자산을 관리하는 것이니 여러분이 일하는 여건에 맞게 활용해보는 것이 좋습니다.

워딩 펜스Wording Fence를 아시나요?

뜬금없지만 이런 질문을 하나 드려보겠습니다. BX 라이팅의 성공과 실패는 과연 어떻게 구분할 수 있을까요? 어쩌면 브랜드의 핵심이 되는 개념이나 콘셉트를 제대로 도출하지 못한 것에서 판가름이 날 수도 있고, 브랜드 키워드나 워딩을 만드는 과정은 유려했으나 실제로 업무 현장에서 쓰이기에는 한계가 있을 때 그 성공 여부가 도마에 오를 수도 있겠죠.

그런데 저는 BX 라이팅에 있어 최악의 실패로 규정할 수 있는 한 가지 사례가 분명히 존재한다고 생각합니다. **바로 고객들이 우리가 만든 말과 글을 보고 다른 브랜드를 떠올릴 때죠**. 예를 들어 A라는 키워드만 듣고도 곧바로 우리 브랜드를 떠올리도록 열심히 브랜딩했는데 정작 소비자들은 A를 보고 다른 브랜드를 연상하는 상황이 발생하는 겁니다. 사실 브랜드를 만드는 사람의 입장에서 이 정도로 뼈아픈 실패는 없을 거예요. 그토록 열심히 고민하고 정성껏 만들어서 정작 남 좋은 일이 되게 하다니요. 생각만 해도 아찔한 순간이 아닐 수 없습니다.

이런 비극(?)을 막기 위해서는 우리 브랜드를 지킬 수 있는 워딩 펜스를 만드는 것이 유리합니다. 말 그대로 울타리를 치는 것과 같이 다른 브랜드의 자산과 우리의 자산이 섞이지 않도록 하는 것이죠. 워딩 펜스를 만들기 위해서는 어떤 상황에서도 우리 브랜드의 가장 큰 차별화 포인트가 되어줄 수 있는 키워드나 워딩을 발굴하는 작업이 먼저 이뤄져야 합니다. 그리고 이건 우리가 앞서 살펴본 3가지 브랜드 키워드 중 '가치 키워드'에서 그 힌트를 얻을 수 있죠.

한 번 더 설명해드리면 가치 키워드는 브랜드의 본질을 차별화해주는 키워드입니다. 때문에 이 키워드를 중심으로 핵심이 되는 말과 글을 지속해서 생산한다면 이는 다른 경쟁자들이 쉽게 넘볼 수 없는 단단한 장벽이 되는 것이죠.

한국에선 초코바라고 불리는 초콜릿 바 형태의 제과 제품 중 세계 1위 브랜드는 단연 스니커즈SNICKERS입니다. 글로벌 제과업체인 마즈Mars에서 생산하는 스니커즈는 세계 어느 곳을 가도 마켓이나 편의점 같은 식료품점에서 쉽게 만나볼 수 있어서 초콜릿계의 맥도날드라는 별명도 가지고 있죠. 그런데 놀라운 건 미국 시장 안에서만 전국 단위로 유통되는 초콜릿 바 브랜드가 수천 개에 달한다는 사실입니다. 하지만 스니커즈는 100년에 가까운 역사 동안 단 한 번도 1위 자리를 내주지 않았죠.

거기엔 여러 가지 요인이 있겠지만 브랜드의 역량도 한 몫 톡톡히 했습니다. 바로 스니커즈의 '배고픔 타파' 전략이 제대로 먹혀들었기 때문이죠. 스니커즈는 수십 년간 '배고플 때

허기를 달래줄 수 있는 간식'으로 본인들의 제품을 어필했습니다. 그중엔 '배고플 때 넌 네가 아니야You're Not You When You're Hungry'라는 역사적인 문구도 있었고, 우리나라에서도 크게 히트를 했던 '출출할 땐, 스니커즈'라는 광고 카피도 있었죠.

이처럼 스니커즈는 두툼한 두께와 고열량의 제품 속성을 앞세워 허기를 달래는 데 도움이 되는 식품으로 자신들의 브랜드 키워드를 구체화해나갔고 그 결과 전 세계인의 인식 속에 '스니커즈 하나면 어느 정도 배고픔이 해결된다'는 메시지를 심는 데 성공했습니다.

심지어 요즘 10대들이 즐겨 쓰는 은어인 'Hangry(짜증 날 정도로 배고픔)'라는 단어를 아예 제품명에 삽입한 특별판을 선보이기도 했고요. 그러니 다른 초콜릿 바 브랜드가 스니커즈

보다 더 좋은 재료들로 어필해보려 해도 '배고픔'이라는 키워드를 선점할 수는 없었죠. 스니커즈에겐 그게 엄청난 워딩 펜스이니까 말이죠.

스니커즈의 사례를 통해 알 수 있듯이 좋은 워딩 펜스 하나는 돈을 쏟아부어도 쉽게 구축할 수 없는 중요한 브랜드 자산이 됩니다. 브랜딩의 핵심은 고객의 인식을 점유하는 데 있고 안타깝게도 고객의 인지력은 무한하지 않으니 우리는 늘 다른 브랜드들과 마치 땅따먹기 게임을 하듯 인식의 싸움을 벌여야 하는 게 현실이죠. 그러니 워딩 펜스는 가치 키워드를 찾는 단계에서부터 미리 그 역할을 구체화해보는 게 좋습니다. 누군가와 차별화될 수 있다는 건 누군가의 공격으로부터 우리를 방어할 수 있는 무기를 갖췄다는 얘기이니 말입니다.

회고와 업데이트의 중요성

초등학생 자녀가 있는 친구로부터 재미난 이야기를 들었습니다. 아이가 방학 숙제로 가훈을 만들어가야 한다고 해서 가족 모두 둘러앉아 열심히 토론한 끝에 겨우 하나를 정했다고 하더라고요. 그런데 다음 해 둘째 아이가 똑같은 숙제를 받아와서 우리 집 가훈이 뭐냐고 묻자 가족들 중 제대로 기억하는 사람이 없었다고 합니다. 웃고 넘길 수도 있었지만 친구는 이 문제를 해결하고자 매년 마지막 날인 12월 31일에 가훈을 점검하는 시간을 갖기로 했다고 해요. 그리고 혹시라도 가훈이 마음에 들지 않으면 내년에는 새로운 것으로 바꿔보자는 합의까지 했단 후문입니다.

혹자는 그렇게 매번 바뀌는 게 어떻게 가훈이냐고 반문할 수도 있지만 개인적으로는 평소 까마득히 잊고 사는 유명무실한 가훈보다는 매해 체크하고 업데이트 되는 가훈이 훨씬 좋다고 생각합니다. 그래야 그 가치와 목표가 가족 구성원들의 삶에 조금이라도 더 녹아들 수 있을 테니 말이죠.

저는 이 이야기를 듣자마자 제가 하고 있는 일이 제일 먼저 떠오르더라고요. 앞서 말씀드렸듯이 브랜딩은 훌륭한 목표와 체계적인 설계도 중요하지만 이 모두를 꾸준히 실행하고 발전시켜나갈 수 있는 힘이 반드시 필요합니다. 그러려면 마치 가훈을 업데이트해나가는 것처럼 브랜드 요소들을 매번 체크하고 수정하고 또 업데이트하는 과정이 필수적으로 뒤따라야 하죠.

이를 위해 제가 자주 사용하는 방법이자 누구나 따라 하기 쉬운 방법 두 가지를 소개해보려고 합니다.

첫 번째 방법은 이미지 검색을 적극 활용하는 것입니다. 저는 제가 발굴한 키워드나 핵심이 되는 워딩들을 주기적으로 구글에 검색해서 새로운 정보나 반응이 있는지를 체크합니다. 그중 가장 많이 활용하는 것은 바로 이미지 검색인데요, 우리 브랜드가 중요하게 생각하는 키워드가 최근에는 어떤 형태로 소비되고 있는지, 경쟁 업체나 다른 산업군에서 유사하게 활용하고 있는 사례가 있는지를 확인해보기 위함입니다.

사실 이건 동향을 살피는 것이기도 하지만 우리 키워드가 제대로 작동하고 있는지 스스로를 체크하고자 하는 목적이 더 큽니다. 멋진 키워드를 발굴해놓고도 그 쓰임새나 활용 폭이 낮다면 제대로 된 BX 라이팅이라고 할 수 없을 테니 말이죠.

두 번째 방법은 프로젝트마다 주요한 키워드들을 해시태그 형태로 붙이는 것입니다. 저는 이 방식을 정말 간단하게 활용해보고 있는데요, 바로 프로젝트 문서의 제일 앞에 해당 프로젝트에 녹여낼 예정인 주요 개념과 키워드들을 해시태그로 표현해주는 겁니다. 그리고 나중에 프로젝트가 끝날 무렵에는 이 키워드를 중심으로 해당 프로젝트를 리뷰하는 '키워드 리뷰'라는 장표를 한 장 추가해서 공유하죠. 그럼 프로젝트를 시작할 때도 주요한 키워드와 워딩들을 중심으로 우리의 활동들을 바라보게 할 수 있고, 하나의 과제가 끝난 후 회고를 하는 자리에서도 우리가 발굴한 키워드들이 실제로 현장에서 잘 동작하는지를 함께 확인할 수 있습니다. 다시 말해 상위 기획의 관점에서 뽑아낸 브랜드 자산들이 이름뿐인 존재로 전락해 먼지만 쌓여가고 있는지 아니면 열심히 활약하며 스스로 계속 발전해나가고 있는지 점검해보는 거죠.

더 나은 변화를 위해

"창작하면 예술이 되고 관리하면 비즈니스가 된다."

미국 패션문화의 상징을 만들었다고 평가받는 디자이너 랄프 로렌Ralph Lauren의 말입니다. 그리고 저는 이 말을 제 직무의 좌우명처럼 삼고 있죠.

요즘이야 브랜딩이라는 단어가 영역을 막론하고 여기저기 붙어 있지만 사실 공략하고자 하는 타깃이 있거나 완수하고자 하는 목표가 존재하는 이상 브랜딩 역시 최종 종착지는 비즈니스의 성공임이 분명합니다. 그러니 겉으로 보면 크리에이티브한 것들을 마구 발산하는 일처럼 보여도 실제로는 치밀하고 정교한 관리가 필요한 분야가 바로 브랜딩이라고 할 수 있죠.

그중에서도 말과 글을 다루는 BX 라이팅은 관리의 중요성이 더더욱 강조되는 분야입니다. 다른 브랜딩 요소들은 눈에 보이는 비주얼을 가지고 있거나 손에 잡히는 물성을 지니고 있어서 그나마 관리가 효율적으로 이뤄질 수 있지만 본질적인 개념과 텍스트를 중심으로 형성된 BX 라이팅은 관리가 소홀해지는 순간 봄 햇살에 눈 녹듯 아주 쉽게 휘발되어버리기 때문이죠. 그래서 브랜드에 필요한 말과 글은 더 지속적이고 깊이 있는 관리가 필요한 영역임이 분명합니다.

이번 글에서는 인덱스라는 개념을 통해 정리와 관리, 업데이트의 중요성을 거듭해서 강조했는데요, 개인적인 생각이긴 하지만 저는 브랜드에 있어서든 우리의 삶에 있어서든 정리가 필요한 본질적인 이유는 딱 하나라고 생각합니다. **바로 더 나은 변화를 맞이하기 위해서죠.** 아마 정리 정돈에 관심이 많은 분들은 공감하실 텐데요, 있어야 할 것들이 제자리에 있고 불필요한 것들이 사라지기 시작하면 이른바 여유 공간이라는 게 생깁니다. 우리가 큰맘 먹고 대청소를 하고 나면 '내 방이 원래 이렇게 넓었었나?'라고 느끼는 것도 같은 이유죠.

그리고 이런 여유 공간을 확보하고 있으면 새로운 물건 하나를 들여놓을 때도 판단이 쉬워집니다. 지금 내 방에 있는 것들과 잘 어울리는지, 오랫동안 쓸모 있게 사용할 수 있을지, 괜히 불필요하게 공간만 차지하게 되지는 않을지에 대한 확인이 순조롭게 이뤄지는 거죠. 그럼 작은 변화 하나를 수용할 때도 현명한 판단을 할 수 있습니다. 정리와 관리가 주는 이로움이 그저 위생적인 환경과 심미적인 만족감에만 머무는 게 아니라는 증거죠.

그러니 여러분 역시 이 책에 나오는 모든 개념을 실제로 다 따라 할 수는 없더라도 어디서부터 시작해 무엇을 꾸준히 해나갈 수 있을지부터 고민해보면 좋겠습니다. 마치 제가 소개한 개념과 방법들을 여러분 나름의 인덱스로 정리해보는 거라고도 할 수 있겠네요. 그리고 그렇게 완성된 하나의 인덱스가 여러분의 일과 삶에 더 나은 변화를 가져올 수 있다면 저는 더 바랄 게 없을 것 같습니다.

우리 브랜드의 다음 세대를 책임질
Next Word는?

제 친구 중 한 녀석은 자동차 회사에서 디자인 연구원으로 일하고 있습니다. 자주 보진 못해도 가끔 만나면 서로의 업계 동향 얘기를 주고받곤 하는데 마침 그날은 친구가 오랫동안 준비한 신차가 언론을 통해 공개된 날이기도 했습니다. 축하의 덕담과 함께 '이제 한숨 돌릴 수 있어 좋겠다'라는 부러움 섞인 말을 건넸더니 돌아오는 대답이 실로 놀라웠죠.

"아냐. 이제 다음 모델 바로 준비해야 돼. 이미 엔지니어 분들은 개발에 들어갔고 나는 다음 주부터 합류하기로 했어."

무려 6년 만에 내놓는 새로운 모델을 선보이자마자 다시 다음 세대 모델을 준비해야 한다는 말에 적잖이 충격을 받았던 기억이 납니다. 그런데 비슷한 산업군에 종사하는 분들 이야기를 들어보니 그다지 놀라지 않는 반응들이더라고요. 당연히 하나의 제품이 나오면 곧바로 다음을 준비해야 하는 게 자연스런 수순이고 요즘엔 그마저도 늦다고 판단해 두 세대를 내다보고 미리 개발 프로젝트에 착수하는 경우도 많다고 했습니다. '끝은 곧 새로운 시작'이라는 말이 그렇게 크게 체감되었던 적은 없었죠.

생존을 위한 변화가 요구되는 시대

기나긴 여정 끝에 저희 역시 브랜딩을 위한 글쓰기의 마지막 이야기만을 남겨놓고 있습니다. 아마 그동안 펼쳐놓았던 내용 중에는 여러분께서 지금이라도 당장 실천해볼 수 있을 정도로 쉽고 간단한 방법도 있었을 테고 한편으로는 어느 정도 준비와 용기가 동시에 필요한 부분도 있었을 거라고 생각하는데요. 어떠한 형태로든 여러분이 브랜딩 일을 함에 있어, 또 브랜드에 대한 관심과 애정을 갖는 데 있어 마이너스가 아닌 플러스로 작용했으면 좋겠다는 마음입니다.

사실 마지막 글의 주제는 책을 준비하는 과정 속에서 일찌감치 확정 지어놓고 있던 주제이기도 합니다. 제목에서 확인할 수 있듯이 우리 브랜드의 다음 세대를 책임질 Next Word 찾기가 바로 그것이죠.

빠르게 변한다는 말조차 무색할 정도로 우리가 사는 모든 영역은 급속도로 바뀌어가고 있습니다. 잠들 때 세상이 다르고 눈뜰 때 세상이 다르다는 말을 그저 농담으로만 받아들일 수 없는 시대가 된 것이죠.

마찬가지로 브랜드와 관련한 분야 또한 치열한 전투가 벌어지고 있습니다. '백화점은 팝업 스토어 구경하러 가는 맛'이라는 분위기가 만연할 정도로 전통적인 소비 매체들 역시 매주 새로운 무엇인가를 만들어내고자 노력 중이고 유튜브에 올라오는 영상들의 썸네일만 보더라도 '○○○는 이제 옛말, 요즘은 △△△가 대세'라는 문구가 매시간 앞다퉈 등장하고 있으니 말입니다. 필요에 의한 변화보다 생존을 위한 변화가 절실해진 시대 속에서 브랜딩을 고민하고 브랜드를 관리해야 하는 숙명을 떠안은 존재들이 바로 저희와 같은 사람들인 것이죠.

Next를 위한 질문, Word를 찾는 대답

우리가 Next Word를 찾아야 하는 이유도 바로 여기에 있습니다. 지금 가장 핫하다는 브랜드가 언제까지 그 명성과 인기를 유지할 수 있을지 확신하기 어려운 데다 머지않아 새로운 트렌드가 등장하게 되면 그동안 브랜드 안에서 잘 작동하던 요소들이 더 이상 고객들에게 먹혀들지 않을 수도 있기 때문이죠. **따라서 브랜드를 만들고 관리하는 사람은 눈앞에 있는 과제들 못지 않게 앞으로 우리 브랜드가 나아가야 할 방향과 정체성에 대해서도 고민해야 합니다.**

Next Word 찾기는 그중에서도 가장 효율적이고 현실적인 방법이라고 할 수 있습니다. Next Word 찾기를 한 줄로 정의하자면 '지금껏 우리가 해온 BX 라이팅의 요소들을 다가올 미래형으로 바꿔보는 것'이라고 할 수 있습니다. 즉 변화하는 산업과 트렌드 속에서도 우리가 세운 개념들이 여전히 유효할지 또 업의 본질이 바뀌고 특정한 기술이 발전하는 시점에서 우리가 새롭게 보완해야 하는 것들은 무엇인지를 알아보는 것이죠.

대신 이 모든 과정을 브랜드를 둘러싼 말과 글로 풀어내 보는 겁니다. 그러니 큰 비용과 시간은 들이지 않으면서도 앞으로 우리가 마주하게 될 과제를 선행하는 효과를 볼 수 있죠.

따라서 지금부터는 Next Word를 찾기 위해 스스로에게 던져 봐야 하는 질문 몇 가지를 소개하며 그 질문에 답을 찾는 방식 으로 미래형 BX 라이팅의 과정을 한번 소개해보겠습니다.

Q. 우리의 미래 경쟁자는 어떤 산업의, 어떤 브랜드가 될까?

2000년대 초반 스포츠 업계에서는 재미있는 분석 보고서가 하나 등장했습니다. 바로 '나이키의 경쟁자는 닌텐도다'라는 주장을 담은 보고서였죠. 아이들이 게임에 빠져 점점 운동에 흥미를 잃기 시작하는 현상을 분석하며 이는 장차 나이키의 매출 하락으로도 이어질 것이라는 내용이었습니다. 당시에도 반응은 극명하게 엇갈렸습니다. 한쪽에서는 그럴듯한 분석이 라며 고개를 끄덕였지만 다른 한쪽에서는 지나친 비약이라며 분석 결과를 조롱하기도 했죠. 그렇다면 정작 이 게임의 주체 가 되는 나이키는 어떤 반응을 보였을까요?

나이키가 이 보고서 하나로 새로운 시대를 준비했다고 평하기엔 무리가 있겠지만 그들은 일찌감치 디지털 전환의 중요성을 인식했습니다. 디지털의 흐름은 결코 거스를 수 없 는 것이니 오프라인 활동 속에서 느껴지는 재미와 다이내믹 함을 온라인에서 풀어내지 못한다면 앞으로의 세대를 선점할 수 없다는 사실을 알아차린 것이죠. 그렇게 나이키는 약 10년 가까이 지속적으로 디지털 전환에 사활을 걸었습니다. 그 결과 2008년 애플과의 협업으로 아이팟 호환이 가능한 러닝화를 처음 선보였으며, 2012년에는 전 세계 러닝 매니아들을 열광하게 한 나이키 러닝 클럽NRC 앱을 탄생시켰죠. 더불어 2019년에는 대형 유통 플랫폼을 거치지 않고 직접 고객에게 제품을 판매하는 D2CDirect to Customer 전략을 내걸며 같은 해 9%에 불과하던 자사 온라인 매출을 2023년 27%까지 끌어올리는 기염을 토했습니다. 경쟁자로 손꼽히던 아디다스가 디지털 전환에 실패해 매년 매출이 하락하는 것과 비교하면 십수 년 전부터 체계적으로 준비해온 그 과정이 얼마나 중요했는지 실감할 수 있죠.

이처럼 Next Word를 찾기 위해서는 우선 우리가 속해 있는 산업이 최소 5년, 길게는 10년 후에 어떤 변화를 맞이하게 될지 예측해봐야 합니다. 그리고 그 변화 속에서 어떤 브랜드가 우리의 잠재적인 경쟁자가 될 수 있을지를 상상해보는 것이 정말 중요합니다.

만약 이 부분을 간과하고 그저 눈앞에 있는 시장상황에만 집중한다면 이는 머지않아 큰 의미가 없어질지도 모르는 분야에 지속적으로 투자하고 있는 것과 마찬가지입니다. 그렇게 트렌드에 뒤처진 모습을 몇 번 보이다 보면 우리 브랜드는 더 이상 시대를 앞서가는 선도적인 느낌을 주는 브랜드가 될 수 없고 결과적으로는 고객들에게 어떠한 두근거림도 선물할 수 없는 존재가 되고 맙니다. 한때 여러분이 그토록 애정했던 브랜드들 중에 이제는 그 이름과 로고조차 가물가물한 브랜드들이 많을 텐데요, 우리가 직접 기획하고 만드는 브랜드가 누군가에게 그런 기억으로 남는다고 상상하면 그것만큼 슬픈 일도 없죠. 그러니 Next Word 찾기는 브랜드의 멋진 청사진을 그리는 게 아니라 생존에 필요한 새로운 자원을 찾는 것에 더 가까운 작업이라 할 수 있습니다.

Q. 100년 뒤에도 우리가 이어가고 있을 본질은 무엇일까?

첫 번째 질문에 대해 가장 크게 오해하는 부분은 '무조건 다 바꿔야 한다'는 인식을 갖는 것입니다. 하지만 어떠한 브랜드도 모든 것을 바꾸며 성장해나가지는 않습니다. 그런 식이라면 새로운 브랜드 하나를 만드는 게 훨씬 효과적인 일일 테니까요.

대신 이어지는 이 질문에 대한 대답을 고민하다 보면 Next Word 찾기에 대한 방향성이 조금은 선명해질지 모릅니다. 바로 '100년 뒤에도 우리에게 계속 유효한 본질적인 가치는 무엇일까?'에 관해 생각해보는 것이죠. 다시 말해 당장 5년 앞을 위해서 지금 즉시 체질을 바꾸고 변화를 받아들여야 하는 부분이 있나 하면, 아주 긴 시간이 흐른 뒤에도 여전히 우리가 추구하는 가치라고 말할 수 있는 부분이 있음을 인지하는 겁니다.

다시 한번 나이키의 사례를 들어보겠습니다. 약 20년 전의 나이키가 그랬듯 지금의 나이키 역시 새로운 시대를 준비하고 있습니다. 메타버스나 NFT 같은 분야는 이미 일찌감치 선점해나가고 있고 최근 뉴스를 통해서는 VR과 AR 기술을 자사 제품에 녹여내는 실험을 진행 중이라는 소식이 들려오고 있으니 말이죠.

하지만 그런 나이키도 절대로 양보할 수 없는 한 가지 중요한 가치를 가지고 있습니다. 그건 바로 '스포츠가 주는 경이로움'이라는 가치죠. 즉 앞으로 어떤 시대가 오더라도 인간이 육체 활동을 통해 한계에 도전해나가는 그 즐거움과 놀라움은 결코 등한시될 수 없다는 것을 나이키 스스로 잘 알고 있는 겁니다. 그러니 나이키는 스포츠의 범위를 어디까지 넓힐 수 있는가 혹은 즐거움과 경이로움을 어떤 형태로 정의할 수 있는가에 대한 고민을 이어갈 뿐 본질에 대한 자신들의 믿음은 쉽게 흔들지 않습니다. 그게 나이키라는 브랜드를 지탱해주는 뿌리이자 본진本陣이라는 것을 명확히 이해하는 데서 오는 자신감이죠.

거대한 OTT 제국을 건설한 넷플릭스도 마찬가지입니다.

2022년 전 세계적으로 엔데믹의 분위기가 점차 고조되면서 OTT 가입자 수의 증가폭이 둔화되자 넷플릭스는 투자자들로부터 거센 공격을 받았습니다. 앞으로 넷플릭스가 어떤 전략을 펼칠 것인지 보여 달라는 것이었죠. 그때 넷플릭스의 COO 출신이자, 창업자인 리드 헤이스팅스에 이어 현재 기업을 이끌고 있는 그렉 피터스가 이렇게 답변했습니다.

"우리는 엔터테인먼트 생태계를 만드는 기업입니다. 그리고 그 생태계 속에서 더 큰 즐거움을 얻고자 하는 사람들에게 수많은 옵션을 제공할 겁니다. 그게 우리의 서비스이고, 그게 우리의 비즈니스입니다."

추후 유료 광고제를 도입하겠다는 넷플릭스의 발표는 큰 후폭풍을 낳았지만 기업 전망을 분석하는 〈월스트리트〉에서는 다음과 같은 평가가 주를 이뤘습니다.

'적어도 넷플릭스는 자신들이 무엇을 해야 하는지 알고, 어디로 나아가야 하는지 아는 집단이다. 그들의 다음 서비스가 스트리밍이 아닐 순 있어도 그들의 다음 목표가 엔터테인먼트가 아닐 수는 없다.'

이렇듯 긴 시간 후에도 우리의 브랜드를 단단히 지탱해 줄 무엇인가를 찾으려면 '본질 키워드'에 주목해봐야 합니다. 앞서 브랜드 인덱스를 만드는 과정이 '가치 키워드'를 활용하는 것이었다면 Next Word를 찾는 여정은 본질 키워드가 그 이정표가 되어주는 것이죠.

이때는 본질 키워드를 향해 다시 두 가지 질문을 던져봐야 합니다. 첫째는 '우리 브랜드에 있어서 이 키워드는 얼마만큼 유효할 수 있을까'이고, 두 번째는 '만약 이 키워드가 유효하지 않게 된다면 그건 어떤 요인들 때문일까'를 묻는 겁니다. 풀어서 설명하면 우리의 본질을 흔들어놓을 만큼의 파급력이 있는 것들에는 무엇이 있을까를 먼저 고민한 다음, 어떤 시대가 오면 그런 요소들이 우리 브랜드에 직접적인 영향을 줄까를 고민해보는 거죠.

그런 다음에도 우리의 키워드가 여전히 긴 시간 동안 매력적인 본질로 작동할 수 있는 키워드라는 확신이 든다면 다시 한 단계씩 시선을 이동해보면 됩니다. '본질 키워드에 이어 가치 키워드 역시 여전히 유효할 수 있는지', '상징 키워드의 수명은 어디까지 이어질지' 등을 하나씩 체크해보는 거죠. 아마 본질 키워드에 어느 정도 확신이 있다고 해도 이 두 가지 질문에 대해서는 또 명확한 확신이 들지 않을 수도 있습니다.

그렇다면 여기서부터 다시 논의를 확장해볼 수 있죠. Next가 되는 가치 키워드, Next가 되는 상징 키워드를 재정의함으로써 우리 브랜드가 나아갈 미래의 방향성을 조금씩 잡아가는 겁니다.

Q. 매체의 변화 속에서 우리의 말과 글은 어떻게 달라질까?

제가 회사에 입사해서 처음 사회생활을 시작하던 시절은 PC 기반의 플랫폼들이 모바일로 막 전환되던 시기였습니다. 그때만 해도 스마트폰에서 링크를 누르면 여전히 PC 페이지가 열리는 웹사이트들이 수두룩했죠. 심지어 UX라는 개념도 명확하게 자리 잡지 않았던 때라 PC에 존재하는 기능들을 그저 모바일 안에 이리저리 욱여넣는 정도의 환경을 보여주는 곳도 많았습니다.

이게 아주 먼 과거 같지만 불과 10여 년 전의 이야기입니다. 단 10년 만에 모바일의 시대, 1인 미디어의 시대, 자율주행의 시대, 인공지능의 시대까지 넘어온 것이죠. 이렇게 생각하면 1년이라는 시간 단위 속에서 발전하고 변화하는 것들의 수준은 이제 상상을 초월합니다. 지금 이 책을 읽고 계신 시점으로부터 1년 뒤의 미래에는 또 어떤 것들이 우리의 생활 깊숙이 그 존재감을 드러낼지 쉽게 예측하기 어려운 게 사실이죠.

그럼 시각을 조금만 틀어보겠습니다. 빛의 속도를 연상케

하는 이런 발전 속도 속에서 말과 글은 어떻게 진화하고 있을까요? 아니, 조금 더 정확히 얘기하면 '하나의 브랜드를 둘러싼 말과 글'은 어떻게 진화해야 맞는 걸까요? Next Word 찾기에 대한 마지막 물음은 여기서부터 한번 출발해보고자 합니다.

본격적인 답을 하기 전에 한 가지 정확히 하고 넘어가자면 말과 글의 변화를 예측하는 것은 단순히 말투나 화법의 변화에만 국한된 것은 아닙니다. 즉 요즘 세대의 용어, 트렌디한 화법, 유행어를 빠르게 습득하고 활용하는 능력들에 중심을 둔 이야기는 아닌 거죠.

대신 훨씬 원초적인 물음을 던져볼 필요는 있습니다. '사람들은 무엇을 말과 글로 표현하고 싶어 하는가?', '어떤 페르소나가 사랑받고 있으며, 무엇을 자기다움으로 규정하고 있는가?'와 같은 물음이죠. 이게 왜 Next Word 찾기와 연관이 있을까 싶으시겠지만 앞으로의 미래를 예측하기 위해서는 단순히 기술과 환경적 요인에만 집중할 수는 없습니다. 가장 중요한 건 브랜드를 받아들이고 이해할 소비자들의 인식 변화를 체크하는 것이니 말이죠.

예를 들면 이런 겁니다. 모바일 환경이 최적화되고 짧은 재생 시간의 숏폼 콘텐츠들이 주목받기 시작하면서 사람들은

Part 5 지속 가능한 BX 라이팅이란

점점 날것의 언어에 관심을 기울이기 시작했습니다. 정제되지 않은 말들로 소통해도 크게 신경 쓰지 않고, 시작하는 멘트와 정리하는 멘트가 없어도 전혀 어색해하지 않는 거죠. 내가 원하는 정보에 빠르게 접근할 수 있고 내가 원하는 재미와 의미를 적절히 얻을 수만 있다면 그 외 요소들의 중요성은 거의 제로에 가까워지기 때문입니다.

모든 콘텐츠 전반에 이런 숏폼 트렌드가 적용되었다고 볼 수는 없지만 짧고 임팩트 있게 소통하기 원하는 시대의 흐름은 브랜드 페르소나와 언어, 화법을 만드는 데도 큰 영향을 줄 수밖에 없습니다. 브랜딩은 특정한 타깃을 향해 팬심을 자극하는 행위이기도 한데 그 팬들이 점점 무엇을 더 좋아하게 되는지를 예측하지 않고선 좋은 브랜드 자산을 만드는 게 불가능하니까요, 우리 브랜드가 사람들에게 인식되는 그 과정 속에서 어떤 매개체들이 필요한지를 수시로 체크해야 하는 이유이기도 하죠.

따라서 BX 라이팅을 의미 있게, 제대로, 긴 호흡으로 잘하고 싶다면 기술의 발전 못지않게 사람들의 문화와 언어에 깊은 관심을 기울여야 합니다. 세상의 모든 발전은 공급과 수급으로 이뤄진다고 하는데 어떤 것들이 공급되는지에 대한 예측만큼이나 이를 수용하는 대상의 변화 역시도 심도 있게 관찰해야 그에 걸맞은 대응을 할 수 있죠. 그러니 우리에게 주어진 과제는 결코 가볍지 않음이 분명해 보입니다.

여러분의 Next는 어떤 모습인가요?

글의 초반에 소개한 친구 얘기를 조금 더 해볼까 합니다. 다음 세대 모델의 자동차를 준비한다는 친구의 말에 제가 "미래의 자동차는 어떤 모양이 되는 거냐?"라며 순수한 호기심을 담은 질문 하나를 던졌습니다. 그랬더니 친구는 꽤 진지한 표정으로 이런 대답을 들려주었습니다.

"며칠 전 회의에서도 이런 말을 했어. '이제 우리가 정말 자동차를 디자인하고 있는 것인지 잘 모르겠다. 어쩌면 우리는 이동이 가능한 미래 플랫폼의 초기 형태를 잡아가고 있는 것일 수도 있다'라고 말야. 그래서 요즘은 자동차 디자인 대신 다른 사물들의 디자인을 훨씬 주의 깊게 보려고 노력해. '사람이 탈 수 있는 것', '이동이 가능한 것' 이 두 가지 빼고는 아예 자동차라는 개념을 생각 안 하려고 하거든."

어쩌면 길에 마차밖에 다니지 않던 시절 처음 자동차를

Part 5 지속 가능한 BX 라이팅이란

발명한 사람 역시 이런 생각에서 출발하지 않았을까 싶었습니다. 자의에 의해서든 타의에 의해서든 시대의 변화라는 화두 앞에 내가 해야 할 것을 새롭게 정의해가는 친구의 모습이 참 멋져 보이기까지 하더라고요.

그리고 그 순간 제가 하는 일도 다시금 되돌아보게 되었습니다. 지금 제가 담당하고 있는 브랜드를 두고 누군가 '이 브랜드의 미래는 어떤 모습인가요?'라는 질문을 던진다면 저는 어떤 대답을 할 수 있는지 스스로도 궁금해졌거든요. 무엇보다 앞으로의 시대에서도 여전히 유효한 알맹이만 남겨보라는 주문에는 어떤 것들이 제 두 손에 들려 있을지 두근두근하는 마음으로 고민해보기도 했습니다.

꽤 오랜 시간 브랜딩과 관련한 일을 해오고 그 안에서 말과 글을 중점적으로 다루는 일을 하면서 느낀 한 가지가 있다면 저는 꽤 '생생한 직업을 골랐다'는 사실입니다. 좋은 사람이 되어가는 과정을 공부하듯 좋은 브랜드를 만드는 과정을 배워가고 있고, 그렇게 알게 된 나름의 노하우들은 일에서뿐 아니라 삶에도 적용해보며 살아가고 있거든요. 그러니 어느 한 쪽에 치우쳐 있는 직업이 아니라 모든 것으로부터 영향을 받고 또 수많은 것들에 영향을 줄 수 있는 일이라는 생각이 들었습니다. 이 모든 과정이 저라는 사람에겐 꽤 생생하게 다가오는 경험인 것이죠.

여러분은 어떠신가요? 만약 여러분이라는 사람을 브랜드라고 가정해본다면 앞으로 어떤 것이 여러분의 삶에 절대적인 영향을 끼칠지, 세대를 거듭하면서 여러분의 페르소나는 어떻게 변해갈지, 그럼에도 불구하고 100년 뒤에도 여전히 여러분의 본질이라고 할 수 있는 것은 무엇인지 무척 궁금합니다. 물론 뾰족한 대답을 할 수 없더라도 괜찮습니다. 질문에 답을 찾는 과정만큼이나 질문 자체를 품고 있는 것 역시 의미 있는 거니까요. 언젠가는 여러분 스스로 그 답을 찾고 그 답에 맞는 삶을 살 수 있을 거라 믿어 의심치 않습니다.

epilogue

혹시 여러분은 지금 하고 있는 일에 가장 큰 영향을 준 인물이 누구냐는 질문을 받는다면 어떤 사람이 먼저 떠오르시나요? 어쩌면 나와 처음으로 호흡을 맞춘 사수를 떠올리는 분도 있을 테고 나에게 이 분야를 추천해준 선배나 교수님이 생각나는 분도 있을 겁니다. 혹은 나보다 몇 걸음 앞서 뛰어난 성과를 낸 롤 모델이 있을 수도 있고 비록 일면식은 없지만 늘 마음속으로 동경하고 존경하는 멘토 같은 사람도 있겠죠.

　제게도 그런 인물이 있습니다. 바로 19세기 후반 남극 탐험에 도전했던 위대한 탐험가 어니스트 섀클턴Ernest Shackleton

이라는 사람입니다. 브랜드 마케터와 남극 탐험가의 조합이라니, 그것도 250년 가까운 시간의 벽을 훌쩍 뛰어넘어 받는 영향이라니. 고개가 절로 갸웃거려지는 것을 충분히 이해하고도 남습니다.

새클턴은 1874년 인듀어런스호를 타고 남극 탐험에 나섰다가 거대한 빙벽을 만나 영하 30도에 달하는 날씨 속에 634일간 갇히는 절망적인 순간과 마주합니다. 사실상 배에 탑승한 전원이 목숨을 잃어도 이상하지 않을 그 상황 속에서도 새클턴은 뛰어난 기지와 리더십을 발휘해 28명의 대원 모두를 무사히 생존 귀환시키는 기적을 써냈죠. 그래서 새클턴의 업적 속에는 성공한 탐험 이력이 거의 없지만 사람들은 그를 역사상 가장 위대한 탐험가로 칭송합니다.

이 사건 이후로 사람들은 새클턴의 항해 스타일과 리더십 철학에 많은 관심을 기울이게 되었는데요, 귀환 후에 그를 취재하던 과정 중 아주 흥미로운 사실 하나가 세상에 알려졌습니다. 바로 새클턴을 포함한 28명의 대원들 모두가 각기 다른 직업을 가지고 있었다는 거였죠. 전투 경험이 많은 퇴역 장교를 시작으로 과학자, 의사, 목수, 사진가, 동물 조련사 등 항해에서 발생할 수 있는 모든 상황을 가정해 그에 걸맞은 전문가들을 한 명씩 배에 태운 것입니다. 그런데 항해를 떠나기 전

출항 연설에서 섀클턴은 대원들을 향해 놀라운 발언 하나를 합니다.

"우리는 28명의 유능한 직업인을 가지고 있습니다. 하지만 저는 작가를 태우지는 않았습니다. 이유는 간단합니다. 이 항해에선 우리 모두가 작가이기 때문입니다. 따라서 항해를 시작하는 오늘부터 항해를 마치고 돌아오는 날까지 저를 포함한 모든 대원들은 매일 일기를 써야 합니다. 시시콜콜한 내용도 좋고 눈에 보이는 것들을 아무렇게나 표현한 것도 좋습니다. 세상에는 각자가 해야 할 일 속에 모두가 공통으로 해야 할 일이 있는 법입니다. 저는 그게 글을 통해 우리의 감정과 생각을 남기는 일이라고 생각합니다."

그리고 634일이 지난 다음 대원들이 쓴 이 일기는 생생한 탐험 일지이자 무엇과도 바꿀 수 없는 사료史料가 되었습니다. 그들이 어떻게 생존했는지는 물론이고 남극에서의 시간을 버티는 동안 각자가 어떤 생각을 했는지 너무도 상세하게 쓰여 있었기 때문이죠. 이와 관련해 지질학자이자 과학자 대표로 참여했던 제임스 워디James Wordie는 훗날 이런 회고를 남겼습니다.

"돌이켜보면 지독히도 힘들었던 하루 중 일기를 쓰던 그때가 유일하게 모든 것이 선명해지는 순간이었습니다. 우리는 하루 종일 어떻게 살아남을 것인가를 고민했지만 일기를 써야 할 때만큼은 '왜 살아남아야 하는가'에 대해 생각할 수 있었기 때문이죠. 아마 대장이 일기를 쓰도록 하지 않았다면 우리는 결코 살아남지 못했을 겁니다. 그 누구도 왜 살아야 하는지에 대한 이유를 끝까지 붙들고 있지 못했을 테니까요."

꽤 긴 이야기를 전해드렸지만 제가 새클턴으로부터 일에 대한 영향을 받은 이유는 아주 간단합니다. 바로 '글', '생존', '이유' 이 세 가지의 가치에 대해 뼈저리게 느낄 수 있었기 때문이죠. 조금 가혹하게 느껴질지는 모르겠지만 브랜드를 만들고 유지하고 발전시켜나가는 과정은 마치 여러 대원을 이끌고 긴 탐험에서 생존하는 것과 다르지 않습니다. 그리고 각자 맡은 역할이 아무리 분명하고 정확하다고 해도 그 여정 속에서 저마다 고민하고 풀어내야 하는 영역이 따로 존재하기 마련이죠. '왜'라는 물음에 대해 스스로를 설득할 수 없다면 함께 동행하는 대원들을 설득할 수 없고 나아가 우리의 항해를 지지해주는 사람들 역시 설득할 수 없기 때문입니다.

책의 시작부터 끝까지 글과 브랜드 그리고 좋은 언어 체계에 대한 이야기를 함께 나눴는데요. 마지막으로 여러분께

이 이야기를 꼭 전해드리고 싶습니다. BX 라이팅이란 좁은 의미에서는 브랜드 경험의 체계를 갖추고 이를 완성하는 글쓰기라고 할 수 있지만, 넓은 의미에서는 '내가 써 내려간 경험으로 누군가에게 새로운 경험을 쓰도록 만드는 것'이라는 사실을 말이죠.

그래서 설사 시간이 많이 지난 다음에 '슬로건을 정립하는 데 중요한 게 뭐라고 그랬더라?'라며 기억이 가물가물해져도, '스토리텔링의 본질을 어떻게 정의했었더라?'라고 그 내용이 희미한 형태로 남아 있더라도 저는 크게 염려하지 않습니다. 까먹은 건 다시 찾아보면 되고 만약 동의가 되지 않는 부분이 있다면 또 여러분의 경험과 역량으로 채워나가면 되니까요.

대신 브랜딩을 위한 글쓰기, 이 BX 라이팅을 그저 어느 순간에 반짝 유행했던 개념으로 여기지는 않으셨으면 좋겠습니다. 마치 항해 도중 하루 정도는 일기를 짧게 기록할 수도 있고 또 어느 날은 헛소리에 가까운 말들만 잔뜩 써놨다고 하더라도 일기를 쓰는 그 행위의 중요성은 등한시하지 않는 것처럼 말이죠. 저는 그게 섀클턴과 함께한 대원들에게 배워야 할 점이라고 생각하고 브랜딩을 잘하고 싶은 우리가 꼭 기억해야 할 지점이라고 생각합니다.

이번 책을 쓰는 내내 제 메모 앱에 모토처럼 써놓은 글귀 하나가 있었습니다. 글감을 정리할 때도, 에피소드를 구성할 때도, 인용구를 선별하고 브랜드 사례를 설명할 때도 늘 이 문장을 되새기며 글을 썼죠.

'내가 직접 경험해보지 않은 것, 내가 확신하지 못하는 것을 적당히 포장하듯 써서는 안 된다. 대신 내가 경험하고 내가 확신한 것들을 전달할 때는 읽는 사람에게 아주 오랫동안 기억될 수 있는 임팩트를 설계해야 한다.'

비밀 서랍에 고이 간직하듯 넣어둔 이 글귀를 꺼내기까지 많이 망설여진 것도 사실이지만 브랜드에 관한 글을 쓰고 무엇보다 글쓰기에 대한 글을 쓰는 입장에서 어떤 마음가짐으로 써 내려갔는가 정도는 꼭 소개하고 싶었습니다. 그게 작은 예의이자 의무처럼 느껴지기도 했고요.

그러니 한편으로는 문득 궁금해지네요. 이 한 권의 책이 여러분에게 좋은 경험을 선물해준 글이었는지, 작은 확신이라도 심어줄 수 있는 글이었는지 말입니다. 모쪼록 어떤 방향으로든 여러분에게 조금이라도 도움이 되는 글이었기를 진심으로 바라봅니다.

이미지 출처

p. 57 TBWA   p. 91 산노루   p. 127 배달의민족   p. 253, 255 MEATABLE   p. 283 Mars

브랜딩을 위한 글쓰기

초판 1쇄 발행 2024년 2월 28일
초판 3쇄 발행 2024년 7월 2일

지은이 김일리
펴낸이 최순영

출판1 본부장 한수미
와이즈 팀장 장보라
책임편집 선세영
디자인 studio forb

펴낸곳 ㈜위즈덤하우스   **출판등록** 2000년 5월 23일 제13-1071호
주소 서울특별시 마포구 양화로 19 합정오피스빌딩 17층
전화 02) 2179-5600   **홈페이지** www.wisdomhouse.co.kr

ⓒ 김일리, 2024

ISBN 979-11-7171-151-2 03320